T0064864

Virginia Woolf

La Señora Dalloway

Ilustración de tapa:
Silvio Daniel Kiko

La señora Dalloway
es editado por
EDICIONES LEA S.A.
Av. Dorrego 330 C1414CJQ
Ciudad de Buenos Aires, Argentina.
E-mail: info@edicioneslea.com
Web: www.edicioneslea.com

ISBN: 978-987-718-671-0

Primera edición. Impreso en Argentina.
Enero de 2021. Oportunidades S. A.

Woolf, Virginia
    La señora Dalloway / Virginia Woolf. - 1a ed. - Ciudad Autónoma de
Buenos Aires : Ediciones Lea, 2021.
    224 p. ; 23 x 15 cm. - (Novelas clásicas)

    ISBN 978-987-718-671-0

    1. Narrativa Inglesa. 2. Feminismo. 3. Literatura Feminista. I. Título.
    CDD 823

VIRGINIA WOOLF

LA SEÑORA DALLOWAY

VIRGINIA WOOLF

LA SEÑORA DALLOWAY

Prólogo

"Siendo el doble de inteligente que Dalloway,
Clarissa tenía que verlo todo a través de los ojos de Dalloway,
lo cual es una de las tragedias de la vida matrimonial".
Virginia Woolf,
La señora Dalloway

Su vida

Virginia Woolf, llamada en realidad Adeline Virginia Stephen, nació en Londres el 25 de enero de 1882. Hija de sir Leslie Stephen (novelista e historiador) y de Julia Prinsep Jackson (escritora de cuentos para niños y modelo de fotógrafos y pintores prerrafaelitas), Virginia creció en lo que hoy conocemos como una familia ensamblada (su padre y su madre tenían ya hijos e hijas de matrimonios anteriores). Además, era un hogar frecuentado por importantes personalidades de la literatura y la cultura británica de la época porque su padre y su madre formaban parte de la elite intelectual londinense. Visitantes regulares de la casa familia, en Kensington, fueron Henry James, Thomas Hardy y Alfred Tennyson y, si bien la entonces joven escritora no recibió educación formal por el solo hecho de ser mujer (educación que sí recibieron sus hermanos varones, hecho que ella destacará siempre), verse siempre rodeada de las más grandes personalidades del arte inglés de su tiempo, junto con la educación en el hogar que recibió de parte de su padre y su madre y profesores particulares fueron esenciales para su posterior carrera como escritora.

Después de la trágica y súbita muerte de su madre, en 1895, Virginia se sumió en una profunda depresión que, lamentablemente, sería solo la primera de muchas. Su hermana Stella fallecería dos años después cuando Virginia tenía tan solo quince años. En 1905, no muchos años después, perdería también a su padre y sufriría una nueva crisis, aún más profunda, por la que tuvo que internarse durante un tiempo. Si bien estas pérdidas tempranas fueron determinantes en la fragilidad de su salud psíquica, la propia Woolf refiere brevemente, años más tarde, en sus ensayos autobiográficos, haber sido abusada (al igual que su hermana, Vanesa) por sus dos hermanos, George y Gerald (hermanos por parte de su madre, de un matrimonio anterior). Después de su internación, la familia vendió la casa familiar de Kensington y se mudó a una vivienda en el 46 de Gordon Square, en Bloomsbury. Allí vivió con su hermana Vanessa y sus dos hermanos. Es esta casa la que se convertiría en el epicentro de la cultura y el arte vernáculo de su época. En ella tendría lugar una etapa fundamental en su carrera como escritora.

Allí comenzaron a reunirse distintas personalidades como el economista J. M. Keynes, el escritor E. M. Forster, y algunas de las figuras más relevantes de la filosofía del período, como Bertrand Russell y Ludwig Wittgenstein. Allí conoció a Clive Bell, Saxon Sydney-Turner, Duncan Grant, Rupert Brooke y Leonard Woolf, con quien luego se casaría y tendría la relación más importante y significativa de su vida. A este grupo de artistas e intelectuales se los conoció como grupo o círculo de Bloomsbury y de él fueron parte también los escritores Gerald Brenan y Lytton Strachey y la pintora Dora Carrington. Este grupo de artistas compartía no solamente una mirada estética sobre el mundo y sobre el propio arte, sino que tenía una mirada de clase sobre los mismos, cuestionando su propia posición privilegiada como parte de clases altas y medias y, sobre todo, una mirada (que se reflejaba claramente en sus obras) profundamente crítica sobre la cerrada moral victoriana de su época.

Este aspecto resultó significativo y determinante en las obras de dichas personalidades pero también en sus vidas personales. Intentar romper con una moral tan cerrada no era solamente una posición teórica frente a la sociedad sino que fue parte de sus vidas personales en relaciones no convencionales para la época como matrimonios abiertos, múltiples relaciones sexoafectivas y vínculos de pareja entre mujeres o entre varones en simultáneo a sus matrimonios heterosexuales. Si bien la sociedad de la época cuestionaba y condenaba este tipo de modos de vida, encontraba una justificación pensándolos como excentricidades propias de artistas y, claro está, lo toleraba apenas, si esto era posible, simplemente porque eran sujetos que pertenecían a una clase privilegiada; entendían estas formas de vida como parte integral de una "bohemia", explicaciones todas que no eran más que una forma sutil de denigración, mal enmascarada tras la imputación de que "eran artistas". Pero, la mirada sobre estas prácticas llevadas a cabo por mujeres seguía siendo condenada de manera irrefutable.

En 1912 Virginia se casó con Leonard Woolf, un importante economista, con quien mantuvo un matrimonio feliz y de compañerismo. En 1917 fundaron el famoso sello editorial Hogarth Press que se encargó de publicar obras significativas (de autores como Katherine Mansfield, T. S. Elliot o Sigmund Freud) entre las que se encontraron también, claro, las obras de la propia Virginia. En algún punto, es posible pensar que la idea de "círculo" o "grupo" se produjera no solamente por una tendencia estética y crítica de su arte sino, también, por tener que encontrarse en el margen de una sociedad moralista que no hacía más que excluir cualquier modo de vida que no fuera el aceptado para la época.

Acorde a su mirada "abierta" sobre la no exclusividad sexoafectiva, en 1922 Virginia comenzó una relación con la escritora Vita Sackville West que duró buena parte de aquella década del veinte y que se desarrolló paralelamente al matrimonio de la escritora con Leonard Woolf. Para ella, la autora escribió una de sus obras más importantes, *Orlando: una biografía* (1928), dedicada en parte a la vida de Vita, su "amante" y, en paralelo a ridiculizar las características del género biográfico de la época, también a cuestionar y poner de manifiesto temas incómodos para aquellos años como la sexualidad de la mujer, la homosexualidad y, principalmente, el rol de la mujer en la sociedad y especialmente en la literatura. Las dos escritoras conservaron una profunda amistad luego de terminada la relación de amorosa

Aquellos años fueron para la escritora tiempos de una profunda creatividad y productividad. Su obra se desarrolló en paralelo a su figura en la sociedad artística e intelectual de la época, colocándola en un lugar de preeminencia, que generaba tanta admiración como incomodidad.

Pese a todo, su condición psicológica seguía siendo, por momentos, endeble. Vivía aquejada por cuadros depresivos que la crítica y los saberes científicos posteriores pensaron como, probablemente, un trastorno bipolar, enfermedad que, en su época, no conocía nombre ni tratamiento adecuado. El contexto terminó de empujarla a una situación irrevocable: comenzó la Segunda Guerra Mundial y durante el bombardeo a Londres conocido como Blitz, su casa fue destruida. Una vez finalizado el manuscrito de su última novela y ya cansada de estos pozos anímicos que cada vez se volvían más difíciles de remontar, hasta el punto de impedirle leer y escribir, Virginia escribió una carta para su marido a modo de despedida, cargó los bolsillos de su abrigo con piedras y el 28 de marzo de 1941 se adentró en el río Ouse, donde se ahogó. Su cuerpo fue encontrado recién el 18 de abril y, luego de su cremación, su marido le dio sepultura bajo un árbol en la localidad de Rodmell, Sussex.

Su contexto

El momento en el que Woolf produjo el grueso de su obra es el que hoy conocemos como período de entreguerras. Nos referimos a una de las porciones más convulsivas pero también fecundas del convulsivo y fecundo siglo XX. Entre el fin de la Primera Guerra Mundial y el comienzo de la Segunda, Europa fue un auténtico hervidero político. Al triunfo definitivo (no sin vaivenes) de la Revolución Rusa, habría que sumarle, la Revolución de noviembre del 18, en Alemania, la Revolución húngara del 19, la Guerra de Independencia turca y la Guerra Civil Española, por enumerar solo algunos de los eventos políticos. El surgimiento y auge de los fascismos, y el simbronazo que significó el Crack del 29 fueron también experiencias que marcaron a fuego a toda la generación intelectual de Woolf, el grupo de Bloomsbury, que se caracterizaba por su cosmopolitismo y apertura de ideas.

El panorama estético de este período sigue siendo central para entender, al día de hoy, el devenir del arte en Occidente. Porque datan de esta época también las primeras experiencias sostenidas de las diferentes vanguardias que cambiarían para siempre la forma en que concebimos el arte. Estamos acostumbrados a pensar en los efectos que tuvieron estas vanguardias en las artes plásticas pero lo cierto es que la Literatura también revisó sus estatutos a partir de estas experiencias y buena parte de las concepciones que hoy ya están naturalizadas sobre el quehacer literario, encuentran sus orígenes aquí. Por ejemplo, la concepción moderna del lector, no ya como el sujeto que decodifica un sentido que había sido previamente codificado por el escritor, sino como alguien que hace otros procesos con el texto al leer, lo modifica, lo completa y le da un sentido en función de su propia experiencia vital y de lecturas, esta idea toma su forma acabada en este período. Es de esta época la determinante obra de James Joyce, *Ulises,* libro que cambió la forma de entender los límites de la literatura y que caló hondo, no sólo en sus sucesores, sino también en sus contemporáneos. Tal es el caso de Virginia Woolf que, en este libro, *La señora Dalloway*, de 1925, continúa en cierta medida con algunos elementos de la propuesta de Joyce dotándola, quizás, de otra textura y otra profundidad.

El contexto se inscribe fuertemente en *La señora Dalloway*, no solo por las fronteras estilísticas que le invitó a romper sino también, y muy fundamentalmente, porque buena parte de la experiencia de lectura del libro no se entiende si no se la ve a la luz del duro golpe que significó la Primera Guerra Mundial (la Gran Guerra, para sus contemporáneos) en Virginia Woolf, sí, pero también en el grueso de la población europea. Septimus Warren Smith, conciencia a la que el narrador viajero nos deja explorar en parte del libro no es más que una muestra del duro trance que significó para los soldados de la guerra, readaptarse a la vida civil. La locura, uno de los grandes temas de la novela, aparece aquí descarnado, sin edulcorar y sin mistificaciones posibles, y pese al carácter prácticamente no verbal con que se nos presenta (la experiencia del delirio es, por definición, incomunicable), logra una contundencia pocas veces vista en la literatura.

En *Dalloway*, la locura es una forma de la guerra. Y viceversa.

El libro

Como señalamos más arriba, *La señora Dalloway* se publicó por primera vez en 1925, editada por Hogarth Press, el sello editorial de Virginia y Leonard Woolf, que tenía una vocación fuertemente vanguardista. Si bien era la cuarta novela de la autora, recién después de su publicación Woolf fue tenida en consideración por los críticos de su época, quienes probablemente la ignoraban más que nada por su condición de mujer.

La novela relata un día en la vida de la señora Dalloway, mujer de la clase acomodada inglesa que está preparando una fiesta en su casa. Todas las acciones transcurren durante ese día, a excepción de las que se narran en los sucesivos *flashbacks*. Esta forma narrativa era lo suficientemente innovadora como para atraer las miradas de los lectores sobre la novela pero, en realidad, lo primero que llamó la atención de los críticos fue la capacidad lírica de la prosa, plagada de auténticos destellos poéticos que dotan de gran intensidad a la experiencia de lectura.

El libro es, ciertamente y en muchos sentidos, un prodigio literario. Técnicamente impecable no solamente por el carácter lírico de su narrativa sino por los recursos que despliega su autora. Recursos que bastaron para ubicarla entre lo más moderno de su época (y no solo de su época). Este no es un dato menor, sobre todo si se considera que, por esos tiempos, el grueso de las y los escritores europeos estaban haciendo sus mejores esfuerzos por romper con los esquemas literarios heredados, a los que consideraban caducos. Incluso en Gran Bretaña, país siempre más afecto a seguir las tradiciones. Aun en ese contexto tan disruptivo, la novela de Woolf destaca por su técnica. ¿Por qué? La crítica literaria se ha encargado desde hace años (y se sigue ocupando) de desagregar las causas que producen ese efecto de lectura ligeramente lisérgico y siempre muy conmovedor que propone la novela. No pretenderemos aquí ser exhaustivos, pero nos concentraremos en un par de elementos que, a nuestro entender, son centrales para entender el programa estético del libro.

En primer lugar, sin lugar a dudas, despierta desconcierto y fascinación lo que consigue hacer la autora con el narrador de la novela. Porque si bien estamos ante la presencia de un narrador de tercera persona, omnisciente, el punto de vista desde el que narra migra, cambia permanentemente. Casi como si siguiera la lógica de distribución de un virus, la focalización pasa de uno a otro personaje aun cuando ellos no se conozcan ni se hayan dirigido la palabra. Se cruzan por las calles de Londres ese día de junio los personajes y viaja con ellos la voz del narrador de la obra, de uno a otro hasta volver, siempre volver, a la señora Dalloway. Este uso magistral del estilo indirecto libre es más que un recurso estilístico; hay un programa de acción en esa transmigración de la conciencia. Un proyecto estético marcado por lo que hoy llamaríamos empatía pero quizás en esa época denominarían piedad. Una voluntad formidable de entender al otro desde el otro, y abrazarlo en su unicidad, en su diferencia. Si hay algo prodigioso en *Dalloway* es ese atestiguar cómo una técnica literaria puede funcionar no sólo en función del contenido y el tema, sino que también puede ofrecernos una auténtica ontología de las relaciones, de las delicadas, frágiles redes (qué palabra injustamente desgastada, hoy) que nos unen a unos con otros.

El segundo de los elementos que queríamos destacar aquí de la novela tiene que ver con la concepción del tiempo. Señalamos anteriormente que, desde su publicación, *La señora Dalloway* fue comparada sistemáticamente con el gran libro de James Joyce, *Ulises*. Las comparaciones tenían asidero, porque, además de ser contemporáneas (*Ulises* es de 1922), ambas compartían, al menos en apariencia, un programa, la extensa novela de Joyce ocurre también en un solo día de junio (mes importante, evidentemente) en el ámbito de una ciudad (*Ulises,* en Dublín; *Dalloway,* en Londres). Ambas novelas proponen un viaje por las subjetividades de sus personajes gracias a las técnicas del monólogo interior y el fluir de la conciencia. Sin embargo, desde nuestra perspectiva, allí se terminan las comparaciones posibles. Porque lo que en *Ulises* es simbolismo opaco y alusión mítica (a la *Odisea* de Homero, claro), en *Dalloway* es el discurrir prístino por una serie de pequeñas revelaciones (en un sentido místico pero también laico) que van sorprendiendo a los personajes en sus quehaceres más mundanos, en apariencia más banales. Sutiles revelaciones, modestas, quizás, que comparten con las del éxtasis religioso el carácter incomunicable, íntimo, sagrado. La elección de que toda la obra transcurra en un día parece aquí estarnos diciendo: el tiempo, esa dudosa convención, no se aviene realmente con el ritmo del pensamiento sensible. Un instante, eso es todo lo que se necesita para que lo real se abra como un caleidoscopio y suceda la epifanía. Una aclaración se vuelve imprescindible aquí, sin embargo, la epifanía, la revelación no tienen por qué ser una forma de la dicha o la contemplación. Eso quedará más bien para las religiones. Esta epifanía laica puede muy bien ser una epifanía negra. Más parecida al ser-para-la-muerte de Heidegger que a los relatos de las vidas de santos y santas.

Podemos señalar, en este punto, a dos autoras del siglo XX en las que el fenómeno adquiere características semejantes: Katherine Mansfield y Clarice Lispector. Mansfield compartió círculo con Woolf y la crítica (o al menos la crítica masculina y patriarcal) quiso, durante décadas mostrarlas como rivales. Quizás eso era más sencillo que entender la compleja y hermosa relación de complementariedad de sus obras (sus vidas, aquí, no nos interesan). Hay una respiración común en ese develamiento que comparten; algo que, otra vez, queda del otro lado de lo decible. Con Lispector la asociación puede sonar más arbitraria, no compartieron época, lengua, ni siquiera continente. Sin embargo la vinculación se da, como en las cosas que de verdad se parecen, por debajo de la superficie de lo reconocible; como si compartieran una misma placa tectónica y vibraran al mismo tiempo, inaudible y apenas perceptiblemente.

Quizás la relación de las tres autoras pueda entenderse mejor desde las críticas literarias feministas, que supieron revisar y revisitar sus obras y las pensaron, de acuerdo al caso, como una reacción al sistema patriarcal. Esa interpretación (que Clarice desdeñaba por completo) no hubiese, seguramente, desagradado a Mansfield, quien tenía el mismo poco afecto que todo el grupo de Bloomsbury por toda forma de convencionalismo social. Con Virginia Woolf el caso es distinto, porque pocas contemporáneas hicieron más por entender y denunciar el orden patriarcal opresivo que subyacía al sistema literario, que ella. Su libro *Un cuarto propio* (de 1929 y que es, en realidad, una compilación de una serie de conferencias que dio en dos universidades de mujeres) sigue leyéndose como uno de los mejores ejemplos de reflexión sobre el lugar que tenían (¿tienen?) las mujeres en el arte y es, por otra parte, piedra angular de la misma crítica literaria que después analizó la totalidad de la obra de la autora.

En las tres autoras se da el mismo fenómeno y esa regularidad parece exigir algunas otras explicaciones: el lugar de la revelación, el espacio en el que se da la epifanía es el doméstico. En medio de una fiesta, o contemplando un peral iluminado por la luna, o mirando fijamente a una cucaracha a la que se debe decidir si matar o no. El terreno de la epifanía es el cotidiano. Y en ese gesto hay una declaración que tiene la fuerza de un manifiesto. Y parece querer decirnos que no importa a qué lugar, a qué rincón de subalternidad quiera reducirnos el patriarcado, hay un espacio que es indomeñable, que huye sistemáticamente a cualquier forma de sujeción, y está adentro, el núcleo más hondo del ser mujer.

Intuyo que esa libertad sería del agrado de Virginia Woolf. Creo que sería una de las libertades que querría para Clarissa Dalloway y también, claro, para Septimus Warren Smith.

Victoria Rigiroli

LA SEÑORA
DALLOWAY

La señora Dalloway dijo que ella misma compraría las flores.

Porque Lucy se encargaría de todo el trabajo. Las puertas serían sacadas de sus goznes; los hombres de Rumpelmayer iban a venir. Y entonces, Clarissa Dalloway pensó, ¡qué mañana! –fresca como si fuesen a obsequiarla a unos niños en la playa.

¡Qué fiesta! ¡Qué aventura! Porque eso era lo que siempre había sentido cuando, con un leve gemido de los goznes, que ahora creyó oír, abría el balcón de par en par, en Bourton, y salía al aire libre. ¡Qué frescura, qué tranquilidad! Más silencioso que este, desde luego, era el aire a primera hora de la mañana... como el golpe de una ola, como el beso de una ola, frío y cortante, y sin embargo (para una muchacha de dieciocho años, que eran los que entonces contaba) solemne, como la sensación que la embargaba ahora, al pie del balcón abierto, de que algo horrendo estaba a punto de ocurrir; mientras miraba las flores, los árboles y el humo que sinuoso surgía de ellos, y los cuervos alzándose y descendiendo; contemplando de pie hasta que Peter Walsh dijo: "¿Meditando entre vegetales?". ¿Dijo eso? "Prefiero los hombres a las coliflores" ¿Dijo eso? Seguramente dijo eso una vez, en el desayuno, cuando ella había salido a la terraza. Peter Walsh. Debía volver de la India un día de estos, en junio o julio, había olvidado cuándo, porque sus cartas eran espantosamente aburridas; eran sus dichos lo que una recordaba; sus ojos, su cortaplumas, su risa, su mal humor y, una vez que miles de cosas se habían desvanecido completamente -¡qué cosa tan extraña!- unos cuantos dichos como este, sobre los vegetales.

Se detuvo un poco en la vereda, para dejar pasar el camión de Durtnall. Una mujer encantadora, pensó Scrope Purvis (quien la conocía como se conoce a los vecinos en Westminster); algo de pájaro tenía, algo de grajo, azul-verde, sutil, vivaz, pese a que había ya cumplido los cincuenta, y de que había quedado muy pálida después de su enfermedad. Y allí estaba, como posada en una rama, sin notar a Scrope Purvis, aguardando el momento de cruzar, muy derecha.

Después de tanto tiempo viviendo en Westminster —¿cuántos años ya?, más de veinte— se siente, aun en medio del tráfico, o al despertarse de noche, Clarissa estaba convencida, una calma particular, o mejor dicho cierta solemnidad; una indescriptible pausa; un suspenso (aunque eso quizás fuera su corazón, según decían, afectado por una gripe) justo antes de que el Big Ben diese la hora. ¡Ahora! El reloj sonó con fuerza. Primero casi un aviso, musical; luego la hora, irrevocable. Los círculos plomizos se disolvieron en el aire. ¡Qué tontos somos!, pensó cruzando Victoria Street. Porque sólo Dios sabe por qué nos gusta tanto, por qué lo vemos así, por qué lo inventamos, por qué construimos todo esto que está a nuestro alrededor, y lo destruimos para volverlo a crear de nuevo; si hasta los mismos mendigos, los miserables más desahuciados sentados en los portales (bebiendo su destrucción) hacen lo mismo; y eso no se soluciona con leyes del Parlamento por una única razón: ellos aman la vida. En los ojos de la gente, en el ir y venir, el ajetreo y la caminata; en el griterío y el tumulto; en los coches, los automóviles, los autobuses, los camiones, los hombres-pancarta caminando de un lado a otro; en las bandas de música; organillos; en el triunfo, y en las campanadas y en el extraño canto de algún avión que sobrevolaba estaba lo que ella amaba; la vida; Londres; este momento de junio.

Porque era mediados de junio. La guerra había terminado, aunque no para gente como la señora Foxcroft en la embajada anoche, arrasada por las lágrimas porque aquel muchacho tan bueno había muerto y ahora la vieja casa solariega pasaría a manos de un primo; o como Lady Bexborough que inauguró la tómbola, según dijeron, con el telegrama en la mano: John, su predilecto, muerto; pero había terminado, a Dios gracias, había terminado del todo. Era junio. El rey y la reina estaban en el palacio. Y por todas partes, aunque todavía era muy temprano, había un ritmo, de ponies trotando, de bates de cricket golpeando; Lords, Ascot, Ranelagh y todo el resto, envuelto en la suave red del aire gris azulado de la mañana que, a medida que avanzara el día, los iría desnudando y depositando en su césped y en sus campos de cricket, a los ponis galopantes, cuyas patas no hacían más que tocar el suelo para volver a saltar, y a los jóvenes inagotables, las jovencitas risueñas, en sus muselinas transparentes, que, sin embargo, a pesar de haberse pasado bailando toda la noche, insistían en sacar a pasear ahora a sus absurdos perros lanudos; y aun ahora, a estas horas, discretas viudas nobles salen en sus automóviles a hacer misteriosos recados; los comerciantes se ocupaban en sus vidrieras con sus diamantes y baratijas, sus preciosos y antiguos broches verdes con engarces del siglo XVIII para tentar a los americanos (¡hay que ahorrar y no comprar cosas a la ligera para Elizabeth!), y también ella, que amaba aquello con una pasión ridícula y leal, siendo parte de ello —pues su gente fue cortesana allá, por los tiempos de los Jorges—; también ella, esa misma noche, iba a deslumbrar y despertar admiración; iba a dar su propia fiesta. Pero ¡qué raro! al entrar en el parque, el silencio, la neblina, el susurro, los patos felices nadando lento, los pájaros contoneándose, y ¿quién se acercaba, ahora, dándole la espalda a los edificios del gobierno, muy correcto, con sus documentos importantes guardados en una cartera grabada con el escudo real? ¡Nada más ni nada menos que Hugh Whitbread! ¡Su viejo amigo Hugh! ¡El admirable Hugh!

Con un tono exageradamente solemne, puesto que se conocían desde la infancia, Hugh dijo:

—Buenos días, mi querida Clarissa. ¿Hacia dónde vas?

—Me encanta caminar por Londres —repuso la señora Dalloway—. Realmente, es mejor que pasear por el campo.

Ellos recién llegaban, venían desgraciadamente para ir al médico. Otra gente venía para ver cuadros, para ir a la ópera, para presentar a sus hijas en sociedad, los Whitbread venían para ir al médico. Incontables veces había visitado Clarissa a Evelyn Whitbread en el sanatorio. ¿Estaba de nuevo enferma? Evelyn estaba algo delicada, dijo Hugh, dando a entender mediante una especie de erguimiento de su varonil, extremadamente guapo y a la perfección cubierto cuerpo (siempre estaba casi demasiado bien vestido, pero uno podía suponer que estaba obligado a hacerlo por su cargo menor en la corte), que su esposa padecía cierta enfermedad, nada grave, cosa que Clarissa Dalloway, por ser antigua amiga, comprendería a la perfección, sin pedirle mayores explicaciones. Oh, sí, claro. Claro que lo comprendía, qué fastidio, y experimentó sentimientos fraternales hacia ambos mientras, al mismo tiempo, tuvo una rara conciencia de su sombrero. No era el sombrero correcto para aquella temprana hora de la mañana, ¿era eso? Sí, Hugh siempre la hacía sentir así, y mientras hablaba, se quitaba el sombrero con un ademán un tanto ampuloso, y él le aseguraba que parecía una chica de dieciocho años y claro que iría a la fiesta esta noche, Evelyn había insistido mucho, lo único es que posiblemente llegaría un poco tarde, después de la fiesta en el palacio a la que debía llevar a uno de los chicos de Jim —ella siempre se sentía un poco insignificante al lado de Hugh, como una colegiala, pero sentía cierto cariño por él, en parte por conocerlo desde siempre, pero también porque le parecía una buena persona, a su manera, aunque a Richard lo sacara de quicio, y a pesar también de Peter Walsh, quien nunca le había perdonado a Clarissa su afecto por él.

Se acordaba, uno por uno, de los escándalos que hubo en Bourton: Peter furioso; Hugh, por supuesto, no podía comparársele, pero tampoco era tan imbécil como Peter decía; no era un imbécil. Cada vez que su anciana madre le pedía que dejara la caza o que la llevara a Bath, lo hacía sin protestar; ciertamente que no era nada egoísta. Y en cuanto a la afirmación, repetida siempre por Peter, de que carecía de corazón, carecía de cerebro y carecía de todo, excepto de los modales y la crianza de un caballero inglés, bien cabía decir que esa era una de las peores expresiones del temperamento de Peter. Peter podía ser intolerable, imposible, pero era adorable para pasear con él en una mañana así.

(Junio había arrancado las hojas a todos los árboles. Las madres de Pimlico amamantaban a sus niños. La Armada transmitía mensajes al Almirantazgo. Parecía como si Arlington Street y Piccadilly caldearan el mismísimo aire del parque y elevaran sus hojas con calidez, brillo, en esas oleadas cuya vitalidad divina tanto agradaba a Clarissa. Danzar, cabalgar, adoraba todo aquello.)

Sin embargo, parecía que ella y Peter llevaban siglos lejos el uno del otro. Clarissa jamás escribía cartas, y las de Peter eran más secas que un palo. Pese a eso, de repente a Clarissa se le ocurría pensar: ¿qué diría Peter si estuviera conmigo?; ciertos días, ciertas imágenes le recordaban a Peter con paz, sin la vieja amargura; quizás esto fuera el premio por haberse interesado por la gente; y volvieron las imágenes de una preciosa mañana en el centro de St. James Park, sí, realmente volvieron. Pero Peter, por hermosos que fueran los árboles, o el pasto o la niña vestida de color de rosa, no veía nada. Si Clarissa se lo pedía, Peter se ponía los anteojos y miraba. Era el estado del mundo lo que le interesaba; Wagner, la poesía de Pope, el carácter de las gentes eternamente, y los defectos del alma de Clarissa. ¡Cómo la retaba! ¡Cómo discutían! Clarissa se casaría con un primer ministro y saludaría de pie en lo alto de una escalera; la perfecta anfitriona, la llamó Peter (por esto ella lloró en su dormitorio), estaba hecha para ser la perfecta anfitriona, decía Peter.

Por eso, aún hoy se encontraba en St. James's Park, convenciéndose y diciéndose que había hecho bien —y había hecho bien— en no casarse con él. Porque debe haber cierta libertad, un poco de independencia en el matrimonio, entre personas que viven día tras día en la misma casa; Richard le daba libertad, y ella a él. (¿Dónde estaba él esta mañana, por ejemplo? En algún comité, nunca le pedía explicaciones.) Pero con Peter todo debía compartirse; tenía que meterse en todo. Y eso era insoportable. Y cuando sucedió aquella escena en el jardín junto a la fuente, tuvo que romper con él o si no se habrían destruido, ambos habrían terminado arruinados, estaba segura; así y todo, durante años, como una flecha clavada en el corazón, había cargado con el dolor y la angustia; y después el horror del momento en que alguien le dijo en un concierto que se había casado ¡con una mujer que había conocido en el barco, de camino a la India! Nunca podría olvidar todo aquello. Fría, desalmada, pacata, le decía. Nunca llegó a entender qué estaba buscando. Pero parece que aquellas indias sí tontas, lindas, frágiles. Y Clarissa hubiera podido ahorrarse su compasión. Porque Peter era perfectamente dichoso, según le decía, completamente feliz, pese a que no había hecho nada de aquello de lo que hablaban; su vida entera había sido un fracaso. Esto también enojaba a Clarissa.

Llegó a las rejas del parque. Se detuvo unos instantes, contemplando los autobuses en Piccadilly.

Ahora no se atrevía a afirmar de nadie, que fuera esto o aquello. Se sentía muy joven; al tiempo que indeciblemente envejecida. Penetraba como un cuchillo en todas las cosas; y al mismo tiempo se quedaba fuera, observando. Tenía un sentimiento permanente, al mirar los taxis, de estar fuera, lejos, muy lejos, mar adentro y sola; siempre tuvo la impresión de que vivir era muy, muy peligroso, incluso un solo día. Y no es que se creyese astuta, o muy fuera de lo común. Cómo se las había arreglado en la vida con las cuatro cositas que *Fräulein* Daniels les había enseñado, no se lo explicaba. No sabía nada; ni idiomas, ni historia, apenas si leía ya algún libro —salvo memorias, en la cama—; y sin embargo le resultaba absolutamente absorbente; todo esto; los coches que pasan; y no se habría atrevido a afirmar de Peter, a afirmar sobre ella misma; soy esto, soy aquello.

Su único don era conocer a la gente casi por instinto, pensaba ella, mientras volvía a su paseo. Si la ponían en una habitación con cualquiera, inmediatamente, como un gato arqueaba el lomo, o ronroneaba. Devonshire House, Bath House, la casa con la cacatúa de porcelana, en una oportunidad las había visto a todas iluminadas; y recordaba a Sylvia, Fred, Sally Seton —tanta gente; y bailando toda la noche; y los vagones traqueteando de camino al mercado; y regresar en coche a casa por el parque. Recordó cómo una vez tiró un chelín al Serpentines. Pero todo el mundo recordaba; lo que a ella le gustaba era esto, aquí, ahora, frente a ella; la señora gorda en el coche. ¿Acaso importaba entonces, se preguntaba, camino a Bond Street, acaso importaba que tuviera que desaparecer completamente? Todo esto tenía que continuar sin ella; ¿le dolía; o es que no resultaba un consuelo creer que la muerte era el fin absoluto? Sin embargo, de alguna forma, en las calles de Londres, en la corriente y la marea de las cosas, aquí, allí, ella sobrevivía, Peter sobrevivía, vivían el uno en el otro, y ella formaba también parte, estaba convencida, de los árboles de su casa, de aquella casa de ahí enfrente, fea, cayéndose a pedazos; formaba parte de gente a la que nunca había conocido; se posaba como una bruma entre la gente a la que mejor conocía, quienes la alzaban entre sus ramas como ella había visto que los árboles alzan a la bruma, pero se extendía tanto, tan lejos, su vida, ella misma. Pero ¿en qué andaba soñando cuando se fijó en la vidriera de Hatchards? ¿Qué es lo que intentaba recuperar? Qué imagen de un amanecer en el campo, mientras leía en el libro abierto:

No temas más al ardor del sol
Ni a las airadas rabias del invierno.

Esta edad tardía de la experiencia del mundo había criado en todos ellos, hombres y mujeres, un pozo de lágrimas. Lágrimas, penas, y coraje y resistencia; una apostura perfectamente recta y estoica. Bastaba pensar, por ejemplo, en la mujer a la que más admiraba, Lady Bexborough, abriendo la tómbola.

Ahí estaban *Placeres y Paseos* de Jorrock; ahí estaban *Esponja enjabonada*, las *Memorias* de la señora Asquith y *Caza mayor en Nigeria*, todos ellos abiertos en la vidriera. Tantos libros pero ninguno parecía del todo adecuado para llevárselo al sanatorio a Evelyn Whitbread. Nada capaz de distraerla y conseguir que el aspecto de aquella mujer pequeña, indeciblemente seca, pareciera por un instante, al entrar Clarissa, cordial; antes de comenzar la usual e interminable conversación sobre dolencias femeninas. Cuánto lo necesitaba —que la gente se mostrara contenta cuando ella entraba—, pensó Clarissa, se dio vuelta y caminó de nuevo hacia Bond Street, molesta, porque le parecía tonto tener otras razones para hacer las cosas. Hubiera preferido ser una de esas personas como Richard, que hacían las cosas por las cosas mismas, mientras que ella, pensó, mientras esperaba a cruzar, la mitad de las veces no hacía las cosas así, simplemente, por las cosas mismas; sino que las hacía para que la gente pensara esto o aquello, una perfecta estupidez, lo sabía (ahora el policía levantaba la mano), porque nunca nadie se creía esa historia ni por un instante. ¡Ay! ¡Si hubiese podido volver a vivir! pensó, bajando al pavimento, ¡si hubiese podido incluso lucir diferente!

Para empezar, hubiese sido morena como Lady Bexborough, con tez bruñida y unos ojos hermosos. Hubiese sido, como Lady Bexborough, calmada y solemne; más bien corpulenta; una mujer a la que le interesa la política tanto como a un hombre; con una casa de campo; muy digna, muy sincera. En lugar de eso, tenía una figura angosta, como de palito, una pequeña cara ridícula, picuda como la de un ave. También es cierto que tenía buen porte; tenía bonitas manos y bonitos pies; y vestía bien, pese a lo poco que gastaba. Pero ahora a veces, este cuerpo que llevaba (se detuvo a contemplar un cuadro holandés), este cuerpo, con todas sus virtudes, parecía no ser nada —nada en absoluto. Tenía la rarísima sensación de ser invisible, nunca vista, desconocida; no habría más casamiento, ni tendría ya más hijos, nada más que este avance asombroso y algo solemne, con todos los demás, subiendo por Bond Street, ser la señora Dalloway; ya ni siquiera Clarissa; ser la señora de Richard Dalloway.

Bond Street la fascinaba: Bond Street a primera hora de la mañana, en ese momento del año: con las banderas flameando, con sus negocios, sin exageraciones, sin resplandores; una pieza de tweed en la tienda en la que su padre se hizo los trajes durante cincuenta años; unas cuantas perlas, pocas, un salmón sobre una barra de hielo.

—Esto es todo —dijo, mirando la pescadería—. Esto es todo —repitió, parándose un momento ante la vidriera del negocio de guantes en el que, antes de la guerra, te podías comprar unos guantes casi perfectos. Y su viejo tío William solía decir que a una dama se la conoce por los zapatos y por los guantes. Una mañana a mitad de la guerra, él se dio la vuelta en la cama y dijo "Ya he tenido suficiente". Guantes y zapatos; le encantaban los guantes; pero a su propia hija, a su Elizabeth, no le importaban en lo más mínimo, ninguna de las dos cosas.

No le importaban en lo más mínimo, pensaba, siguiendo por Bond Street hasta una tienda donde le reservaban las flores cuando organizaba una fiesta. A Elizabeth le interesaba su perro más que nada. Toda la casa olía a brea esta mañana. Pero bueno, mejor que se interesara por el pobre Grizzle que por la señorita Kilman; ¡mejor moquillo y alquitrán y todo lo demás que quedarse sentada, atrapada en una habitación cerrada con un libro de rezos! Cualquier cosa antes que eso, casi diría ella. Quizás no fuera más que una fase, como decía Richard, como las que atraviesan todas las chicas. Quizás se hubiera enamorado. Pero ¿por qué de la señorita Kilman? Que había sido maltratada, sin duda; uno debe hacer concesiones con esas cosas, y Richard decía que era muy competente, que tenía una mente con un sentido verdaderamente histórico. De todas formas, eran inseparables . Y Elizabeth, su propia hija, iba a comulgar; y en cuanto a cómo vestía, cómo trataba a los invitados que venían a almorzar, no le importaban en absoluto. Por experiencia, Clarissa sabía que el éxtasis religioso endurecía a la gente (las grandes causas también); ensombrecía sus sentimientos, pues la señorita Kilman era capaz de hacer cualquier cosa en favor de los rusos y se mataba de hambre por los austríacos, pero con su comportamiento privado infligía una verdadera tortura al prójimo, tan insensible era, ataviada con su impermeable verde. Año tras año llevaba ese impermeable, sudando, nunca pasaban más de cinco minutos sin que te hiciera sentir su superioridad, tu inferioridad; lo pobre que era, lo rico que eras, lo mal que vivía en su paupérrimo barrio, sin un almohadón, sin una cama, sin una alfombra, ni cosa parecida, carcomida su alma por esa pena que llevaba clavada, después de que la despidieron del colegio durante la guerra –¡pobre, amarga y desdichada criatura! Pero no era ella a quien uno odiaba, sino la idea de ella, que sin duda abarcaba cosas que no eran propias de la señorita Kilman; se había convertido en uno de esos fantasmas contra los que uno pelea por la noche; uno de esos fantasmas que se erigen ante nosotros y nos chupan la sangre de media vida, dominantes y tiranos; pues sin duda, si los dados de la fortuna hubiesen caído de otra manera, si los negros hubiesen tenido la supremacía y no los blancos, ¡Clarissa hubiese estimado a la señorita Kilman! Pero no en esta vida. No.

Era desesperante, pensaba, llevar este monstruo brutal moviéndose en su interior; le molestaba oír el sonido de las ramas quebrándose, y sentir sus cascos hincándose en las profundidades de aquel bosque de suelo cubierto por las hojas, el alma. No podía estar en momento alguno totalmente tranquila o completamente segura, porque en cualquier instante el monstruo podía atacarla con su odio que, de manera especial después de su última enfermedad, tenía el poder de provocarle la sensación de ser desgarrada, de dolor en la columna vertebral. Sentía dolor físico, y era causa de que todo el placer que encontraba en la belleza, en la amistad, en sentirse bien, en ser amada y en transformar su hogar en un sitio delicioso, se tambaleara, temblara y se inclinara, como si verdaderamente hubiera un monstruo royendo las raíces, como si la amplia gama de satisfacciones sólo fuera egoísmo. ¡Cuánto odio!

¡Tonterías, tonterías!, se dijo a los gritos a sí misma, mientras empujaba la puerta giratoria de la florería Mulberry.

Entró, ligera, alta, muy derecha, y fue saludada inmediatamente por la señorita Pym, con su cara de perro y las manos siempre coloradas, como si las hubiese sumergido con las flores en agua helada.

Había flores: delphiniums, flores de guisante, ramos de lilas; y claveles, montones de claveles. Había rosas, lirios. Sí —respiraba el olor dulce de la tierra del jardín, mientras conversaba con la señorita Pym que le debía favores y que pensaba que era buena, porque había sido buena con ella hace años; muy buena, pero ahora estaba más vieja, mientras volvía la cabeza de uno a otro lado, entre las flores de lis y las rosas, y las reverencias de los ramos de lilas, entornando los ojos, inhalando, después del rugido de la calle, el agradable perfume, la delicada frescura. Y después, al abrir los ojos, qué frescas le parecieron las rosas, como ropa recién planchadas en su bandeja de mimbre; y qué oscuros y circunspectos los claveles, con las cabezas bien erguidas; y todas las flores de guisante abiertas en sus macetas, con su tono violeta, blanco níveo, pálido, como si fuera al atardecer, cuando las jóvenes, con sus trajes de muselina, salen a buscar rosas y flores de guisante, cuando el extraordinario día de verano, con su cielo azul, casi negro, y claveles, calas y delphinium ya ha terminado; era ese momento, entre las seis y las siete, cuando todas las flores –rosas, claveles, lirios, lilas– brillan; cada una de las flores parecen un pequeño fuego que arde por su cuenta, suave y puro, en los caminos neblinosos. Y ¡cómo le gustaban las polillas grisáceas que rondaban en círculos los heliotropos, las prímulas de la noche!

Y de esa manera, a medida que iba avanzando por los jarrones con la señorita Pym, eligiendo, tonterías, tonterías, se decía, cada vez más suavemente, como si esta hermosura, este perfume, estos colores y el hecho de que la señorita Pym la tuviese en alta estima, confiara en ella, fuera todo como una ola que ella dejaba que la asaltara para poder de esa manera dominar aquel odio, aquel monstruo, para dominarlo todo. Y justo cuando la ola la estaba elevando más y más, ¡ay! ¡Sonó un disparo en la calle!

–¡Estos automóviles! –dijo la señorita Pym, mientras se acercaba a mirar a través de la vidriera. Y regresó sonriendo con un gesto de disculpa, con las manos colmadas de arvejillas, como si ella tuviera la culpa de aquellos automóviles, de aquellos neumáticos de automóvil.

La violenta explosión que había sobresaltado a la señora Dalloway y que hizo que la señorita Pym se dirigiera a la vidriera y se disculpara provenía de un automóvil que se había detenido junto a la acera, exactamente frente a la florería Mulberry. Los transeúntes que, por supuesto, se detuvieron a mirar apenas tuvieron tiempo de ver un rostro sumamente importante sobre el tapizado gris claro, antes de que una mano masculina corriera la cortina, y ya pudiera verse nada sino un rectángulo color gris claro.

Pese a eso, inmediatamente empezaron a correr rumores desde el corazón de Bond Street a Oxford Street por un lado, y hasta la perfumería de Atkinson por otro, deslizándose las insinuaciones invisibles, inaudibles, como una nube, decidida, como un velo sobre una loma, y cayendo precisamente con algo de la sobriedad repentina de la nube y con su misma solemnidad, sobre unos rostros, que un momento antes, estaban completamente alterados. Pero ahora el ala del misterio había pasado sobre ellos, habían oído la voz de la autoridad, el espíritu de la religión había salido al exterior con los ojos vendados y la boca abierta de par en par. Aunque nadie sabía qué rostro era aquel que había sido vislumbrado. ¿Era el del Príncipe de Gales, el de la Reina, el del Primer Ministro? ¿De quién era ese rostro? Nadie lo sabía.

Edgar J. Watkiss, con su tubería de plomo enrollada en el brazo, dijo con acento londinense claramente y no sin ironía:

—El coche del Primé Menistro.

Septimus Warren Smith, impedido de cruzar, lo escuchó. Septimus Warren Smith, unos treinta años, tez pálida, nariz picuda, con sus zapatos marrones, y su abrigo gastado y sus ojos marrones miedosos que inspiraban miedo a su vez en los ojos de los desconocidos. El mundo había levantado ya su látigo; ¿dónde iría a restallar? Todo había quedado detenido. El trepidar de los motores sonaba como un pulso irregular, circulando por el cuerpo. El sol se hizo extraordinariamente caliente, debido a que el automóvil se había detenido ante la vidriera de la florería Mulberry; viejas señoras en lo alto de los autobuses abrieron sus sombrillas oscuras; aquí una sombrilla verde, allí una sombrilla roja, se abrieron con un leve *plop*. La señora Dalloway se acercó a la ventana, llenos los brazos de arvejillas, y miró hacia fuera, con su pequeño rostro rosado, fruncido e interrogante. Todos miraban el automóvil. Septimus miraba. Los chicos que iban en bicicleta se bajaron de un salto. El tránsito se detuvo y se acumularon los vehículos. Y allí estaba el automóvil, corridas las cortinas grises que tenían un curioso dibujo en forma de árbol, pensó Septimus, y aquella paulatina convergencia de todo en un centro que estaba produciéndose ante sus ojos, como si algo espantoso casi hubiera salido a la superficie y estuviera a punto de estallar en llamas, le aterró. El mundo vacilaba y se estremecía y amenazaba con estallar en llamas. Soy yo el que obstruye el camino, pensó. ¿No lo miraban y señalaban?, ¿no estaba plantado ahí, clavado en la vereda, por algún motivo? Pero, ¿por qué motivo?

—Vamos, Septimus, avancemos —dijo su mujer, una mujer pequeña, de grandes ojos en un rostro angosto y anguloso; una chica italiana.

Pero ni siquiera Lucrezia era capaz de apartar la vista del automóvil y del dibujo del árbol de las cortinas. ¿Sería la Reina la que iba dentro? ¿La Reina, que iba de compras?

El chófer, que estaba desde hacía rato abriendo algo, dándole vueltas, cerrándolo, ocupó su asiento.

—Vamos —dijo Lucrezia.

Pero su marido, porque llevaban ya cuatro, cinco años de casados, dio un salto, se agitó y dijo:

—¡Bueno, vamos! —irritado, como si lo hubiese interrumpido.

La gente tiene que darse cuenta; la gente tiene que ver. La gente, pensó Lucrezia, mirando a la multitud que contemplaba el automóvil, la gente inglesa, con sus hijos, sus caballos y sus ropas, que en cierto modo admiraba, pero que ahora eran todos "gente", porque Septimus había dicho "Me mataré", y eran unas palabras tremendas. ¿Y si lo habían escuchado? Lucrezia miró a la multitud. Sentía deseos de gritar "¡socorro!, ¡socorro!", dirigiéndose a los chicos de las carnicerías y a las mujeres. "¡Socorro!". Hacía tan solo unos meses, el último otoño, ella y Septimus habían permanecido en pie en el Embankment envueltos por un mismo abrigo, mientras Septimus leía un papel en vez de hablar, y ella le había arrancado el papel de las manos, y había reído en las mismísima cara del viejo que los observaba. Pero los fracasos se ocultan. Debía llevarse a Septimus a algún parque.

—Ahora cruzaremos la calle —dijo.

Ella tenía derecho a tomarlo del brazo, aunque fuera insensible. Él se lo daría a ella, tan sencilla, tan impulsiva, solamente veinticuatro años, sin amigos en Inglaterra, había dejado Italia por él, un esmirriado don nadie.

El automóvil, las cortinas cerradas y su aire de discreción inescrutable, prosiguió hacia Piccadilly, y todavía seguía atrayendo todas las miradas, todavía provocaba en los rostros a ambos lados de la calle el mismo aliento oscuro de idolatría, ya fuese por la Reina, el Príncipe o el Primer Ministro, nadie lo sabía. El rostro, lo que se dice el rostro, sólo lo habían visto tres personas durante unos segundos. Incluso el sexo era objeto de controversia. Lo único seguro era que la grandeza estaba sentada ahí dentro; la grandeza pasaba por allí, oculta, Bond Street abajo, a corta distancia, al alcance de la mano de la gente corriente que quizá estuviera ahora, por primera y última vez, muy cerca de hablar con la majestad de Inglaterra, el símbolo eterno del Estado, que se dará a conocer a los investigadores curiosos que escriben las ruinas del tiempo, cuando Londres sea sólo un camino cubierto de hierbas y todos estos que caminan presurosos por la vereda este miércoles por la mañana no sean más que huesos, y entre su polvo aparezcan algunas alianzas de boda y los empastes de oro de infinitas muelas cariadas. El rostro del automóvil será conocido entonces.

Probablemente sea la Reina, pensó la señora Dalloway al tiempo que salía de Mulberry con las flores: la Reina. Y por un momento adoptó una postura de extrema dignidad, ahí parada al lado de la florería bajo el sol, mientras el coche pasaba, calmo, con las cortinas cerradas. La Reina de camino a algún hospital; la Reina inaugurando alguna tómbola, pensó Clarissa.

El tránsito era tremendo, teniendo en cuenta la hora. ¿Lords, Ascot, Hurlingham, qué será?, se preguntó Clarissa, porque la calle estaba bloqueada. Los sujetos de la clase media británica, sentados unos junto a otros en lo alto de los autobuses con sus paquetes y sus paraguas, sí, e incluso con pieles, en semejante día, eran, pensó, más ridículos, más diferentes a todo lo imaginable; y la Reina misma detenida, la Reina sin poder avanzar. Clarissa estaba parada a un lado de Brook Street, Sir John Buckhurst, el viejo juez, estaba del otro lado, con el automóvil en medio, entre los dos (Sir John había aplicado la Ley durante muchos años, y le encantaban las mujeres que vestían bien), cuando el chófer, inclinándose tan levemente, le dijo o le mostró algo al guardia, que saludó y alzó el brazo y efectuó un brusco movimiento lateral de la cabeza, con lo que echó el autobús a un lado, y el automóvil siguió adelante. Despacio y muy sigilosamente, continuó su camino.

Clarissa lo adivinaba, Clarissa lo sabía, por supuesto; había visto algo blanco, mágico y redondo en la mano del sirviente, un disco con un nombre inscrito –¿el de la Reina, el del Príncipe de Gales, el del Primer Ministro?– nombre que, con la fuerza de su propio lustre, se había abierto paso como un hierro candente (Clarissa vio cómo el coche se iba haciendo más pequeño en la lejanía, hasta desaparecer), para relumbrar entre candelabros, destellantes estrellas, pechos envarados por las hojas de roble, Hugh Whitbread y sus colegas, los caballeros de Inglaterra, aquella noche en el Palacio de Buckingham.. También Clarissa ofrecía una fiesta. Se irguió un poco; así iba a pararse ella, en lo alto de las escalinatas.

El automóvil se había ido, pero había dejado una sutil estela que pasaba por las guanterías, las sombrererías, las sastrerías, a ambos lados de Bond Street.

Durante treinta segundos todas las cabezas estuvieron inclinadas a un mismo lado, hacia la calle. Las señoras, en trance de escoger un par de guantes –¿por encima o por debajo del codo, de color limón o gris pálido?–, se interrumpieron; y, cuando la frase finalmente terminó, algo había cambiado. Algo tan leve, en algunos casos específicos, que no había instrumento de precisión, ni siquiera esos capaces de transmitir conmociones ocurridas en China, que pudiera de registrar sus vibraciones;

algo que, sin embargo, era en su plenitud un tanto formidable y, en su capacidad de llamar la atención, muy eficaz; porque, en todas las sombrererías y las sastrerías, los desconocidos se miraron entre sí, y pensaron en los muertos, en la bandera, en el Imperio. En una taberna de una callejuela lateral, un hombre de las colonias insultó a la Casa de Windsor, y esto motivó palabras groseras, ruptura de jarras de cerveza y una pelea generalizada, que provocó extraños ecos a lo lejos, en los oídos de las muchachas que compraban blanca ropa interior, adornada con puro hilo blanco, para su boda. Sí, ya que la superficial conmoción producida por el paso del automóvil, rozó, al hundirse, algo muy profundo.

Deslizándose por Piccadilly el auto dobló por St. James's Street. Unos hombres altos, robustos, hombres de traje, con sus chaqués y levitas, sus pecheras blancas y pelo tirado hacia atrás, que por alguna razón, estaban parados en el mirador de White, con las manos tras la cola del chaqué, vigilando, notaron instintivamente que la grandeza pasaba ante ellos, y la blanca luz de la presencia inmortal cayó sobre ellos, como había caído sobre Clarissa Dalloway. Rápidamente se irguieron aún más, sacaron sus manos de las espaldas, y parecía que estuviesen en prestos a acatar las órdenes de su Soberano, hasta la misma boca del cañón, de ser necesario, de la misma manera que sus antepasados lo hicieran en otros tiempos. Los bustos blancos y las mesitas, en segundo plano, con algunas botellas de soda encima y cubiertas de ejemplares del *Tatler*, parecían asentir; parecía que señalaban la abundancia de trigo y las casas de campo de Inglaterra; y que regresaban el débil murmullo de las ruedas de coche, como las paredes de una galería humilde regresan el eco de un susurro convertido en voz resonante debido a la fuerza de toda una catedral. Moll Pratt, arropada en su chal y con sus flores sobre la vereda, le deseó todo lo mejor al buen muchacho (seguro que era el Príncipe de Gales) y hubiera lanzado al aire el precio de una jarra de cerveza –un ramo de rosas– en medio de St. James's Street, de tan entusiasmada que se sentía, indiferente a la pobreza, de no ser por el oficial de policía que le tenía echado el ojo, frustrando así la lealtad de una vieja mujer irlandesa. Los centinelas en St. James's saludaron; los policías de la Reina Alexandra asintieron.

Mientras tanto, una pequeña multitud se había reunido ante el Palacio de Buckingham. Distraídos pero llenos de confianza, todos pobres, aguardaban; miraban el Palacio, con la bandera flameando; miraban a Victoria henchida en su promontorio, admiraban la caída del agua, los geranios; se fijaban en los automóviles que pasaban por el Mall; prodigaban en vano su emoción a simples ciudadanos que habían salido a dar un paseo en coche; reservaban su tributo, en espera de la ocasión adecuada, al paso de este o aquel automóvil; y dejaban en todo instante que el rumor se acumulara en sus venas y tensara los nervios de sus muslos, al pensar en la posibilidad de que la realeza recalara en ellos; la Reina haciendo una reverencia; el Príncipe saludando; al pensar en la vida sagrada concedida por la divinidad a los reyes; en los cortesanos y las hondas reverencias; en la antigua casa de muñecas de la Reina; en la Princesa Mary casada con un inglés, y en el Príncipe... ¡Ah!, ¡el Príncipe!, quien, según decían, se parecía pavorosamente al viejo Rey Eduardo, aunque mucho más delgado. El Príncipe vivía en St. James's pero bien podía ir a visitar a su madre por la mañana.

Eso decía Sarah Bletchley, con su bebé en brazos, pateando el suelo, como si estuviese junto a su chimenea en Pimlico, pero sin perder de vista el Mall, mientras Emily Coates recorría con la mirada las ventanas del palacio, pensando en las doncellas, las incontables doncellas, los dormitorios, los incontables dormitorios. Un anciano con un terrier de Aberdeen y varios hombres desocupados se unieron al grupo, que era cada vez más grande. El menudo señor Bowley, que alquilaba habitaciones en el Albany y que estaba sellado a la cera en cuanto a los profundos orígenes de la vida, aunque ese sello pudiera romperse de manera súbita, inconveniente, sentimental, con este tipo de cosas —mujeres pobres esperando que pase la Reina, mujeres pobres, niñitos hermosos, huérfanos, viudas, la guerra —¡qué barbaridad!—, el menudo señor Bowley estaba llorando. Una presumida brisa calentaba a los delgados árboles del Mall, a los héroes de bronce, y daba vida a una bandera en el pecho muy británico del señor Bowley, que se sacó el sombrero mientras el coche pasaba por el Mall y lo mantuvo en alto mientras el coche se acercaba, dejando que la madres de Pimlico se apretujaran contra él, bien erguido. El auto avanzó.

Súbitamente, la señora Coates miró al cielo. El ruido de un avión penetró ominosamente en los oídos de la multitud. Ahí estaba, sobrevolando los árboles, dejando una estela de humo blanco que formaba rizos y tirabuzones, escribiendo algo, ¡en serio!, ¡haciendo letras en el cielo! Todos contemplaron.

Después de dejarse caer como si estuviera muerto, el avión se alzó recto, dibujó un arco, aceleró, se hundió; se alzó e, hiciera lo que hiciera, fuera adonde fuera, detrás iba dejando una gruesa y agitada línea de humo blanco, que se curvaba y retorcía en el cielo formando letras. Pero, ¿qué letras? ¿Era acaso una C? ¿Una E y después una L? Solo un instante se quedaban las letras quietas; luego se movían y se mezclaban y se borraban del cielo, y el avión rápido se alejaba todavía más, y otra vez, en un nuevo lugar del cielo, comenzaba a escribir, una K y una E y una Y, quizás.

—Blaxo —dijo la señora Coates, con voz tensa y sorprendida, con los ojos fijos en el cielo, y el niño, blanco y rígido en sus brazos, también miró.

—Kreemo —murmuró la señora Bletchley, como hablando en sueños. Con el sombrero en la mano, totalmente quieto, el señor Bowley miraba fijamente al cielo. En toda la extensión del Mall, la gente miraba al cielo. Mientras contemplaban, todo el mundo se volvió perfectamente silencioso y una bandada de gaviotas cruzó el cielo, guiada por una gaviota y luego por otra, y en este silencio extraordinario, en esta paz, en esta palidez, en esta pureza, las campanas sonaron once veces, llevándose las gaviotas su sonido.

El avión giraba y corría y dibujaba curvas exactamente en el lugar deseado, aprisa, libremente, como si patinara.

–Esto es una E –dijo la señora Bletchley.

O como si bailara.

–Es *tofee* –murmuró el señor Bowley...

(Y el automóvil cruzó la reja, y nadie lo miró). Y cerrando la salida de humo se alejó de prisa más y más, y el humo se hizo más delgado y fue a unirse a las anchas y blancas formas de las nubes.

Había desaparecido; estaba detrás de las nubes. No había sonido. Las nubes a las que las letras E, G o L se habían unido se movían libremente, como si estuvieran destinadas a ir de Oeste a Este, en cumplimiento de una misión importantísima, que jamás podría ser revelada, ni siquiera cuando, por cierto, era esto: una misión importantísima. De pronto, así como un tren que sale de un túnel, de las nubes salió otra vez el avión, el sonido penetró en los oídos de todos los que estaban en el Mall, en Green Park, en Piccadilly, en Regent Street, en Regent's Park, y el listón de humo se curvó tras él y el avión descendió, y se elevó y escribió letra tras letra, pero ¿qué palabra estaba escribiendo?

Lucrezia Warren Smith, sentada al lado de su marido en un asiento del Sendero Ancho de

Regent's. Park, alzó la vista y gritó:

–¡Mira, mira, Septimus! –exclamó. Porque el doctor Holmes le había dicho que estimulara en su marido (que no padecía nada serio pero estaba un tanto delicado) el interés por las cosas que ocurrían a su alrededor.

Entonces, pensó Septimus levantando la mirada, me están haciendo señas. No en palabras concretas, claro está; es decir, no podía leerlo todavía, pero estaba bastante claro, esta belleza, esta belleza exquisita, y las lágrimas empañaron sus ojos al mirar las letras de humo languideciendo y disipándose en el cielo, y dejando caer sobre él, en virtud de su inagotable caridad y bondad risueña, una forma tras otra de belleza inimaginable, y mostrando su intención de darle la belleza, a cambio de nada, siempre, a cambio de solo mirar, ¡belleza y más belleza! Corrieron las lágrimas por sus mejillas.

Se trataba de *toffee*; estaban diciendo *toffee*, le dijo a Rezia una niñera. Y juntas empezaron a deletrear: t... o... f...

–K... R... –dijo la niñera y Septimus la escuchó decir "Ka erre" cerca de su oído, profunda, suavemente, como un órgano suave pero con un dejo áspero en la voz, como el de una cigarra. Una aspereza que le raspaba la columna de forma deliciosa y trasmitía a su cerebro unas ondas de sonido que, tras el impacto, se rompían. Qué descubrimiento tan maravilloso –que la voz humana en determinadas condiciones atmosféricas (porque uno debe ser científico, ante todo científico) ¡pueda devolverles la vida a los árboles!–. Con alegría, Rezia puso la mano con toda su fuerza en su rodilla, de manera tal que se sintió retenido, transfigurado. De lo contrario se hubiese enloquecido con la animación de los olmos columpiándose, arriba y abajo, con todas sus hojas iluminadas y el colorido que variaba de intensidad, del azul al verde de una ola hueca, como las plumas que coronan a los caballos, o a las damas, tan orgullosas en su columpiarse, tan espléndidas.

Pero Septimus no estaba dispuesto a enloquecer. Cerraría los ojos; no vería nada más.

Sin embargo, las hojas lo llamaban, estaban vivas, los árboles estaban vivos. Y las hojas, al estar conectadas mediante millones de fibras con su propio cuerpo, ahí sentado, lo abanicaban arriba y abajo, cuando la rama se estiraba, él también lo hacía. Los gorriones que revoloteaban, subían y luego se dejaban caer en las fuentes melladas, formaban parte del cuadro, blanco y azul, y los trazos negros de las ramas. Premeditadamente, os sonidos componían armonías; los intervalos que los separaban eran tan relevantes como los sonidos. Un niño lloraba. A lo lejos sonó una bocina. En su conjunto, significaban el nacimiento de una nueva religión:

—¡Septimus! —dijo Rezia. Él se sobresaltó. La gente debía darse cuenta.

—Voy hasta la fuente y vuelvo —dijo ella.

Porque ya no soportaba más. El doctor Holmes podía decir que no era nada. Si por ella fuese, ¡mejor sería que estuviese muerto! No se podía quedar sentada junto a él mientras él estaba así, con la mirada fija, sin verla y haciendo que todo fuese horrible; el cielo y los árboles, los niños jugando, arrastrando sus carritos, con sus silbatos, cayéndose; todo era horrible. Y él que no se mataría, y ella que no se lo podía decir a nadie. "Septimus ha trabajado demasiado", eso era lo único que le podía decir a su propia madre. Amar lo vuelve a uno solitario, pensó. No se lo podía decir a nadie, ni siquiera ya a Septimus y, mirando hacia atrás, lo vio ahí sentado, con su abrigo gastado, solo, encorvado con la vista perdida. Y era cobardía en un hombre decir que iba a quitarse la vida, pero Septimus había peleado, era valiente. Él no era Septimus en este momento. ¿Estrenaba ella un cuello de vestido? ¿Estrenaba un sombrero? Él nunca se daba cuenta y era feliz sin ella. ¡A ella nada sin él la hacía feliz! ¡Nada! Él era egoísta. Como todos los hombres. Porque él no estaba enfermo. El doctor Holmes decía que no le pasaba nada. Ella extendió la mano delante de sus ojos. ¡Vaya! La alianza se le movía de tanto que había adelgazado. Ella era la que sufría, pero no tenía a quién decírselo.

Lejos habían quedado Italia y las casas blancas y la habitación en que sus hermanas hacían sombreros, y las calles atestadas todos los atardeceres de gente que iba de paseo, que reía sonoramente, de gente que no estaba tan solo medio viva, ¡como la gente de aquí que, sentada en tristes sillas, contemplaba unas flores, pocas y feas, que crecían en macetas!

—Me gustaría que vieran los jardines de Milán —dijo Rezia en voz alta. Pero, ¿a quién? No había nadie. Sus palabras se desvanecieron. Como se desvanece un cohete. Brilla, después de haberse abierto paso en la noche, y se rinde a la noche, desciende la oscuridad, cae sobre los perfiles de casas y torres, se suaviza en las laderas de las colinas y se hunde. Pero pese a que todo desaparece, la noche está colmada; descolorido, en la ceguera de las ventanas, todo existe de manera más grave, todo da lo que la franca luz del día no puede dar, la inquietud y el misterio de las cosas amontonadas en las tinieblas, apiñadas en las sombras, carentes del relieve que les da el alba cuando, pintando los muros de blanco y de gris, brillando en los cristales de las ventanas, levantando la niebla de los campos, mostrando las vacas rojizas que pastan en paz, todo queda de nuevo atado a los ojos, todo existe otra vez. ¡Estoy sola!, ¡estoy sola!, gritó junto a la fuente de Regent's Park (mirando al indio con su cruz), quizá como lo estoy a medianoche cuando, borrados todos los límites, el país recupera su antigua forma, tal como los romanos lo vieron, envuelto en nubes, cuando desembarcaron, y las colinas carecían de nombre, y los ríos serpenteaban hacia no podían saber dónde. Tal era la oscuridad en que Rezia se encontraba, cuando de golpe, como si hubiera aparecido una plataforma y Rezia se encontrara en ella, se dijo que era la esposa de Septimus, casada con él hacía años en Milán, sí, su esposa, ¡y nunca, nunca, diría que Septimus estaba loco! ¡Y ahora se había ido, se había ido a matarse, tal como había amenazado, a arrojarse debajo de un carro! Pero no, allí estaba, aún sentado solo, con su deslucido abrigo, con las piernas cruzadas y la mirada fija, hablándose a sí mismo en voz alta.

Los hombres no deben cortar árboles. Hay un Dios. (Anotaba esas revelaciones al dorso de los sobres). Cambiar el mundo. Nadie mata por odio. Hazlo saber (lo anotó). Esperó. Escuchó. Un gorrión, subido en la barandilla de enfrente, canturreó: "¡Septimus, Septimus!", cuatro o cinco veces y, siguió cantando, sacando una a una las notas, cantando con voz nueva y también penetrante, en griego, que no existía el crimen y, acompañado por otro gorrión, desde los árboles de la pradera de la vida, al otro lado del río donde los muertos caminan, que no había muerte.

Allí estaba la mano de Septimus, allí estaban los muertos. Cosas blancas se reunían al otro lado de la reja frente a él. Pero no se atrevía a mirar. ¡Evans estaba detrás de la verja!

–¿Qué dices? –preguntó Rezia de golpe, sentándose a su lado.

¡Interrumpido de nuevo! Rezia lo estaba interrumpiendo siempre.

Lejos de la gente, debían alejarse de la gente, dijo Septimus (levantándose de un salto), e irse allá inmediatamente, al lugar en que había sillas bajo la copa de un árbol, y la larga ladera del parque bajaba como una prenda de lana verde, con un cielo de tela azul y humo rosado muy a lo alto, y había una aglomeración de casas lejanas e irregulares envueltas en humo y el tránsito murmuraba en círculos, y a la derecha animales de colores opacos alargaban sus largos cuellos sobre la empalizada del zoológico, ladrando y aullando. Allí se sentaron, bajo la copa del árbol.

Señalando a un reducido grupo de muchachos con palos de cricket, uno de los cuales arrastraba los pies y giraba sobre un talón, como si imitara a un payaso, Rezia imploró:

–Mira –Rezia suplicó–. Mira.

El doctor Holmes le había dicho que debía intentar que Septimus se fijara en cosas reales, que fuera al *music hall*, que jugara al cricket. Sí, dijo el doctor Holmes, no hay nada como el cricket, juego al aire libre, lo más indicado para su marido.

–Mira –insistió Rezia.

Mira, le invitaba lo no visto, la voz que ahora comunicaba con él, que era el ser más grande de la humanidad, Septimus, últimamente transportado de la vida a la muerte, el Señor que había venido para renovar la sociedad, el que yacía como una colcha, como una capa de nieve sólo tocada por el sol sin consumirse jamás sufriendo siempre, el chivo expiatorio, el sufriente eterno, pero él no quería ser esto, gimió, apartando de sí con un ademán aquel eterno sufrir, aquella eterna soledad.

—¿La estación de Metro de Regent's Park? —¿podrían indicarle el camino al Metro de Regent's Park? inquirió Maisie Johnson. Había llegado de Edimburgo hacía tan sólo dos días.

—Por aquí no; ¡por allá! —exclamó Rezia, señalándole que se hiciera a un lado, por temor a que viera a Septimus.

Ambos parecen raros, pensó Maisie Johnson. Todo parecía muy raro. Recién llegaba a Londres para trabajar con un tío suyo que le había dado un empleo en Leadenhall Street y de paseo ahora por Regent's Park, aquella pareja sentada en esas sillas la asustó: la mujer, con aire de extranjera y el hombre con esa pinta tan rara. Incluso de vieja los seguiría recordando y entre sus recuerdos estaría este paseo por Regent's Park, una preciosa mañana de verano hace cincuenta años. Porque sólo tenía diecinueve años y al fin había logrado lo que anhelaba: venir a Londres; y qué extraño era ahora todo, esta pareja a la que le había preguntado la dirección, y la chica se había asustado y había hecho un gesto curioso con la mano y el hombre, él sí que parecía rarísimo, peleando, quizás separándose para siempre; quizás. Algo sucedía, estaba segura, y ahora, toda esa gente (había vuelto al Broad Walk), los estanques de piedra, y las flores prolijas, los viejos y las viejas, inválidos la mayoría en sillas de ruedas, parecían, después de Edimburgo, tan raros. Y Maisie Johnson, al unirse a ese grupo que caminaba sin rumbo, que observaba distraídamente —con el viento en la cara— a las ardillas arreglándose en las ramas, a los gorriones buscando migajas de pan, a los perros en las rejas, ocupados unos con otros, mientras el aire suave y cálido les daba un punto de dulzura y de capricho a esa mirada fija y neutral con la que se tomaban la vida. Maisie Johnson sintió de manera indudable que tenía que gritar ¡oh! (porque ese joven sentado allí la había impresionado. Algo pasaba, lo sabía).

¡Horror! ¡Horror!, quería gritar. (Se había alejado de su gente; le habían advertido de lo que podía pasar).

¿Por qué no se había quedado en casa?, gritó agarrándose al pomo de la barandilla de hierro.

Esa chica, pensó la señora Dempster (que guardaba restos de pan para las ardillas y que a veces se llevaba el almuerzo a Regent's Park), todavía no sabe nada; y con todo le parecía mejor ser un poco robusta, un poco desaliñada, un poco modesta en sus pretensiones. Percy bebía. Bueno, mejor tener un hijo, pensó la señora Dempster. Lo había pasado mal, y no podía evitar sonreír ante una chica como esa. Te casarás, porque eres lo suficientemente linda, pensó la señora Dempster. Cásate, pensó, y así aprenderás. Oh, las cocineras y todo lo demás. Cada hombre tiene su forma de ser. Pero no sé si hubiera tomado la misma decisión, si hubiera sabido de antemano, pensó la señora Dempster, y no pudo evitar el deseo de susurrarle unas palabras al oído a Maisie Johnson, de sentir en la arrugada piel de su cara vieja y marchita el beso de la piedad. Sí, porque ha sido una vida dura, pensó la señora Dempster. ¿Qué no le di, yo, a esta vida? Rosas; la figura; y también los pies. (Escondió los pies deformes y llenos de bultos bajo la falda).

Rosas, pensó sarcásticamente. Tonterías, cariño. Porque de verdad, con el comer, el beber y la vida en común, los buenos tiempos y los malos, la vida no había sido un lecho de rosas, y es más, déjenme decirles, ¡Carrie Dempster no estaba dispuesta a cambiar su suerte por la de una mujer de Kentish Town, cualquiera que fuese! Pero piedad, suplicaba; piedad por la pérdida de las rosas. Piedad, le pedía a Maisie Johnson, en pie junto a los arbustos de jacintos.

¡Ah, pero ese avión! ¿Acaso la señora Dempster no había anhelado siempre ver países extranjeros? Tenía un sobrino misionero. El avión se elevaba rápidamente. Ella siempre se metía al mar, en Margate, aunque sin perder de vista la tierra, y no soportaba a las mujeres que le tenían miedo al agua. El avión giró y descendió. La señora Dempster tenía el estómago en la boca. Hacia arriba de nuevo. Dentro va un lindo muchacho, apostó la señora Dempster; y se alejó y se alejó, deprisa, desvaneciéndose, más y más lejos, el avión, pasando muy alto sobre Greenwich y todos los mástiles, sobre la islita de grises iglesias, San Pablo y las demás, hasta que a uno y otro lado de Londres, se extendían los campos y los bosques castaño oscuro en donde tordos aventureros, saltando audazmente, veloz la mirada, capturaban al caracol y lo golpeaban contra una piedra, una, dos, tres veces.

El avión se alejó más y más hasta que sólo fue una brillante chispa, una aspiración, una concentración, un símbolo (así le pareció al señor Bentley, que enérgicamente cortaba el césped de su jardín en Greenwich) del alma del hombre; de su decisión, pensó el señor Bentley cortando el césped alrededor del cedro, de huir de su propio cuerpo, salir de su casa, mediante el pensamiento, Einstein, la especulación, las matemáticas, la teoría de Mendel. Rápidamente se alejaba el avión.

Entonces, mientras un personaje harapiento y ridículo, con un portafolio de cuero estaba de pie en la escalinata de la catedral de St. Paul, dudaba porque dentro estaba ese bálsamo, esa gran bienvenida, todas esas tumbas con pendones ondeando en lo alto, trofeos de victorias logradas, no contra ejércitos, pensaba el hombre, sino contra ese irritante espíritu de búsqueda de la verdad que me ha dejado en esta precaria situación, sin empleo; es más, la catedral ofrece compañía, pensó, te invita a pertenecer a una sociedad; grandes hombres pertenecen a ella; hay mártires que han muerto por ella; por qué no entrar, pensó, poner este portafolio de cuero repleta de papeles ante un altar, una cruz, el símbolo de algo que se ha elevado por encima de toda búsqueda, de toda pregunta, de todo discurso construido y se ha convertido en puro espíritu, sin cuerpo, fantasmal. ¿Por qué no entrar? pensó, y mientras dudaba, el avión se alejó sobrevolando Ludgate Circus.

Era extraño; era silencioso. Ni un sonido se oía por encima del tránsito. Parecía que nadie lo conducía, que volaba por obra de su propia voluntad. Y ahora se alzó en una curva, y subía rectamente, como algo que se elevara en éxtasis, en puro goce, y de su parte trasera surgía el humo que, retorciéndose, escribió una T y una O y una F.

—¿Qué miran? —preguntó Clarissa Dalloway a la doncella que le abrió la puerta de su casa.

El vestíbulo de la casa estaba fresco como una bóveda. La señora Dalloway se llevó la mano a los ojos y mientras la doncella cerraba la puerta y oía el rumor de la falda de Lucy, se sintió como una monja que ha huido del mundo y siente cómo la envuelven los velos familiares y las antiguas devociones. La cocinera silbaba en la cocina. Oyó el tecleo de la máquina de escribir. Era su vida e, inclinándose hacia la mesa del vestíbulo, se sometió a esa influencia, se sintió bendecida y purificada, y se dijo a sí misma, mientras cogía el anotador de los mensajes telefónicos, cómo momentos como este son brotes en el árbol de la vida, flores de oscuridad, pensó (como si alguna preciosa rosa hubiera florecido sólo para ella). Nunca creyó en Dios, y con mucho más motivo, pensó, tomando el anotador, una debe pagar por ello en la vida diaria al personal de servicio, sí, a los perros y los canarios, y sobre todo a Richard, su marido, que era la base de todo ello —de los alegres sonidos, de las luces verdes, incluso de la cocinera que silbaba, porque la señora Walker era irlandesa y se pasaba todo el día silbando— una tenía que usar este fondo secreto de momentos exquisitos para saldar su deuda, pensó, levantando el anotador, mientras Lucy seguía de pie a su lado, tratando de explicar algo.

—El señor Dalloway, señora...

Clarissa leyó en el anotador del teléfono: "Lady Bruton desea saber si el señor Dalloway puede almorzar con ella hoy".

—El señor Dalloway, señora, me ha encargado que le dijera que hoy no almorzará en casa.

—¡Vaya!

Y Lucy, tal como Clarissa deseaba, participó en su desilusión (pero no en el dolor); Lucy sintió la armonía entre las dos; entendió la insinuación; pensó en la manera en que las personas de clase media aman; doró con calma su propio futuro; y, tomando la sombrilla de la señora Dalloway, la transportó como si fuera un arma sagrada que una diosa, después de haberse comportado honrosamente en el campo de batalla, abandona, y la puso en el paragüero.

—No temas más —dijo la señora Dalloway—. No temas más al ardor del sol; porque la desagradable sorpresa de que Lady Bruton hubiera invitado a almorzar a Richard sin ella, fue como la planta en el lecho del río se estremece al sentir la onda de un remo. Tal fue su temblor, tal fue el estremecimiento.

Millicent Bruton, cuyos almuerzos eran afamados por ser tremendamente divertidos, no la había invitado. No es que unos celos vulgares la pudieran separar de Richard. Pero le temía al tiempo en sí mismo, y leía en el rostro de Lady Bruton, como si fuera un disco grabado en la piedra impasible, que la vida se terminaba, cómo año tras año quedaba recortada su parte; qué poco podía ya dar de sí el margen que le quedaba, qué poco podía absorber, como en los años juveniles, los colores, las sales, los matices de la existencia, de tal manera que Clarissa colmaba la habitación en la que entraba, y a menudo sentía —justo en el momento en que estaba a punto de cruzar el umbral de la sala de estar— un momento de calma deliciosa, como el que experimenta un nadador antes de zambullirse en el mar que se oscurece y se ilumina a sus pies, y las olas que amenazan con romper, aunque apenas rasgan la superficie, ruedan, se ocultan y se llenan de perlas, mientras simplemente dan vuelta las algas.

Dejó el anotador en la mesa del vestíbulo. Comenzó a subir despacio la escalera, con la mano en la baranda, como si hubiera salido de una fiesta en la que ahora este amigo, luego aquel, hubieran reflejado su propia cara, hubieran sido el eco de su voz; como si hubiera cerrado la puerta y hubiera salido y hubiera quedado sola, solitaria figura contra una noche espantosa, o mejor, para ser precisos, contra la mirada de esta objetiva mañana de junio; esta mañana que tenía para algunos la tersura del pétalo de rosa. Lo sabía y lo sintió en el momento en que se detuvo junto a la ventana abierta en la escalera, cuyas cortinas flameaban, dejando entrar los ladridos de los perros, dejando entrar, pensó, sintiéndose repentinamente marchita, avejentada, sin pechos, la batahola, el aliento y el florecimiento del día fuera de la casa, fuera de la ventana, fuera de su propio cuerpo y de su cerebro que ahora dudaba, porque Lady Bruton, cuyos almuerzos eran afamados por ser tremendamente divertidos, no la había invitado.

Como una monja retirándose, o como un niño explorando una torre, fue hasta el piso superior, se detuvo ante una ventana, fue al baño. Allí estaba el linóleo verde y una canilla que goteaba. Había un vacío alrededor del corazón de la vida; una habitación en el ático.

Las mujeres deben deshacerse de sus ricos atavíos. Al mediodía deben desvestirse. Pinchó el alfiler en la almohadilla y dejó sobre la cama su sombrero de plumas amarillo. Las sábanas estaban limpias, tensamente estiradas con una ancha banda blanca, de lado a lado. Cada vez se volvería más estrecha, su cama. La vela estaba consumida a medias y Clarissa estaba profundamente inmersa en las *Memorias* del Barón Marbot. Se había quedado leyendo hasta tarde el pasaje sobre la retirada de Moscú. Como la Cámara deliberaba hasta tan tarde, Richard insistió después de su enfermedad en que debía dormir sin ser molestada. Y ciertamente ella prefería leer sobre la retirada de Moscú. Él lo sabía. Entonces, la habitación era un desván; la cama, estrecha; y allí tumbada, leyendo, porque dormía mal, no podía despojarse de una virginidad conservada a través de partos, una virginidad que se pegaba a ella como una sábana. Adorable en la juventud, de repente llegó un momento –por ejemplo, en el río, bajo los bosques de Clieveden– en que, debido a alguna contracción de este frío espíritu, Clarissa le había fallado a Richard. Y después en Constantinopla, y otra vez, y otra más. Sabía qué era lo que le faltaba. No era belleza; no era inteligencia. Se trataba de algo central que penetraba todo; algo cálido que alteraba superficies y rompía el frío contacto de hombre y mujer, o de mujeres juntas. Porque eso sí que podía percibirlo vagamente. Le dolía, sentía escrúpulos sacados de Dios sabe dónde, o bien, eso creía, enviados por la Naturaleza (inexorablemente sabia); con todo, en algunas ocasiones era incapaz de resistirse al encanto de una mujer, no de una niña, de una mujer confesándole, como hacían a menudo, algún embrollo, una locura. Y fuera por piedad o por su belleza, o porque ella era mayor, o por algún otro accidente –como un sutil aroma, o un violín en la casa de al lado (tan extraño es el poder del sonido en ciertos momentos), ella sentía, sin lugar a dudas, lo que los hombres sienten. Sólo por un instante; pero era suficiente. Era una súbita revelación, una especie de excitación como un sofoco que tratabas de manejar pero a medida que se extendía no te quedaba más remedio que entregarte a su movimiento y te apurabas hasta el final y allí te ponías a temblar y sentías que el mundo se te acercaba exacerbado, con un significado sorprendente, con una especie de presión que te llevaba al éxtasis, porque estallaba por la piel y brotaba y fluía con un inmenso alivio por fisuras y llagas. Y entonces, exactamente en ese momento había tenido una iluminación: la luz de un fósforo que arde en una flor de azafrán, un sentido interno que casi llegaba a verbalizarse. Pero la presión se pasaba; lo duro se volvía blando. Se había terminado el momento. Sobre el fondo de momentos así (también con las mujeres), contrastaba (mientras dejaba el sombrero) la cama, el Barón Marbot y la vela consumida a medias. Mientras yacía despierta, el parquet crujía; la casa iluminada se oscurecía de golpe, y cuando alzaba la cabeza escuchaba el clic del picaporte que Richard accionaba con la mayor delicadeza posible, y subía la escalera en calcetines, y luego, casi siempre, se le caía la bolsa de agua caliente y soltaba un insulto. ¡Cómo se reía ella entonces!

Pero este tema de amar (pensó, guardando la chaqueta), este enamorarse de mujeres. Por ejemplo, Sally Seton, su relación en los viejos tiempos con Sally Seton. ¿No había sido amor, acaso, a fin de cuentas?

Estaba sentada en el suelo –ésta era su primera impresión de Sally–, estaba sentada en el suelo con los brazos alrededor de las rodillas, fumando un cigarrillo. ¿Dónde habría ocurrido? ¿En casa de los Manning? ¿De los Kinloch-Jones? Era en una fiesta (incluso cuando no sabía con certeza dónde), ya que recordaba claramente haber preguntado al hombre en cuya compañía estaba: "¿Quién es *esta*?". Y él se lo dijo, y añadió que los padres de Sally no se llevaban bien (¡cuánto la escandalizó que los padres se pelearan!). Pero en el transcurso de la velada no pudo apartar la vista de Sally. Era una belleza extraordinaria, el tipo de belleza que más admiraba, morena, ojos grandes, con aquella gracia que, por no tenerla ella, siempre envidió –una suerte de abandono, como si fuera capaz de decir cualquier cosa, de hacer cualquier cosa, una característica mucho más frecuente en las extranjeras que en las inglesas. Sally decía siempre que por sus venas corría sangre francesa, que uno de sus antepasados había estado con María Antonieta y que le cortaron la cabeza, y que le había dejado un anillo con un rubí. Quizá fuera aquel verano en que Sally apareció en Bourton, completamente por sorpresa, sin un penique en el bolsillo, después de la cena, asustando a la pobre tía Helena de tal forma que nunca pudo perdonarla. En su casa se había habido una discusión tremenda. Literalmente, no tenía ni un penique esa noche cuando acudió a ellos, había empeñado un broche para pagar el viaje. Se había ido apuradísima, en un impulso.

Se quedaron hablando hasta altas horas de la noche. Sally fue quien le hizo darse cuenta, por primera vez, de lo protegida que resultaba la vida en Bourton. No sabía nada acerca sobre sexo, ni de problemas sociales. En una ocasión vio a un viejo caer muerto en un campo; había visto vacas que acababan de parir a sus terneros. Pero a la tía Helena nunca le gustaron las discusiones, sin importar sobre qué fueran (cuando Sally le dio a Clarissa el William Morris, tuvo que forrarlo con papel marrón). Se quedaban sentadas horas y horas conversando, en su dormitorio del último piso, sobre la vida, sobre cómo iban a cambiar el mundo. Querían fundar una sociedad que aboliera la propiedad privada, y llegaron hasta escribir una carta, aunque no alcanzaron a mandarla. Las ideas eran de Sally, claro, pero ella rápidamente adoptó ese mismo entusiasmo, leía a Platón en la cama, antes de desayunar; leía a Morris; leía a Shelley a toda hora.

La vitalidad de Sally era asombrosa, su capacidad, su personalidad. Como lo que hacía con las flores, por ejemplo. En Bourton siempre había unos jarrones pequeños y largos distribuidos por la mesa. Sally salía, elegía malvas, dalias —todo género de flores que jamás se habían visto juntas—, les cortaba la cabeza y las echaba en unos cuencos con agua, donde quedaban flotando. El efecto era extraordinario, al entrar a cenar, al atardecer. (Por supuesto que la tía Helena consideraba cruel hacer eso con las flores). Otra vez, olvidó su esponja y empezó a correr desnuda por el pasillo. Aquella vieja y oscura doncella, Ellen Atkins, anduvo musitando: "¿Y si algún caballero la hubiera visto, qué?". Verdaderamente, Sally escandalizaba. Era desaliñada, decía papá.

Lo extraño ahora, al recordarlo, era la pureza, la integridad, de sus sentimientos hacia Sally.

No eran como los sentimientos hacia un hombre. Se trataba de un sentimiento totalmente desinteresado, y además tenía una algo especial que sólo puede darse entre mujeres, entre mujeres recién salidas de la adolescencia. Era un sentimiento protector por parte de Clarissa, y surgía de cierta sensación de estar las dos de acuerdo, aliadas, del presentimiento de que algo las terminaría separando (siempre que hablaban de matrimonio, lo hacían como si se tratara de una calamidad, lo cual incrementaba esa actitud de caballeroso defensor, aquel sentimiento de protección que era más fuerte en Clarissa que en Sally). Por aquel tiempo, Sally se comportaba como una total insensata; por alardear, hacia las cosas más estúpidas: andaba en bicicleta por el parapeto de la terraza; fumaba cigarros. Ridícula, era muy ridícula. Pero su encanto resultaba avasallador, por lo menos para

Clarissa, tanto que recordaba los momentos en que, de pie en su dormitorio, en el último piso de la casa, con la botella de agua caliente en las manos, decía en voz alta: "¡Sally está bajo este techo...! ¡Está bajo este techo!".

No, ahora las palabras ya no significaban nada en lo absoluto para ella. No notaba ya ni el eco de su antigua emoción. Sin embargo, sí se acordaba de los escalofríos que le producía la emoción y de cómo se arreglaba el pelo en una especie de éxtasis (ahora esa antigua sensación comenzó a volver a ella, mientras se quitaba las horquillas, las dejaba sobre el tocador, se arreglaba el peinado), con las cornejas subiendo y bajando en la luz rosada del atardecer, y de cómo se vestía y bajaba la escalera y cómo sentía, al cruzar la sala, que "si tuviese que morir ahora, sería el momento más dichoso". Así se sentía, como Otelo, y lo sentía, estaba segura de ello, con tanta fuerza como Shakespeare quiso que Otelo lo sintiera. ¡Y todo porque estaba bajando a cenar, con un sencillo vestido blanco, para encontrarse con Sally Seton!

Ella iba vestida con una gasa de color rosado, ¿podría ser? En cualquier caso, parecía todo luz, todo esplendor, como un pájaro o como un levísimo plumón que, llevado por el viento, se posa un instante en una zarza. Pero no hay nada más raro, cuando se está enamorada (¿y qué era aquello sino amor?), como la total indiferencia de los demás. La tía Helena desapareció después de la cena; papá leía el periódico. Peter Walsh quizás estuviera allí, y la vieja señorita Cummings; Joseph Breitkopf sí estaba, sin dudas, ya que iba todos los veranos, pobre viejo, para pasar allí semanas y semanas, y fingía enseñar alemán a Clarissa, aunque en realidad se dedicaba a tocar el piano y a cantar obras de Brahms con su voz tan baja.

Todo esto no era más que un paisaje de fondo para Sally. De pie junto a la chimenea, hablaba, con esa voz tan hermosa que hacía que todo lo que decía sonara como una caricia, dirigiéndose a papá, que había empezado a sentirse atraído, un poco en contra de su voluntad (nunca pudo olvidar que una vez le prestó uno de sus libros y después lo encontró empapado en la terraza), cuando decía de golpe: "¡qué lástima estar sentados aquí dentro!", y salieron todos a la terraza y se pusieron a caminar de uno a otro lado. Peter Walsh y Joseph Breitkopf siguieron charlando sobre Wagner. Ella y Sally los siguieron, un poco más atrás. Entonces se produjo el momento más hermoso de su vida, al pasar junto a una hornacina de piedra con flores. Sally se detuvo, tomó una flor, y besó a Clarissa en los labios. ¡Fue como si el mundo entero se hubiese puesto boca abajo! El resto desapareció ahí estaba ella, sola con Sally. Y tuvo la sensación de que acababan de darle un regalo, bien envuelto, y que le habían pedido que lo guardara, sin mirarlo. Un diamante, algo infinitamente precioso, bien envuelto, y mientras andaban (para allá y para acá, para allá y para acá), ella lo abrió y, al hacerlo, le quemó su resplandor, la revelación, el sentimiento religioso. Y entonces el viejo Joseph y Peter aparecieron frente a ellas:

—¿Contemplando las estrellas? –dijo Peter.

¡Fue como chocarse contra una pared de granito en la oscuridad! ¡Fue vergonzoso! ¡Fue horrible!

No por ella. Pero sintió que Sally ahora era maltratada, sintió la hostilidad de Peter, sus celos, su decisión de entrometerse en la complicidad de ellas dos. Vio todo lo anterior como se ve un paisaje a la luz de un relámpago. Y Sally (¡nunca la admiró más que en ese momento!) continuó valientemente invicta. Rió. Invitó al viejo Joseph a que le cómo se llamaban las estrellas, y él lo hizo muy solemnemente. Sally se quedó allí, de pie, prestando atención. Oyó los nombres de las estrellas.

"¡Qué horror!" se dijo Clarissa, como si hubiera sabido en todo momento que algo interrumpiría, amargaría, su instante de dicha.

Sin embargo fue mucho lo que después llegó a deberle a Peter Walsh. Siempre que pensaba en él recordaba sus peleas originadas por cualquier cosa, quizá causadas por lo mucho que Clarissa deseaba la buena opinión de Peter. Le debía palabras como "sentimental", "civilizado". Todos los días de Clarissa comenzaban como si Peter fuese su guardián. Un libro era "sentimental"; una actitud ante la vida era "sentimental". "Sentimental", quizá Clarissa fuera "sentimental" por pensar en el pasado. ¿Qué pensaría Peter, se preguntó Clarissa, cuando regresara? ¿Qué había envejecido? ¿Lo diría, o acaso Clarissa vería, cuando Peter volviera, que él pensaba que ella había envejecido? Era cierto. Desde su enfermedad se había quedado con el cabello casi blanco.

Cuando dejó el broche sobre la mesa, tuvo un espasmo inesperado, como si, mientras meditaba, las garras de hielo hubieran tenido ocasión de clavarse en ella. Aún no era vieja. Recién había cumplido cincuenta y dos años; meses y meses de sus cincuenta y dos años estaban todavía intactos. ¡Junio, julio, agosto! Todos ellos casi enteros y, como si quisiera apurar la última gota, Clarissa (dirigiéndose al tocador) se zambulló en lo más profundo del momento, lo dejó capturado, allí, el momento de esta mañana de junio sobre la que caía el peso de todas las demás mañanas, viendo el espejo, el tocador y todos los frascos, concentrando todo su ser en un punto (mientras miraba el espejo), viendo la delicada cara rosada de la mujer que iba a dar una fiesta esa misma noche, la cara de Clarissa Dalloway, de sí misma.

¡Cuántos millones de veces había mirado su cara y siempre con la misma imperceptible contracción! Apretaba los labios cuando se miraba al espejo. Lo hacía para dar a su cara aquella forma puntiaguda. Así era ella: puntiaguda, aguda, definida. Así era ella, cuando un esfuerzo, una invitación a ser ella misma, juntaba las diferentes partes —sólo ella sabía cuán diferentes, cuán incompatibles—, y quedaban componiendo ante el mundo un centro, un diamante, una mujer que estaba sentada en su sala de estar y constituía un punto de convergencia, un resplandor sin duda en algunas vidas aburridas, quizás un refugio para los solitarios; había ayudado a ser siempre la misma, no mostrar jamás ni un signo de sus otras facetas, deficiencias, celos, vanidades, sospechas, cual ésta de Lady Bruton que no la había invitado a almorzar; lo cual, pensó (peinándose por fin), ¡era de una bajeza descarada! Bueno, ¿y dónde estaba el vestido?

Sus vestidos de noche estaban colgados en el armario. Clarissa hundió la mano en aquella suavidad, descolgó cuidadosamente el vestido verde y lo acercó a la ventana. Estaba rasgado. Alguien había pisado el borde de la falda. En la fiesta de la Embajada había notado que el vestido cedía en la parte de los pliegues. A la luz artificial el verde brillaba, pero ahora, al sol, se veía descolorido. Ella misma lo arreglaría. Las criadas tenían demasiadas tareas. Lo usaría esta noche. Tomaría las sedas, las tijeras, el —¿cómo se llama?— el dedal, por supuesto, y bajaría a la sala de estar porque también tenía que escribir, y cuidar de que todo, en general, estuviera más o menos en orden.

Es raro, pensó parándose en lo alto de la escalera y reuniendo aquella forma de diamante, aquella persona unida, es raro el modo en que la dueña de una casa conoce el momento que atraviesa una casa, su humor del momento. Suaves sonidos se elevaban en espiral por el hueco de la escalera: el murmullo de un paño mojado, un martilleo, golpes con la mano, cierto rumor cuando la puerta principal se abría, el tintineo de la plata sobre una bandeja. Plata limpia para la fiesta. Todo era para la fiesta.

(Y Lucy, entrando en la sala de estar con la bandeja, puso los gigantescos candelabros sobre la chimenea, el pequeño cofre de plata en medio, y giró el delfín de cristal hacia el reloj. Iban a venir; iban a estar ahí; iban a hablar en el tono cuidado que ella sabía imitar, las damas y los caballeros. De entre todos ellos, su señora era la más bella, señora de la plata, de la lencería, de la porcelana, porque el sol, la plata, las puertas fuera de sus goznes, los hombres de Rumpelmayer, todo ello le daba la sensación, mientras dejaba el abrecartas sobre la mesa de marquetería, de algo conseguido. ¡Miren! ¡Miren! decía, dirigiéndose a sus viejas amigas de la panadería, donde había tenido su primer empleo, en Caterham, mientras se contemplaba con disimulo en el espejo. Lucy era Lady Angela atendiendo a la Princesa Mary, y fue en ese momento que entró la señora Dalloway).

–¡Oh, Lucy –dijo Clarissa–, qué limpia está la plata!

–¿Les gustó la obra de teatro de anoche? –dijo, mientras volvía a poner en postura vertical el delfín–. Tuvieron que irse antes de que terminara –dijo–. ¡Tenían que estar de vuelta a las diez! –dijo–. No saben cómo terminó –dijo–. Es un poco duro realmente –dijo (sus criadas podían llegar más tarde, si pedían permiso)–. Qué lástima –dijo, tomando el almohadón gastado que estaba en el centro del sofá, y poniéndolo en manos de Lucy, y empujándola suavemente, y gritando:

–¡Lléveselo! ¡Déselo a la señora Walker de mi parte! ¡Lléveselo!

Lucy se paró en la puerta de la sala, sosteniendo el almohadón y dijo, muy tímidamente, sonrojándose, si podía ayudarla a coser aquel vestido.

Pero, dijo la señora Dalloway, ya tenía bastante ella, más que suficiente con sus tareas como para encargarse también de eso.

—Pero gracias, Lucy, gracias, muchas gracias —dijo la señora Dalloway, y siguió diciendo gracias, gracias (mientras se sentaba en el sofá con el vestido sobre las rodillas, las tijeras, las sedas), gracias, gracias, siguió diciéndolo en agradecimiento a sus criados en general, ahora, por ayudarla a ser así, a ser lo que ella quería: atenta, generosa. Sus criados la estimaban. Y este vestido suyo, —¿dónde estaba lo descosido?— y ahora tenía que enhebrar la aguja. Era uno de sus vestidos preferidos, uno de Sally Parker, casi el último que hizo, qué lástima, porque Sally se había retirado ya, vivía en Ealing, y si tengo un momento libre, pensó Clarissa (pero ya nunca iba a tenerlo), iré a visitarla a Ealing. Ciertamente era todo un personaje, pensó Clarissa, una verdadera artista. Tenía unas ideas un poco fuera de lo común, pero sus vestidos nunca fueron raros. Los podías llevar en Hatfield, en el Palacio de Buckingham. Los había llevado, de hecho, en Hatfield, en el Palacio de Buckingham.

La paz envolvió a Clarissa, la calma, la satisfacción, mientras la aguja, juntando suavemente la seda de elegante caída, unía los verdes pliegues y los cosía, muy lentamente, a la cintura. Igual que las olas, en los días de verano, se juntan, se abalanzan y caen; se juntan y caen; y el mundo entero parece decir "esto es todo" con más y más seriedad, hasta que también el corazón en el cuerpo que yace al sol en la playa dice "esto es todo". "No temas más", dice el corazón. "No temas más", dice el corazón, confiando su carga a algún mar que suspira colectivamente por todas las penas, y renueva, comienza, junta, deja caer. Y solamente el cuerpo presta atención a la abeja que pasa, a la ola rompiendo, al perro ladrando, ladrando y ladrando a lo lejos.

—¡Dios mío! ¡El timbre de la puerta! —se sobresaltó Clarissa, dejando su labor.

Alerta, escuchó.

—La señora Dalloway me recibirá —dijo en el vestíbulo un hombre entrado ya en años—. Sí, sí, a mí me recibirá —repitió, corriendo a Lucy a un lado con mucha benevolencia, y subiendo por las escaleras a toda carrera—. Sí, sí, sí —murmuraba mientras subía corriendo—. Me recibirá. Después de pasar cinco años en la India, Clarissa me recibirá.

—¿Quién puede...? ¿Quién puede...? —preguntó Clarissa.

(Lo dijo mientras pensaba que era indignante que la interrumpieran a las once de la mañana del día en que daría una fiesta). Había escuchado pasos en la escalera. Oyó una mano en la puerta. Intentó ocultar el vestido, como una virgen protegiendo la castidad, resguardando su intimidad. Ahora el picaporte de bronce giró. Ahora la puerta se abrió, y entró... ¡durante un segundo no pudo recordar cómo se llamaba!, tan sorprendida quedó al verlo, tan contenta, tan intimidada, ¡tan profundamente sorprendida de que Peter Walsh la visitara inesperadamente aquella mañana! (No había leído su carta).

—¿Qué tal, cómo estás? —dijo Peter Walsh, verdaderamente temblando, mientras tomaba las dos manos de Clarissa y las besaba.

Ha envejecido, pensó Peter Walsh sentándose. No le diré nada, pensó, porque ha envejecido. Me está mirando, pensó, súbitamente dominado por la timidez, y pese a que le había besado ambas manos. Metió su mano en el bolsillo, sacó un cortaplumas grande y lo abrió a medias.

Exactamente igual, pensó Clarissa; el mismo aspecto curioso; el mismo traje a cuadros; su cara parece un poco cambiada, un poco más flaca, un poco más seca tal vez, pero tiene un aspecto estupendo, y es el mismo de antes.

—¡Qué maravilloso volver a verte! —exclamó. Peter abrió del todo el cortaplumas. Muy propio de él, pensó Clarissa.

Recién había llegado a la ciudad, anoche, dijo él; tendría que haberse ido al campo enseguida; y ¿cómo estaba todo, cómo estaban? ¿Richard, Elizabeth?

–¿Y qué es todo esto? –dijo, señalando el vestido verde con su cortaplumas. Está muy bien vestido, pensó Clarissa; sin embargo, a mí siempre me critica.

Aquí está remendando su vestido, pensó Peter Walsh; remendando su vestido como siempre; aquí ha estado sentada durante todo el tiempo que yo he pasado en la India; remendando su vestido; entreteniéndose; yendo a fiestas; yendo y viniendo al Parlamento y esas cosas, pensó, enojándose cada vez más, porque no hay nada peor en el mundo para las mujeres que el matrimonio, pensó; y la política; y tener un marido conservador, como el admirable Richard. Así es, así es, pensó, cerrando la navaja con un "clac".

–Richard está muy bien –dijo Clarissa–. Ahora está en un comité.

Abrió la tijera y le preguntó si le molestaba que terminara de hacer lo que estaba haciendo con el vestido, ya que aquella noche ofrecía una fiesta.

–¡A la que no te invitaré, mi querido Peter!

Fue delicioso, sin embargo, oírla decir aquello: ¡mi querido Peter! En realidad, todo era delicioso: la plata, las sillas... ¡Todo era tan delicioso!

¿Y por qué no iba a invitarlo a la fiesta?, preguntó él.

Claro que es encantador, pensó Clarissa. ¡Totalmente encantador! Ahora recuerdo lo difícil que fue tomar la decisión. ¿Y por qué tomé la decisión de no casarme con él, aquel verano?, se preguntó.

–¡Es extraordinario que hayas venido esta mañana! –gritó Clarissa, poniendo las manos una encima de la otra sobre el vestido–. ¿Recuerdas cómo se agitaban las persianas, en Bourton?

–Ciertamente, se agitaban.

Y recordó cómo desayunaba solo, muy intimidado, con su padre, que ya había muerto; y él no le había escrito a Clarissa. A decir verdad, nunca se había llevado bien con el viejo Parry, ese viejo quejoso y vago, el padre de Clarissa, Justin Parry.

—A veces desearía haberme llevado mejor con tu padre —dijo.

—A él nunca le gustó ninguno de los que me... de nuestros amigos —dijo Clarissa; y casi se muerde la lengua por recordarle a Peter con estas palabras que había querido casarse con ella.

Claro que quise hacerlo, pensó Peter; casi me rompe el corazón; y se hundió en su pena, que se elevó como una luna vista desde una terraza, pavorosamente hermosa en la luz del día que se hunde. Nunca he sido he sido más desgraciado que en ese momento, pensó. Entonces, como si de verdad estuviese sentado allí con Clarissa en la terraza, se inclinó un poco hacia ella, adelantó su mano, la levantó, la dejó caer. Ahí estaba la luna, suspendida sobre ellos. A ella también le pareció estar sentada junto a él en la terraza, a la luz de la luna.

—Ahora es de Herbert —dijo Clarissa—. Nunca voy allí.

Entonces, tal como ocurre en una terraza a la luz de la luna, cuando una persona comienza a sentirse avergonzada de estar ya aburrida, y sin embargo la otra está sentada en silencio, muy tranquila, mirando tristemente la luna, y la primera prefiere no hablar, mueve el pie, se aclara la garganta, advierte la existencia de una rebarba de hierro en la pata de una mesa, toca una hoja, pero no dice nada, así se comportó Peter Walsh ahora. Sí, porque, ¿a cuento de qué este regreso al pasado?, pensó. ¿Por qué hacerlo volver a pensar en el pasado? ¿Por qué hacerlo sufrir, después de haberlo torturado de manera tan horrenda? ¿Por qué?

—¿Recuerdas del lago? —preguntó Clarissa en un tono cortante, apremiada por una emoción que le atenazaba el corazón, le crispaba los músculos de la garganta y le produjo un espasmo en los labios cuando dijo "lago". Sí, porque era una niña echándole pan a los patos, entre sus padres, y, al mismo tiempo, una mujer adulta acercándose a sus padres que seguían de pie junto al lago, y ella iba con su vida en brazos, una vida que, mientras se acercaba a sus padres, crecía más y más entre sus brazos, hasta llegar a ser una vida entera, una vida completa que depositaba ante ellos diciendo: "¡Esto es lo que he hecho con mi vida! ¡Esto!". ¿Y qué había hecho con ella? De verdad, ¿qué? Ahí sentada, cosiendo, esta mañana, en compañía de Peter Walsh.

Miró a Peter Walsh; su mirada, atravesando todo ese tiempo y esa emoción, le llegó dubitativa; le posó lagrimeando en él; y se fue revoloteando, como el pájaro que toca una rama y se alza nuevamente para alejarse revoloteando. Con sencillez, se enjugó los ojos.

—Sí —dijo Peter—. Sí, sí, sí —dijo, como si Clarissa estuviera sacando a la superficie algo que le resultaba muy doloroso a medida que iba emergiendo. ¡Basta! ¡Basta! quería gritar en realidad Peter. Porque no era viejo; su vida no había terminado; definitivamente. Apenas tenía más de cincuenta. ¿Se lo digo o no? pensó. Le hubiese encantado desahogarse y contarle todo. Pero ella es demasiado fría, pensó; cosiendo, con sus tijeras; Daisy se vería vulgar al lado de Clarissa. Va a pensar que soy un fracasado, y lo soy desde su punto de vista, pensó; desde el punto de vista de los Dalloway. Sí, sí, no tenía dudas; él era un fracasado, al lado de todo esto —la mesa labrada, el lujoso abre-cartas, el delfín y los candelabros, la tela de las sillas y los viejos y suntuosos grabados ingleses—. Sí, ¡era un fracasado! Aborrezco la ostentosa complacencia de todo esto, pensó; obra de Richard, no de Clarissa; pero ella se casó con él. (Mientras, Lucy entró en la sala, trayendo plata, más plata, pero su aspecto era encantador, se veía esbelta y con gracia, pensó, mientras ella se inclinaba para dejar la plata). ¡Y así han vivido todo este tiempo! , pensó; semana tras semana; la vida de Clarissa; y yo…, pensó. Y súbitamente todo tipo de cosas parecieron emanar de su persona; viajes, paseos a caballo, peleas, aventuras, partidas de bridge, amores, ¡trabajo, trabajo, trabajo! y sacó su cortaplumas sin ningún disimulo —su viejo cortaplumas de cachas de cuerno que Clarissa podía jurar había sostenido entre sus mando durante aquellos treinta años— y contrajo su mano sobre él.

Qué costumbre tan extraordinaria, pensó Clarissa; siempre jugando con un cuchillo. Y siempre, también, haciéndola sentirse una superficial, una hueca, una simple charlatana atolondrada. Pero también yo soy culpable, pensó, y, tomando la aguja, llamó, como llamaría una reina cuyos guardianes se han dormido y la han dejado desprotegida (estaba sorprendida por aquella visita, visita que la había alterado), de forma que cualquiera puede acercarse y mirarla, mientras yace con las zarzas meciéndose alrededor de su cuerpo, llamó en su ayuda a las cosas que hacía, las cosas que le gustaban, su marido, Elizabeth, ella misma, cosas que ahora Peter apenas conocía, para que acudieran todas a ella y vencieran al enemigo.

—Bien, ¿y qué has estado haciendo estos años? —preguntó.

De la misma forma, antes de que la batalla comience, los caballos patean el suelo, levantan la cabeza, brillan sus ijares, estiran el cuello. De la misma forma, Peter Walsh y Clarissa, sentados el uno al lado del otro en el sofá azul, se desafiaban. En el interior de Peter Walsh, piafaban y se alzaban sus poderes. Procedentes de distintos lugares, reunió todo tipo de cosas: alabanzas, su carrera en Oxford, su matrimonio del que Clarissa nada sabía, todo lo que había amado, y el haber cumplido con su deber.

—¡Millones de cosas! —exclamó. Y, estimulado por la unión de energías que se lanzaban atropellando en todas direcciones y le daban la sensación, tremenda y a la vez extremadamente excitante, de ser transportado en andas, sobre los hombros de gente a la que no veía, se llevó las manos a la frente.

Clarissa seguía sentada, muy tensa; contuvo el aliento.

—Estoy enamorado —dijo Peter, pero no a ella, sino a alguien que en la oscuridad se elevaba para que no llegaras a tocarlo y te vieras forzado a depositar la guirnalda en la hierba, en la oscuridad.

—Enamorado —repitió, mirando ahora a Clarissa Dalloway en un tono más bien cortante—; enamorado de una chica en la India.

Peter había depositado ya su guirnalda. Clarissa podía hacer lo que quisiera con ella.

—¡Enamorado! —dijo Clarissa.

¡A su edad, con su moño, aplastado por aquel monstruo! Y tiene el cuello descarnado, las manos rojas, ¡y es seis meses mayor que yo! Lo pensó con los ojos brillantes, pero en su corazón sintió, de todas formas: está enamorado. Tiene esto, sintió: está enamorado.

Pero el indómito egocentrismo que permanentemente derriba todo aquellos que se le opone, el río que dice adelante, adelante, adelante —aunque reconoce que quizás no tengamos una meta, pero no por ello deja de decir adelante—, este indómito egocentrismo coloreó las mejillas de Clarissa, la hizo parecer muy joven, muy sonrosada, con los ojos muy brillantes, mientras estaba sentada con el vestido apoyado sobre las rodillas, la aguja justo al borde de la seda verde, temblando un poco. ¡Estaba enamorado! No de ella. De alguna mujer más joven, por supuesto.

—¿Y quién es ella? —preguntó.

Ahora debía bajar aquella estatua de su pedestal y depositarla en el suelo, entre los dos.

—Una mujer casada, por desgracia —dijo—. La esposa de un Mayor del ejército de la India.

Y, con una dulzura curiosamente irónica, sonrió mientras ponía en tan ridícula posición a aquella mujer ante Clarissa.

(De todos modos, está enamorado, pensó Clarissa).

—Tiene dos hijos pequeños —continuó Peter, muy sensato—, un niño y una niña; y he venido a consultar a mis abogados, por lo del divorcio.

¡Ahí están! pensó él. ¡Haz lo que quieras con ellos, Clarissa! ¡Ahí los tienes! Y, segundo a segundo, le pareció que la esposa del Mayor del ejército de la India (su Daisy) y sus dos pequeños se volvían más y más adorables, a los ojos de Clarissa, como si le hubiese prendido fuego a una bolita gris en una bandeja y de ella hubiese surgido un hermoso árbol en el aire salado de su intimidad (porque en algunas cosas nadie lo entendía, ni compartía sus sentimientos, tan bien como Clarissa), de su exquisita intimidad.

Aquella mujer adulaba a Peter, lo engañaba, pensó Clarissa, dando forma a la mujer, la esposa de un mayor del Ejército de la India, con tres golpes de cuchillo. ¡Qué lástima! ¡Qué locura! Durante toda su vida, Peter se había sido engañado así; primero, cuando se hizo echar de Oxford; después, cuando se casó con aquella chica a la que conoció en el barco de camino a la India; ahora con la esposa del mayor... ¡Menos mal que no se había casado con él! En cualquier caso, estaba enamorado; su viejo amigo, su querido Peter, estaba enamorado.

—¿Y qué vas a hacer? —le preguntó.

Bueno, los abogados y procuradores, los señores Hooper y Grateley, de Lincoln's Inn, iban a hacer lo necesario, dijo Peter. Y comenzó a recortarse las uñas con su cortaplumas.

¡Por amor de Dios, deja en paz el cortaplumas! gritó para sus adentros, sin poder contener su enojo; era esa estúpida manera que Peter tenía de hacer caso omiso de las convenciones, era su debilidad, ese no tener ni la menor idea de los sentimientos de los demás lo que irritaba a Clarissa, lo que siempre la había irritado. Y ahora, a su edad, ¡qué idiota parecía!

Todo eso ya lo sé, pensó Peter; sé lo que me espera, pensó, pasando el dedo por el filo de su navaja, Clarissa y Dalloway y todos los demás; pero le voy a dar una lección a Clarissa —y en esto, ante su gran sorpresa, empujado de repente por esas fuerzas incontrolables, sin pie en el que apoyarse, rompió a llorar; lloró; lloró sin un atisbo de vergüenza, sentado en el sofá, mientras le rodaban las lágrimas por las mejillas.

Y Clarissa se había inclinado hacia adelante, le había tomado la mano, lo había atraído hacia ella, lo había besado. De verdad, Clarissa había sentido la cara de Peter sobre la suya antes de que pudiera aquietar el batir de plumas con destellos de plata, como hierba de la pampa en un vendaval del trópico, en el interior de su pecho que, al detenerse, la dejó con la mano de Peter en la suya, dándole palmaditas en la rodilla, y sintiéndose, en el momento de reclinarse, extraordinariamente cómoda en compañía de Peter y con el corazón alegre, hasta que, en ese momento, súbitamente, pensó: ¡si me hubiera casado con él disfrutaría de esta alegría todos los días!

Todo había terminado para ella. La sábana estaba lisa, y la cama era angosta. Se había, subido sola a la torre, y los había dejado, a los demás, jugando al sol. La puerta se había cerrado, y allí, entre el polvo del yeso caído y la hojarasca de los nidos de pájaros, qué lejos parecía el paisaje, los ruidos llegaban débiles y fríos (se acordó de una vez, en Leith Hill), y ¡Richard, Richard!, gritó, como quien se despierta sobresaltado, y extiende su mano en la oscuridad buscando ayuda. Está almorzando con Lady Bruton, recordó. Me ha dejado, estoy sola para siempre, pensó, cruzando las manos sobre las rodillas.

Peter Walsh se había puesto de pie, había cruzado la habitación y se había quedado de espaldas a la ventana, jugando con un pañuelo de colores. Dominante, seco y también desolado, con la levita ligeramente levantada por culpa de esos hombros tan finos; allí mientras se sonaba con violencia la nariz. Llévame contigo, pensó Clarissa impulsivamente, como si Peter estuviera a punto de emprender un gran viaje. Y entonces, un momento después, fue como si los cinco actos de una obra muy emocionante y conmovedora hubiesen terminado de golpe, como si hubiese vivido toda una vida en un instante y hubiese huido, como si hubiese vivido con Peter y ahora ya todo hubiese terminado.

Era el momento de moverse, como una mujer que toma sus cosas, su abrigo, sus guantes, sus prismáticos de ópera y se levanta para salir del teatro, así se levantó ella del sofá y se acercó a Peter.

Era tremendamente extraño, pensó él, cómo ella todavía tenía poder para, acercándosele con su siseo, con su susurro, hasta qué punto ella tenía poder, cruzando hacia él, de hacer que la luna, que él odiaba se elevara sobre Bourton, en la terraza de un cielo de verano.

—Dime —preguntó, tomándola por los hombros—, ¿eres feliz, Clarissa? ¿Acaso Richard...?

La puerta se abrió.

—Aquí está mi Elizabeth —dijo Clarissa con vehemencia, con una inflexión quizás un poco teatral.

—Hola, ¿qué tal? —dijo Elizabeth mientras se acercaba.

Las campanadas del Big Ben dando la media hora sonaron entre ellos con una fuerza extraordinaria, como si un hombre joven, fuerte, indiferente, desconsiderado, estuviera aporreando la campana a diestra y siniestra.

—¡Hola, Elizabeth! —gritó Peter. Y guardó el pañuelo en el bolsillo, y se acercó a la mujer, y dijo:

—Adiós, Clarissa.

Lo dijo sin mirarla, salió apurado del cuarto, bajó corriendo la escalera y abrió la puerta del vestíbulo. Siguiéndole hasta el descanso, Clarissa gritó:

—¡Peter! ¡Peter! ¡Mi fiesta! ¡Acuérdate de mi fiesta de esta noche!

Lo dijo levantando mucho la voz, obligada por el rugido del exterior, y, sorprendida por el ruido del tráfico, las campanadas de todos los relojes. Su voz gritaba:

—¡Acuérdate de mi fiesta de esta noche!

Pero sonó frágil, delgada y muy lejana, mientras Peter cerraba la puerta.

Acuérdate de mi fiesta, Acuérdate de mi fiesta, dijo Peter Walsh mientras salía a la calle, hablando solo, mecánicamente, al ritmo del flujo sonoro, del sonido directo y claro de Big Ben dando la media hora. (Los círculos de plomo se disolvieron en el aire). ¿Y estas fiestas?, pensó; las fiestas de Clarissa. ¿Por qué ofrecía ella estas fiestas?, pensó. Y no es que la criticara, ni tampoco a esta efigie de hombre, vestido de levita, con un clavel en la solapa, que iba hacia él. Sólo había una persona en el mundo que pudiera estar como él, enamorado. Y ahí estaba, ese hombre afortunado, él mismo, reflejándose en la luna del escaparate de un fabricante de automóviles en Victoria Street. Detrás de él se extendía toda la India; llanuras, montañas; epidemias de cólera; un distrito que era el doble de Irlanda; decisiones que debía tomar él solo. Él, Peter Walsh; que ahora estaba enamorado por primera vez en su vida. Clarissa se había endurecido, pensó; y de paso se había vuelto un tanto sentimental, según le parecía ahora, mientras miraba los grandes coches que eran capaces de recorrer... ¿cuántas millas por cada cuántos galones? Porque tenía cierto gusto por la mecánica; había inventado un arado en su distrito y encargado unas carretillas a Inglaterra, pero los culis se habían negado a utilizarlas, de todo esto Clarissa no tenía ni la más pálida idea.

La manera en que había dicho "¡Aquí está mi Elizabeth!" le había molestado a Peter. ¿Por qué no "Aquí está Elizabeth", sencillamente? Era un tono falso. Y a Elizabeth tampoco le había gustado. (Todavía los últimos temblores de la poderosa voz tonante estremecían el aire a su alrededor; la media hora; temprano aún; sólo las once y media). Y es que él entendía a los jóvenes; los apreciaba. Siempre hubo alguna frialdad en Clarissa, pensó. Siempre, aun de niña, había sufrido una suerte de timidez, que a medida que pasan los años se convierte en convencionalismo, y entonces todo termina, todo termina, pensó, mirando un tanto temeroso las vidriosas profundidades, y preguntándose si quizás al visitarla a aquella hora la había enojado. De repente se sintió dominado por la vergüenza de haberse comportado como un demente: había llorado, se había dejado llevar por las emociones, se lo había contado todo, como siempre, como siempre.

Igual que una nube que cruza delante del sol, así cae el silencio en Londres, y cae sobre la mente. El esfuerzo se detiene. El tiempo flamea en el mástil. Ahí nos paramos; ahí nos quedamos de pie. Rígido, sólo el esqueleto de la costumbre sosteniendo el caparazón humano. Donde no hay nada, dijo Peter Walsh para sí; sintiéndose vacío, totalmente hueco por dentro. Clarissa me ha rechazado, pensó. Se quedó ahí, de pie, pensando, Clarissa me ha rechazado.

¡Ah!, dijo St. Margaret, como una dama de sociedad que ingresa en su sala en el momento en que suena la hora, y ve que sus invitados están ya allí. No llego tarde. Son exactamente las once y media, dice la dama. Pero, pese a que tiene toda la razón, su voz, por ser la voz de la dueña de la casa, se niega a imponer su individualidad. La retiene cierto dolor por el pasado, cierta preocupación por el presente. Son las once y media, dice, y el sonido de St. Margaret se desliza en los vericuetos del corazón y se entierra en círculo tras círculo de sonido, como algo vivo que ansía confiarse, dispersarse, quedar, con un estremecimiento de delicia, en descanso; como la propia Clarissa, pensó Peter Walsh, bajando la escalera al tocar la hora, vestida de blanco. Es la misma Clarissa, pensó con profunda emoción, y con un extraordinariamente claro, aunque intrigante, recuerdo de ella, como si esta campana hubiera entrado en la habitación, años atrás, en la que estaban sentados en un momento de gran intimidad, y hubiera ido de uno a otro y se hubiera marchado, como una abeja con miel, cargada con el momento. Pero, ¿qué habitación?, ¿qué momento? Y, ¿por qué se había sentido tan profundamente feliz mientras el reloj sonaba? Entonces, mientras el sonido de St. Margaret iba extinguiéndose, Peter Walsh pensó: ha estado enferma; y el sonido expresaba languidez y sufrimiento. Del corazón, recordó; y el súbito estruendo de la última campanada sonó por la muerte que sorprende en plena vida, y Clarissa cayó allí donde se encontraba, en su sala de estar. ¡No! ¡No! gritó Peter. ¡No está muerta! No soy viejo, gritó, echando a andar por Whitehall, como si allí se le estuviera ofreciendo, vigoroso e interminable, su futuro.

Él no era viejo, ni reseco, ni tenía manías; nada de eso. Y sobre atender a lo que otros decían de él –los Dalloway, los Whitbread y su círculo no le importaban en lo más mínimo– (aunque era cierto que tendría que ir a ver, llegado el momento, si Richard le podía recomendar para algún trabajo). Caminando a grandes zancadas, la mirada fija, observó la estatua del Duque de Cambridge. Lo habían echado de Oxford, es verdad. De todos modos, el futuro de la civilización se encuentra en manos de jóvenes así; de jóvenes como él era hace treinta años; con su amor por los principios abstractos; encargando que les manden libros desde Londres hasta las cumbres del Himalaya; leyendo libros de ciencia, de filosofía. El futuro está en manos de jóvenes así, pensó.

Un murmullo, como el murmullo de las hojas en el bosque, le llegó desde atrás, y con él le llegó un sonido rítmico, un golpeteo sordo que, al llegar a él, encaminó sus pensamientos, marcando el paso, hacia Whitehall, sin que él quisiera. Muchachos vestidos de uniforme, con fusiles, desfilaban con la vista fija al frente, desfilaban, rígidos los brazos, y en sus rostros había una expresión como las letras de una leyenda escrita alrededor de la base de una estatua enalteciendo el deber, la gratitud, la fidelidad, el amor a Inglaterra. Están, pensó Peter Walsh, mientras comenzaba a marcar el paso con ellos, muy bien instruidos. Pero no parecían robustos. Casi todos eran debiluchos, muchachos de dieciséis años que, seguramente, mañana estarán detrás de platos de arroz y porciones de jabón, en mostradores. Ahora los envolvía, sin mezcla de placer sensual o de cotidianas preocupaciones, la solemnidad de la corona de flores que habían tomado en Finsbury Pavement para llevarla a la tumba vacía. Habían hecho un juramento. El tránsito los respetaba; los camiones se detenían.

No puedo aguantar este ritmo, pensó Peter Walsh, a medida que avanzaban por Whitehall, y efectivamente, siguieron adelante, dejándolo atrás, dejando atrás a todo el mundo, con su marcha decidida, como si una sola voluntad estuviera moviendo brazos y piernas a un ritmo constante; y como si la vida, en su diversidad, en su desparpajo, estuviera enterrada bajo losas de monumentos y coronas mortuorias, inyectada, mediante la disciplina, en un cadáver rígido ya y de ojos, pese a todo, atentos. Había que respetarlo; se podía reír; pero había que respetarlo, pensó. Ahí van, pensó Peter Walsh, deteniéndose en el cordón; y todas las reverenciadas estatuas, Nelson, Gordon, Havelock, las espectaculares imágenes negras de los grandes soldados se alzaban con la mirada al frente, como si también ellos hubieran hecho un gran sacrificio (Peter Walsh pensó que él también había hecho un gran sacrificio), como si hubieran caminado bajo las mismas tentaciones, hasta lograr al fin una mirada de mármol. Pero ésa era una mirada que Peter Walsh no quería tener por nada del mundo. La respetaba en los jóvenes. Podía respetarla en muchachos. No conocen todavía los problemas de la carne, pensó, mientras los muchachos que desfilaban desaparecían rumbo al Strand. Todo esto lo he dejado atrás, pensó mientras cruzaba la calle y quedaba de pie ante la estatua de Gordon, aquel Gordon a quien de chico había idolatrado; Gordon en pie, solitario, con una pierna levantada y los brazos cruzados. Pobre Gordon, pensó.

Y tal vez porque nadie sabía aún que se encontraba en Londres, salvo Clarissa, y a que la tierra, después del viaje, seguía pareciéndole una isla, se sintió dominado por la rareza de estar solo, vivo, desconocido, a las once y media, en Trafalgar Square. ¿Qué sucede? ¿Dónde estoy? ¿Y por qué, después de todo, hace uno lo que hace?, pensó, y le parecía ahora que la idea del divorcio era algo de otro planeta. Y la mente se le quedó plana como un terreno pantanoso, y tres grandes emociones se levantaron en él; comprensión, una vasta filantropía, y finalmente, como resultado de las otras dos, un goce irrefrenable y delicioso; como si, dentro de su cerebro, otra mano tirara de cuerdas, abriera ventanas, y él, que no tenía nada que ver, se encontrara al comienzo de interminables avenidas por las que podía vagar si quería. Hacía años que no se sentía tan joven.

¡Había huido! Era totalmente libre, como sucede cuando el hábito se rompe, y la mente, como una llama que nadie atiza, se inclina y dobla hasta que parece que va a salir volando. ¡Hace años que no me siento tan joven!, pensó Peter, huyendo (solo durante una hora o más o menos, claro) de ser exactamente lo que era, y sintiéndose como un niño que sale corriendo de casa y ve, mientras corre, a su vieja niñera que saluda hacia la ventana equivocada. Pero es extraordinariamente atractiva, pensó mientras cruzaba Trafalgar Square en dirección a Haymarket, cuando se acercó una joven que, al pasar junto a la estatua de Gordon, pareció, pensó Peter Walsh (sensible como era), despojarse velo a velo, hasta quedar transformada en exactamente la mujer que él siempre había imaginado; joven, pero digna; alegre, pero discreta; negra, pero encantadora.

Irguiéndose y tocando discretamente el cortaplumas con los dedos, comenzó a seguir a esta mujer, a esta ilusión, que parecía, aun de espaldas, proyectar sobre él una luz que los unía, que lo individualizaba, como si el indiferente bramido del tránsito hubiera murmurado, ayudándose con las manos, su nombre, no Peter, sino aquel nombre íntimo que se daba a sí mismo en sus pensamientos.

–Tú –decía la mujer, solamente–. Tú –y lo decía con sus blancos guantes y con sus hombros. Entonces la delgada y larga capa que el viento agitaba, mientras la mujer pasaba ante la tienda de Dent, en Cockspur Street, se alzó con envolvente dulzura, con doliente ternura como unos brazos que se abrieran y recibieran al cansado…

Pero no está casada; es joven; bastante joven, pensó Peter, en cuyos ojos brilló nuevamente el clavel rojo que la mujer llevaba, ese clavel que había visto cuando ella se acercaba, cruzando Trafalgar Square, ese clavel que le prestaba su color a los labios. Pero aguardó en el cordón. Había cierta dignidad en ella.

No era mundana como Clarissa; ni rica como Clarissa. ¿Sería, se preguntó al reanudar ella su marcha, respetable? Ingeniosa, con la lengua ligera del lagarto, pensó (porque uno debe inventar, permitirse pequeñas distracciones), un ingenio frío y tranquilo, un ingenio penetrante; sin alboroto.

La muchacha avanzó y cruzó; él la siguió. Lo último que Peter Walsh deseaba era intimidarla. Igualmente, si la muchacha se detenía, Peter iba a decirle:

–Venga conmigo a tomar un helado.

Sí, eso iba a decirle, y ella le contestaría con perfecta sencillez:
–Oh, sí.

Pero otra gente se interpuso entre los dos, en la calle, interrumpiéndole el paso a Peter, impidiéndole verla. Peter insistió; la muchacha cambió. Había color en sus mejillas, burla en sus ojos; era un aventurero, un temerario, pensó Peter, rápido, atrevido (considerando que anoche llegó de la India), un romántico bandido, a quien le importaban muy poco aquellos malditos objetos, las batas amarillas, las pipas, las cañas de pescar en los escaparates de la tienda; y lo mismo cabía decir de la respetabilidad, de las fiestas nocturnas y de los lozanos viejos con blanca pechera bajo el chaleco. Era un bandido. La muchacha siguió y siguió caminando, cruzó Piccadilly y subió por Regent Street ante él, y su capa, sus guantes sus hombros se combinaban con las puntillas y los encajes y las plumas de avestruz de los escaparates, dando vida al espíritu de delicadeza y refinamiento que amortiguado brillaba en los escaparates, proyectándose en la acera, como la luz de la lámpara que de noche vacila sobre los arbustos en la oscuridad.

Risueña y deliciosa, había cruzado Oxford Street y Great Portland Street y había doblado por una de las callecitas, y ahora, ahora, el gran momento se acercaba, porque ahora disminuía la velocidad y abría el bolso, y con una mirada en dirección a él, pero no a él mismo, una mirada que decía adiós y resumía toda la situación, despidiéndose triunfalmente, para siempre, metió la llave, abrió la puerta y ¡desapareció! Y la voz de Clarissa decía "Acuérdate de mi fiesta. Acuérdate de mi fiesta", como una letanía en sus oídos. Era una de esas sencillas casas rojas con unos maceteros colgantes un poco vulgares. Había terminado.

Bueno, me divertí; me divertí, pensó, mientras miraba los maceteros colgantes con pálidos geranios. Y se rompió su diversión, porque había sido medio ficticia, como sabía muy bien Peter Walsh; inventada, esta escapada con la muchacha; imaginada, como uno imagina la mejor parte de la vida, pensó, como uno se imagina a sí mismo; he imaginado a la muchacha, he creado una exquisita diversión, y poco más. Era raro y al mismo tiempo verdad; nunca podría compartir aquello, ya roto.

Dio media vuelta; recorrió la calle, buscando algún sitio donde sentarse, hasta que llegara la hora de ir a Lincoln's Inn, al despacho de Hooper y Grateley. ¿Adónde podía ir? Poco importaba. Calle arriba, luego hacia Regent's Park. Los tacos de sus botas en el suelo decían "no importa"; porque era temprano, muy temprano aún.

Y era una mañana espléndida, además. Como el latido de un corazón perfecto, la vida latía directamente en las calles. No había dudas, de ningún tipo. Deslizándose, doblando con destreza, puntualmente, sin errores ni ruido, allí, precisamente, a la hora exacta, el automóvil se detuvo ante la puerta. La joven, con sus medias de seda, con sus plumas, evanescente, aunque no le resultaba especialmente atractiva (porque ya había disfrutado él de sus buenos momentos), bajó del coche. Admirables mayordomos, perros chow-chow leonados, vestíbulos de baldosas con rombos blancos y negros, y persianas blancas batiéndose con el viento, todo eso vio Peter al pasar por la puerta abierta y dio su aprobación. A fin de cuentas, Londres era un gran logro, a su manera; la temporada social; la civilización. Por pertenecer a una respetable familia angloindia que, por lo menos durante tres generaciones, había administrado los asuntos de un continente (es raro, pensó, que esto suscite en mí tanta emoción, si tenemos en cuenta que no me gusta la India, ni el imperio, ni el ejército), había ciertos momentos en que la civilización, incluso esa clase de civilización, le era tan querida como si fuese una posesión personal, momentos en los que estaba orgulloso de Inglaterra, de los mayordomos, de los perros chinos, de las muchachas disfrutando de la seguridad de la opulencia. Es ridículo, pensó, pero así es. Y los médicos y los hombres de negocios y las hábiles mujeres, yendo cada cual a sus asuntos, a tiempo, atentos, robustos, le parecían absolutamente admirables; buena gente a la que podría confiarle su propia vida, compañeros en el arte de vivir, dispuestos a ayudar. Verdaderamente, entre una cosa y otra, el espectáculo era muy agradable; se sentaría a la sombra y fumaría.

Ahí estaba Regent's Park. Sí. De niño había caminado por Regent's Park. Es curioso, pensó, cómo el recuerdo de la niñez se empeña siempre en volver. Tal vez era así porque había visto a Clarissa; porque las mujeres viven en el pasado mucho más que nosotros, pensó. Se encariñan con los lugares; y con sus padres. Una mujer siempre está orgullosa de su padre. Bourton era un lugar agradable, un lugar muy agradable, pero nunca pude entenderme con el viejo, pensó. Una noche hubo una escena, una discusión sobre alguna cosa u otra, algo que no podía recordar. Política, lo más probable.

Sí, recordaba Regent's Park: el largo y recto sendero, a la izquierda el puesto donde se vendían globos, una ridícula estatua con una inscripción en algún lugar. Buscó dónde sentarse. No quería que la gente lo molestara (se sentía con un poco de sueño) preguntándole la hora. Una niñera gris, entrada en años, con un niño dormido en el cochecito. Sí, era lo mejor que podía hacer, sentarse en el extremo del banco en el que estaba la niñera.

Es una chica rara, pensó, recordando súbitamente e a Elizabeth cuando entró en la habitación y se quedó de pie junto a su madre. Estaba crecidita; bastante grande, no guapa precisamente; apuesta, más bien; y eso que no debe tener más de dieciocho años. Probablemente no se lleve bien con Clarissa. "Aquí está mi Elizabeth", ese tipo de cosas. ¿Por qué no "aquí está Elizabeth" directamente? Un intento de presentar las cosas como lo que no son, una práctica habitual en la mayoría de las madres. Confía demasiado en su encanto, pensó. Exagera.

Suavemente, el rico y benéfico humo del cigarro bajó por su garganta; soltó el humo otra vez, formando anillos que, por un momento, lucharon bravamente con el aire; azules, circulares (intentaré hablar a solas con Elizabeth esta noche, pensó), luego comenzaron a vacilar, adoptando la forma de relojes de arena, y fueron desvaneciéndose; qué extrañas formas adoptan, pensó. De pronto cerró los ojos, alzó la mano con esfuerzo y arrojó lejos de sí la pesada colilla del cigarro. Un gran cepillo pasó suavemente por su cerebro, barriéndolo con inquietas ramas, voces de niños, rumor de pasos, gente moviéndose, murmullo de tránsito, tránsito alzándose y cayendo. Se hundió más y más en las mullidas plumas del sueño, se hundió y quedó envuelto en el silencio.

La niñera gris siguió bordando mientras Peter Walsh, sentado a su lado en el extremo cálido del banco, empezaba a roncar. Con su vestido gris, moviendo sus manos incansable pero tranquilamente, parecía la defensora de los derechos de los durmientes, como una de esas presencias fantasmales que surgen de la penumbra en los bosques de cielo y ramas. El viajero solitario, alma en pena de los senderos, fastidio de los helechos y destructor de grandes plantas de cicuta, al levantar la mirada súbitamente, ve la gigantesca figura al final del camino.

Tal vez sea un ateo convencido, pero lo sorprenden momentos de extraordinaria exaltación. Fuera de nosotros no existe nada salvo un estado de ánimo, piensa; un deseo de distracción, de alivio, de algo que no tenga que ver con estos pigmeos miserables, con estos hombres y mujeres deleznables, feos, timoratos. Pero si él es capaz de imaginarlo, significa que existe, de alguna manera, piensa él, y mientras avanza por el camino con los ojos fijos en el cielo y en las ramas, rápidamente los dota de feminidad; observa con asombro lo graves que se vuelven; con qué solemnidad, movidos por la brisa, con una oscura oscilación de las hojas, reparten caridad, comprensión, absolución, y luego, alzándose bruscamente, disfrazan su piadoso aspecto con una loca embriaguez.

Estas son las visiones que ofrecen grandes cuernos de la abundancia, rebosantes de frutos, al solitario viajero, o que murmuran junto a su oído cual sirenas alejándose en las verdes olas del mar, o que son arrojadas a su rostro como ramos de rosas, o que se alzan hasta la superficie cual pálidas caras por las que los pescadores se hunden en las mareas a fin de abrazarlas.

Estas son las visiones que permanentemente emergen, caminan al lado de la realidad, ponen su rostro delante de ella; a menudo abruman al solitario viajero y le quitan el sentido de la tierra, el deseo de regresar, y a cambio le dan una paz general, como si (esto piensa, mientras avanza por el sendero del bosque) toda esa fiebre de vivir fuera la mismísima simplicidad; y miríadas de cosas se funden en una cosa; y esta figura, hecha de cielo y ramas, sin embargo, había surgido del agitado mar (el hombre es mayor, de más de cincuenta años), tal como se puede extraer de las olas una forma para que sus magníficas manos de mujer derramen comprensión, piedad, absolución. Por esto, piensa el hombre, yo quisiera no volver jamás a la luz de la lámpara, a la sala de estar, no terminar jamás mi libro, no vaciar jamás la pipa, no tocar jamás el timbre para que la señora Turner levante la mesa; prefiero seguir avanzando rectamente hacia esta gran figura de mujer que, con una sacudida de cabeza, me subirá a sus emblemas y me permitirá volar hacia la nada con todos los demás.

Estas son las visiones. El solitario viajero cruza pronto el bosque; y ahí, saliendo a la puerta con los ojos entrecerrados, acaso para aguardar su regreso, con las manos en alto, agitado por el viento el blanco delantal, hay una mujer entrada en años que parece (tan poderosa es esta dolencia) buscar, en un desierto, un hijo perdido, buscar un jinete destrozado, ser la figura de la madre cuyos hijos han muerto en las guerras del mundo. Y así, a medida que el solitario viajero avanza por la calle del pueblo en que las mujeres están bordando y los hombres cavan en los huertos, el atardecer parece un siniestro presagio; las figuras se están fijas, como si una solemne predestinación, por ellas conocida, aguardada sin miedo, estuviera a punto de barrerlas y aniquilarlas por completo.

Adentro de la casa, entre las cosas ordinarias, el aparador, la mesa, el alféizar con sus geranios, de pronto la silueta de la dueña, inclinándose para recoger el mantel, se vuelve suave con la luz, un adorable emblema que sólo el recuerdo de los fríos contactos humanos nos impide abrazar. Toma la mermelada; la guarda en el armario.

—¿Nada más por esta noche, señor?

—Pero ¿a quién contesta el solitario viajero?

Así pues, la anciana niñera en Regent's Park bordaba mientras el niño dormía. Y así también Peter Walsh roncaba. Se despertó súbitamente, diciéndose "La muerte del alma".

—¡Señor, Señor! —dijo para sí en voz alta, estirándose y abriendo los ojos—. La muerte del alma —las palabras estaban unidas a alguna escena, a alguna habitación, a algún pasado que había aparecido en sus sueños. Fueron volviéndose más claras; la escena, la habitación, el pasado que había aparecido en sus sueños.

Era Bourton aquel verano, a principios de siglo, en la pasión por Clarissa lo había consumido. Había mucha gente allí, riendo y hablando, sentada alrededor de la mesa, después del té, y el cuarto estaba bañado en una luz ocre, con el aire denso de humo de tabaco. Hablaban de un hombre que se había casado con su criada, de uno de los propietarios vecinos, cuyo nombre no podía recordar ahora. Se había casado con su criada, y había ido con ella a Bourton, para hacerla presentaciones, y fue una visita espantosa. La mujer iba con ropas excesivamente recargadas, "como un loro", dijo Clarissa imitándola, y no paraba de hablar. Hablaba, hablaba y hablaba. Clarissa la imitó. Entonces alguien dijo —fue Sally Seton— si quizás no influiría en los sentimientos de los presentes el hecho de que sabían que aquella mujer había tenido un hijo antes de casarse. (En ese tiempo y en una reunión de hombres y mujeres, era muy atrevido decir algo así). Ahora le pareció ver a Clarissa ponerse muy colorada, contrayendo el rostro y diciendo: "¡Oh, jamás podré volver a dirigir la palabra a esta mujer!". Y en ese instante el grupo de hombres y mujeres sentados alrededor de la mesa de té pareció dudar. Fue muy incómodo.

Peter no le reprochaba que se hubiese molestado, porque que, en aquellos tiempos, una chica con su educación no sabía nada de nada, pero fue su actitud lo que le disgustó: tímida, dura, pedante, puritana. "La muerte del alma". Lo había dicho instintivamente, prestándole atención a ese instante, como solía hacer. "La muerte del alma de Clarissa".

Todos se pusieron nerviosos; parecía como si todos se hubiesen inclinado ante las palabras de Clarissa para levantarse con una apariencia diferente. Vio a Sally Seton, como una niña que ha hecho una travesura, inclinada, un tanto colorada, queriendo hablar pero atemorizada, y es que Clarissa asustaba a la gente. (Ella era la mejor amiga de Clarissa, siempre estaba en la casa, una chica atractiva, guapa, morena, con fama por aquel entonces de ser muy osada; él solía darle puros que ella se fumaba en su cuarto, y había sido la prometida de alguien o bien se había peleado con su familia. El viejo Parry les tenía la misma antipatía tanto a él como a ella, cosa que suponía un gran vínculo entre los dos). Entonces Clarissa, todavía con su aire de estar ofendida con todos ellos, se levantó, se excusó vagamente y se fue, sola. Cuando abrió la puerta, entró aquel gran perro lanudo que perseguía a los corderos. Clarissa se lanzó sobre el animal y lo acarició frenéticamente. Era como si le estuviera diciendo a Peter –porque todo estaba dirigido a él, estaba seguro–: "ya sé que te he parecido ridícula por lo que ha pasado con esa mujer, pero ¡mira ahora lo extraordinariamente cariñosa que soy! ¡Mira cuánto quiero a mi Rob!".

Siempre tuvieron la extraña capacidad de entenderse sin hablar. Clarissa sabía siempre, directamente, cuándo él la criticaba. Entonces hacía algo muy obvio para defenderse, como lo del perro, pero Peter nunca caía en la trampa, siempre entendía perfectamente cuáles eran las verdaderas intenciones de Clarissa. Callaba, desde luego; guardaba silencio, con expresión adusta. Frecuentemente, así empezaban sus peleas.

Clarissa cerró la puerta. Peter quedó tremendamente deprimido. Le pareció todo inútil: seguir enamorado, seguir peleándose, seguir haciendo las paces, y salió a caminar sin rumbo, solo, entre cobertizos, establos, mirando los caballos. (La finca era muy sencilla; los Parry nunca fueron ricos; pero siempre había mozos de cuadra –a Clarissa le gustaba montar– y un viejo cochero, ¿cuál era su nombre?, y una vieja niñera, la vieja Moody o la vieja Goody, se llamaba algo así, una de esas personas que lo llevan a uno a visitar un cuarto con muchas fotografías y muchas jaulas con pájaros).

¡Fue una tarde espantosa! Cada vez se volvía más pesimista, no sólo por lo ocurrido, sino por todo. Y no podía ver a Clarissa, no podía hablar con ella, no podía desahogarse. Siempre estaban rodeados de gente, y Clarissa se portaba como si nada hubiera ocurrido. Esta era la faceta malévola de Clarissa, esta frialdad, esta impavidez, algo muy hondo en ella, que Peter volvió a notar esta mañana al hablarle: cierta inaccesibilidad. Sin embargo, la amaba, Dios sabía que la amaba. Clarissa tenía cierta curiosa habilidad tensarle a uno los nervios, de estirarlos como a una cuerda de violín.

Llegó a cenar tarde, con la vaga y ridícula intención de hacerse notar, y se había sentado al lado de la vieja señorita

Parry —la tía Helena—, hermana del señor Parry, que al parecer presidía la mesa. Allí estaba sentada con su chalina blanca de cachemira, recortada la cabeza contra la ventana, con su aspecto de anciana dama venerable, pero que trataba a Peter con amabilidad, debido a que él le había llevado una extraña flor y la tía Helena era una gran aficionada a la botánica, que salía al campo con gruesas botas y una caja negra en sus espaldas. Se sentó a su lado y enmudeció. Todo parecía pasar de largo ante él; solo podía comer. Y entonces, en medio de la cena, se obligó a mirar a Clarissa por primera vez. Ella estaba hablando con un hombre joven sentado a su derecha. Peter tuvo una brusca revelación. "Se casará con este hombre", se dijo. Ni siquiera sabía su nombre.

Por supuesto, aquella tarde, exactamente aquella tarde, fue la tarde en que Dalloway llegó por vez primera a Bourton; y Clarissa lo llamó "Wickham"; así empezó todo. Alguien los presentó y Clarissa confundió su apellido. Lo presentó a todos con el apellido Wickham. Al final, el recién llegado dijo: "¡Me llamo Dalloway!". La primera imagen que Peter tuvo de Richard era la de un hombre joven y rubio, un tanto desaliñado, sentado en un sillón y exclamando "¡Me llamo Dalloway!". Esto le causó mucha gracia a Sally; a partir de entonces siempre lo llamó así. "¡Me llamo Dalloway!".

Por aquel tiempo, tenía súbitas revelaciones. Particularmente esta —que Clarissa se casaría con Dalloway— lo enceguecía y abrumaba en ese momento. Había una especie de —¿cómo decirlo?— una suerte de familiaridad en la forma en que lo trataba, algo maternal, algo tierno. Hablaban de política. Durante toda la cena estuvo intentando escuchar lo que decían.

Recordaba que más tarde se quedó de pie junto al sillón de la vieja señorita Parry, en la sala de estar. Se acercó Clarissa, con sus modales impecables, como una auténtica anfitriona, y quiso presentarle a alguien, y hablaba como si no se conociesen de nada, lo que le enfureció, y sin embargo, también eso le admiraba. Admiraba su coraje, su instinto social, admiraba su capacidad de llevar las cosas a término. "La perfecta anfitriona", le dijo, palabras que la afectaron notoriamente.

Pero lo había hecho a propósito: quería que recibiera el golpe. Hubiera hecho cualquier cosa para hacerle daño, después de verla con Dalloway. Y ella lo dejó. Entonces tuvo la sensación de que se habían conspirado contra él –riendo y hablando–a sus espaldas. Y allí estaba él, de pie junto al sillón de la vieja señorita Parry, como una figura de madera, hablando de flores silvestres. ¡Nunca, jamás había vivido infierno semejante! Se olvidó incluso de fingir que prestaba atención. De golpe, despertó; notó a la señorita Parry un poco molesta, un poco indignada, con sus ojos saltones clavados en él. ¡Estuvo a punto de gritarle que no podía prestarle atención porque estaba en el mismísimo infierno! La gente empezó a salir de la habitación. Los oyó hablar de ir a buscar los abrigos; de que en el agua estaba fresco, y demás. Iban a pasear en barca por el lago bajo luz de la luna, una de las alocadas ideas de Sally. La oyó describir la luna. Todos se fueron. Se quedó muy solo.

–¿No quieres ir con ellos? –dijo la tía Helena, ¡pobre viejita!, había adivinado. Él se dio vuelta y ahí estaba Clarissa, otra vez. Había vuelto a buscarlo. Estaba abrumado por su generosidad, su bondad.

–Vamos, ven –dijo Clarissa–. Nos están esperando.

¡Nunca había sido tan feliz en toda su vida! Sin decir nada hicieron las paces. Bajaron caminando hasta el lago. Fueron veinte minutos de dicha perfecta. La voz de Clarissa, su risa, su vestido (volátil, blanco, escarlata), su energía, su espíritu aventurero; los hizo desembarcar a todos y explorar la isla; asustó a una gallina; se rio; cantó. En todo momento era consciente de que Dalloway se estaba enamorando de ella, de que ella se estaba enamorando de Dalloway; pero eso parecía no tener ninguna importancia. Nada tenía importancia. Se sentaron en el suelo y hablaron, Clarissa y él. Entraban y salían cada uno de la mente del otro sin ningún esfuerzo. Y después, en un segundo, se terminó. Cuando se subían a la barca, Peter dijo para sí: "Se casará con este hombre", sombrío, sin resentimiento alguno; pero era algo evidente. Dalloway se casaría con Clarissa.

Dalloway los llevó remando hasta la orilla. No dijo nada. Pero, de alguna manera, mientras le miraban marcharse, montado en la bicicleta para recorrer veinte millas a través del bosque, irse por el sendero, saludar con la mano hasta desaparecer, era obvio que sentía, instintiva, enorme y fuertemente, todo eso: la noche, el amor, Clarissa. Él se la merecía.

Y Peter... en lo que a él se refería, era absurdo. Sus exigencias a Clarissa (ahora lo veía) eran absurdas. Pedía cosas imposibles. Hacía escenas tremendas. Clarissa todavía lo hubiera aceptado, quizás, si hubiese sido menos absurdo. Esto pensaba Sally.

Durante todo aquel verano, Sally le escribió largas cartas; le contaba lo que decían sobre él, lo mucho que Clarissa lo halagaba, y el estallido de llanto de Clarissa. Fue un verano extraordinario --todo ese verano de cartas, escenas y telegramas--. Llegaba a Bourton bien temprano a la mañana, y mataba el tiempo hasta que los criados aparecían; tenía horrorosos *tête à tête* con el viejo señor Parry, durante el desayuno; la tía Helena, tan venerable como amable; Sally, que se lo llevaba para hablar con él en el huerto; Clarissa en cama, con jaquecas.

La escena final, la tremenda escena que, para él, había sido más importante que cualquier otra cosa en toda su vida (quizá fuera una exageración, pero todavía parecía así ahora), ocurrió a las tres de la tarde de un día muy caluroso. Fue una trivialidad lo que derivó en ella. Durante el almuerzo, Sally dijo algo sobre Dalloway y lo llamó "¡Me llamo Dalloway!"; entonces Clarissa se incorporó bruscamente, se sonrojó, y a su manera, muy tajante, dijo: "Estamos ya hartos de ese chiste sin gracia". Esto fue todo. Pero, para él, fue como si Clarissa hubiera dicho: "Contigo sólo paso el rato y me divierto; con Richard

Dalloway tengo una relación más honda". Así lo interpretó entonces. Llevaba noches sin dormir. Se dijo: "Esto tiene que terminar, de una forma u otra". A través de Sally, mandó una nota a Clarissa citándola junto a la fuente, a las tres. Al final de la nota, garabateó: "Algo muy importante ha sucedido".

La fuente estaba en la espesura, lejos de la casa, rodeada de matas y árboles. Y llegó Clarissa, antes incluso de la hora concertada, y quedaron los dos frente a frente, con la fuente en medio, y del caño (que estaba quebrado) brotaba el agua incesantemente. ¡Qué grabadas en la mente llegan a quedar ciertas imágenes! Por ejemplo, el vívido y verde musgo.

Clarissa permaneció inmóvil. Y Peter le dijo una y otra vez: "Dime la verdad. Dime la verdad".

Tenía la impresión de que la frente le iba a estallar. Clarissa parecía rígida, petrificada. Permaneció quieta. Peter repitió: "Dime la verdad", cuando de pronto aquel viejo, Breitkopf, con el *Times* en la mano, asomó la cabeza, les miró, abrió la boca y se fue.

Ninguno de los dos se movió. Peter repitió "Dime la verdad". Tenía la impresión de luchar contra algo físicamente duro; Clarissa no cedía. Parecía de hierro, de piedra, rígida y erguida. Y, cuando Clarissa dijo: "Es inútil. Es inútil. Ha terminado"..., después de que él hubiera hablado durante horas, parecía, con lágrimas resbalándole por las mejillas, fue como si Clarissa le golpeara el rostro. Clarissa se dio media vuelta, lo dejó, se fue.

Peter gritó: "¡Clarissa! ¡Clarissa!". Pero ella jamás se dio vuelta. Había terminado. Peter se fue aquella misma noche. Nunca más volvió a verla. Fue terrible, gritó Peter, ¡terrible, terrible!

Pese a todo, el sol calentaba. Pese a todo, uno superaba las cosas. Pese a todo, la vida conseguía que los días se sucedieran. Pese a todo, pensó, bostezando y volviendo en sí paulatinamente —Regent's Park había cambiado muy poco desde su infancia, a excepción de las ardillas– pese a todo, es posible que la vida tenga sus compensaciones, y entonces la pequeña Elice Mitchell, que había estado recogiendo piedritas para la colección que su hermano y ella tenían en la repisa de la chimenea de su cuarto de juegos, dejó un puñado de ellos en las rodillas de la niñera, y se fue corriendo hasta que acabó chocando de lleno contra las piernas de una señora. Peter Walsh se echó a reír.

Pero Lucrezia Warren Smith se decía: es siniestro; ¿por qué tengo que padecer de esta manera?, se preguntaba, mientras avanzaba por el camino. No; no puedo soportarlo más, decía, después de dejar que Septimus, que ya no era Septimus, dijera cosas espantosas, crueles y perversas, de dejar que hablara solo, que hablara con un muerto, sentado allí; y justo en ese momento la niña chocó de lleno contra sus piernas, se cayó de frente y se puso a llorar.

Esto la consoló algo. Puso de pie a la niña, le sacudió el polvo del vestido, la besó.

Pero ella, ella no había hecho nada malo; había amado a Septimus; había sido feliz; había tenido un precioso hogar y allí seguían viviendo sus tres hermanas, haciendo sombreros. ¿Por qué tenía que sufrir? ¿Por qué ella?

La niña volvió corriendo junto a su niñera, y Rezia vio cómo la niñera la retaba, la consolaba, la tomaba en brazos tras soltar su bordado, y cómo aquel señor tan agradable le dejaba el reloj para que jugara con la tapa de resorte y se consolara. Pero, ¿por qué tenía ella que pasar por este desamparo? ¿Por qué no quedarse en Milán? ¿Por qué este martirio? ¿Por qué?

Algo borrosos por las lágrimas, el camino, la niñera, el hombre vestido de gris, el cochecito, le oscilaban en los ojos. Su tortura era verse tironeada por aquel malvado verdugo. Pero ¿por qué? Ella era como un ave que se resguarda en el hueco de una hoja fina, un pájaro que parpadea al sol cuando la hoja se mueve; que se asusta por el crujido de una rama seca. Estaba desamparada; rodeada de enormes árboles, vastas nubes de un mundo indiferente, desamparada, torturada; y ¿por qué tenía ella que sufrir? ¿Por qué?

Frunció el ceño; pegó una patada al suelo. Tenía que volver al lado de Septimus, porque era ya casi la hora de ir a ver a Sir William Bradshaw. Tenía que volver a su lado y decírselo, volver al lugar en que estaba sentado en una silla verde, bajo un árbol, hablando para sí, o para aquel hombre muerto, Evans, a quien ella había visto una única vez, solamente un momento, en la tienda. Le pareció un hombre agradable y tranquilo, gran amigo de Septimus, y lo mataron en la guerra. Pero estas son cosas que nos suceden a todos. Todos tenemos amigos muertos en la guerra. Todos renunciamos a algunas cosas cuando nos casamos. Ella había renunciado a su hogar. Había venido a vivir aquí, a esta horrible ciudad. Pero Septimus se permitía pensar en cosas espantosas, algo que también podía hacer ella, si lo intentaba. Septimus se había convertido en un ser cada vez más extraño. Decía que había gente hablando detrás de las paredes del cuarto. A la señora Filmer esto le parecía raro. Septimus también veía cosas, había visto la cabeza de una anciana en medio de un arbusto. Sin embargo, Septimus podía ser feliz cuando quería. Fueron a Hampton Court, en lo alto de un autobús, y gozaron de perfecta felicidad. Allí vieron las florecillas rojas y amarillas en la hierba, como lámparas flotantes, dijo Septimus, y hablaron y parlotearon y rieron, inventándose historias. De repente, Septimus dijo: "Y ahora nos mataremos", cuando estaban junto al río, y miró el río con una expresión que Lucrezia había visto en sus ojos cuando junto a él pasaba un tren o un autobús, una expresión de estar fascinado por algo; sintió que se apartaba de ella, y lo tomó del brazo. Pero en el camino de regreso a casa estuvo perfectamente tranquilo, perfectamente racional. Discutía con ella la posibilidad de suicidarse ambos, le explicaba lo malvada que era la gente, le decía que podía ver cómo inventaban mentiras en la calle cuando ellos pasaban. Sabía todo lo que la gente pensaba, decía. Sabía el significado del mundo, decía.

Después, cuando llegaron, Septimus casi no podía caminar. Se quedó tirado en el sofá y le pidió que lo tomara de la mano para no caerse ¡abajo, abajo!, gritó, ¡en las llamas! y vio caras que se reían de él, que le lanzaban horribles y asquerosos insultos desde las paredes, y manos que lo señalaban desde detrás del biombo. Pero estaban completamente solos. Empezó a hablar en voz alta, contestando a la gente, discutiendo, riendo, gritando, excitándose mucho y haciéndola escribir cosas. Todas tonterías, sobre la muerte; sobre la señorita Isabel Pole. Rezia no lo soportaba más. Quería volver.

Rezia estaba ahora cerca de él, y lo veía mirar el cielo, murmurar, estrujar sus propias manos. Sin embargo, el doctor Holmes decía que no estaba enfermo. Entonces, qué había ocurrido, ¿por qué, cuando se sentó junto a él, tuvo un sobresalto, le dirigió una ceñuda mirada, se apartó, señaló su mano, la tomó entre las suyas y la miró aterrado? ¿Era porque se había quitado la alianza?

–La mano me ha adelgazado mucho –le dijo Rezia–. La guardo en la cartera.

Septimus le soltó la mano. Su matrimonio se había terminado, pensó, con angustia, con alivio. La soga se había roto, se sintió crecer, era libre, dado que se había decretado que él, Septimus, señor de los hombres, debía ser libre; solo (ya que su mujer había tirado su alianza; ya que ella lo había abandonado). Él, Septimus, estaba solo, llamado a declarar ante la totalidad de los hombres para oír la verdad, para aprender el significado que, ahora, finalmente, después de todas las desdichas de la civilización –los griegos, los romanos, Shakespeare, Darwin, aun él mismo–, iba a ser revelado por entero a... "¿a quién?", preguntó en voz alta. "Al Primer Ministro", contestaron las voces que murmuraban por encima de su cabeza. El secreto supremo debía ser comunicado al Consejo de Ministros;

primero, que los árboles están vivos; después, que no existe el crimen; después, amor, amor universal, murmuró, jadeando, temblando, llegando con dolor a estas profundas verdades que requerían, de tan profundas, de tan difíciles que eran, un enorme esfuerzo para ser expresadas, pero el mundo con ellas resultaba cambiado por completo y para siempre.

No hay delito; amor; dijo otra vez Septimus, buscando una tarjeta de visita y un lápiz, cuando un perro Skye terrier le olisqueó los pantalones y Septimus se sobresaltó con angustioso terror. ¡El animal se estaba transformando en un hombre! ¡No podía mirarlo! ¡Era espantoso, era horrible, ver cómo un perro se transforma en hombre! Inmediatamente, el perro se fue corriendo.

Los cielos son divinamente piadosos, infinitamente clementes. Lo habían absuelto, le habían perdonado su debilidad. Pero, ¿cuál era la explicación científica (antes que nada, hay que ser científico)? ¿Por qué podía ver a través de los cuerpos, ver el futuro, cuando los perros se transformaran en hombres? Quizás se debiera a la ola de calor influyendo sobre una mente dotada de una sensibilidad resultante de eones de evolución. Científicamente hablando, la carne se había desprendido del mundo. Su cuerpo había sido macerado hasta tal punto que ahora solo le quedaban los nervios. Su cuerpo estaba ahora extendido como un velo sobre una roca.

Se reclinó en la silla, exhausto pero no derrotado. Descansaba, esperando, antes de volver a sus trabajos de interpretación, con esfuerzo, con angustia, en beneficio de la humanidad. Se encontraba ahora muy alto, sobre la espalda del mundo. La tierra latía debajo. Unas flores rojas brotaban de su piel; sus hojas rígidas murmuraban alrededor su cabeza. La música empezó a chocar contra las rocas de aquí arriba. Es la bocina de un automóvil, en la calle, murmuró; pero aquí arriba ha resonado como un cañonazo, de roca en roca, se ha dividido y ha vuelto a restallar en bombazos que se elevan en suaves columnas (que la música pudiera verse era un descubrimiento) y se ha convertido en un himno, un himno en el que se enlaza ahora el sonido de la flauta de un pastor (es un viejo tocando en la taberna, murmuró), el cual, si el niño quedaba quieto, salía en burbujas de la flauta pero después, al elevarse, transmitía su hermoso lamento mientras el tránsito pasaba por debajo. La elegía de este muchacho se toca en medio del tránsito, pensó Septimus. Y ahora sube hasta las nieves, y lleva colgantes de rosas, son las gruesas rosas rojas que crecen en la pared de mi cuarto, recordó. La música paró. Ya ha conseguido su penique, dedujo, y se ha ido a la taberna de al lado. Pero él seguía subido en su roca, como un marinero ahogado sobre una piedra. Me asomé a la borda de la barca y me caí, pensó. Me fui al fondo del mar. He estado muerto, y sin embargo estoy vivo ahora, pero déjenme descansar en paz, suplicó (una vez más volvía a hablar solo. ¡Era horrible, horrible!), y, como sucede antes de despertar, las voces de los pájaros y el sonido de las ruedas chocan y chirrían en una armonía despareja, toman más y más fuerza, y el que duerme se siente llevado hacia las orillas de la vida. Así Septimus se sintió arrastrado hacia las orillas de la vida, con el sol cada vez más cálido, los gritos cada vez más fuertes, algo horrible a punto de suceder.

Lo único que tenía que hacer era abrir los ojos, pero sentía un peso sobre ellos, un temor. Hizo un esfuerzo, empujó hacia delante, miró; vio Regent's Park adelante. Largos rayos de sol llegaban hasta sus pies en el suelo. Los árboles se ladeaban, se hamacaban. "Bienvenidos", parecía estar diciendo el mundo, "acepto, creo". "Belleza", parecía estar diciendo el mundo. Y como si lo demostrara (científicamente), no importa lo que mirara, las casas, las barandas, los antílopes que tendían el cuello sobre el cerco, allí surgía inmediatamente la belleza. Contemplar el temblor de una hoja al paso del viento era una delicia. En lo alto, en el cielo, las golondrinas dibujaban líneas curvas, hacían giros, se lanzaban de un lado para otro, giraban y giraban, pero jamás perdían el perfecto control sobre su vuelo, como si hilos elásticos las sostuvieran; y las moscas subían y bajaban; y el sol manchaba por momentos esta hoja, por momentos aquella otra, socarrón, deslumbrando con su dorado suave, en pura bondad; y, una y otra vez, un sonido agudo (quizás fuera la bocina de un automóvil), resonando divinamente en las briznas de hierba; y todo esto, pese a ser tranquilo y razonable, pese a estar constituido por realidades ordinarias, era ahora la verdad; la belleza, esto era la verdad ahora. La belleza estaba en todas partes. —No llegaremos a tiempo —dijo Rezia.

La palabra "tiempo" rompió su cáscara, derramó sus riquezas sobre él, y de sus labios cayeron en capas, en virutas de madera como las del cepillo de un carpintero, sin que él las hiciera, palabras duras, blancas, inmortales, y volaron para colocarse en sus lugares precisos, en una alabanza al Tiempo; una alabanza inmortal al Tiempo. Cantó. Evans contestó desde detrás del árbol. Los muertos estaban en Tesalia, cantaba Evans, entre las orquídeas. Allí esperaron hasta que la guerra terminó, y ahora los muertos, ahora el propio Evans.

—¡Por amor de Dios, no vengas! —gritó Septimus. No, porque no podía mirar a los muertos.

Pero las copas de los árboles se abrieron. Un hombre vestido de gris efectivamente caminaba hacia ellos. ¡Era Evans! Pero no había en su cuerpo barro ni heridas, no había cambiado. Debo contárselo a todo el mundo, gritó Septimus levantando la mano (mientras el hombre muerto vestido de gris se acercaba), alzando la mano como una colosal figura que se ha condolido por el destino del hombre durante siglos, solo, en el desierto, las manos en la frente, grietas de desesperación en las mejillas, y que ahora ve en el horizonte del desierto la luz que ilumina y agiganta la figura negra como el hierro, (y Septimus medio se levantó de la silla) y, con legiones de hombres muertos tras él, el gigante en duelo recibe en su rostro, por un instante, todo el...

—Pero soy tan desdichada, Septimus —dijo Rezia, mientras intentaba que él se sentara otra vez.

Millones de hombres se lamentaron; durante siglos habían llorado. Se dirigiría a ellos; con sólo unos instantes más, sólo unos instantes, les comunicaría este alivio, esta alegría, esta pasmosa revelación...

—¿Qué hora es, Septimus? —dijo Rezia—. ¿Qué hora es?

Aquel hombre hablaba, aquel hombre avanzaba, aquel hombre forzosamente tenía que notar su presencia. Aquel hombre los estaba mirando.

Despacio, como dormido, mientras dirigía una misteriosa sonrisa al hombre muerto vestido de gris, Septimus dijo:

—Te diré la hora.

Y mientras Septimus seguía sentado, sonriendo, sonaron las doce menos cuarto.

Y esto es lo que significa ser joven, pensó Peter Walsh al pasar junto a ellos. Están teniendo una escena horrenda: la pobre muchacha estaba totalmente desesperada, en plena mañana. Pero, ¿por qué la tenían?, se preguntó. ¿Qué habría dicho aquel joven con el abrigo a la muchacha, para que ella tuviera ese aspecto? ¿En qué espantosa situación estaba esa pareja para tener esa apariencia tan desesperada en una hermosa mañana de verano? Lo divertido de volver a Inglaterra, después de cinco años de ausencia, era, por lo menos durante los primeros días, que todas las cosas parecían nuevas, como si uno nunca las hubiera visto, una pareja de enamorados peleándose bajo un árbol, la vida doméstica de las familias en los parques. Londres nunca le había parecido un lugar tan encantador: la tersura de las distancias, la riqueza, el verdor, la civilización, después de la India, pensó, caminando sobre el césped.

Esta debilidad tan suya de dejarse arrastrar por las impresiones había sido la causa de todos sus males, por supuesto. A su edad aún tenía, como si fuera un muchacho, o incluso una muchacha, estos cambios de humor. Días buenos, días malos, sin motivo aparente; alegría ante una cara bonita, absoluto abatimiento al ver a una vieja aburrida. Y después de la India, claro, uno se enamoraba de toda mujer que se encontraba. Había cierta frescura en ellas; incluso las más pobres vestían mejor que hace cinco años; le parecía que nunca la moda había sido tan favorable; los largos abrigos negros; la esbeltez; la elegancia; y además la hermosa costumbre, evidentemente universal, del maquillaje. Todas las mujeres, hasta las más respetables, tenían rosas en la cara, labios tallados a cuchillo, rizos de tinta china; había diseño, arte por todas partes; claramente, algún cambio había sucedido. ¿En qué pensaban los jóvenes?, se preguntó Peter Walsh.

Esos cinco años —desde 1918 hasta 1923— habían sido muy importantes, intuía. La gente lucía diferente. Y los periódicos también eran diferentes. Ahora, por ejemplo, había un hombre que escribía sin ningún pudor, en uno de los más respetables semanarios, acerca de retretes. Hacía diez años, no se podía hacer esto, el escribir sin el menor pudor acerca de retretes en un respetable semanario. Y, después, esa costumbre de sacar el lápiz de labios o la polvera y maquillarse en público. En el barco que lo llevó de nuevo a Inglaterra había muchos jóvenes, en particular recordaba a dos, Betty y Bertie, que coqueteaban abiertamente; la madre, sentada con su bordado, los miraba de vez en cuando, más fresca que una flor. La chica se empolvaba la nariz delante de todos. Y no eran novios; sólo querían divertirse; y después seguir siendo amigos. Más dura que el diamante era la chica —Betty no sé cuánto—, pero buena persona a todas luces. Seguramente sería una excelente esposa a los treinta años. Se casaría cuando lo creyera conveniente, se casaría con un hombre rico, y viviría en una gran casa cerca de Manchester.

¿Quién había hecho esto?, se preguntó Peter Walsh mientras entraba en el sendero principal del parque, ¿quién se había casado con un hombre rico y vivía en una gran casa cerca de

Manchester? Alguien que le había escrito una larga y amorosa carta, hacía poco tiempo, acerca de hortensias azules. Haber visto unas hortensias azules fue lo que indujo a aquella mujer a pensar en él y en los viejos tiempos. ¡Sally Seton, naturalmente! Fue Sally Seton, la última persona en el mundo que uno hubiera creído capaz de casarse con un hombre rico y vivir en una gran casa cerca de Manchester, ¡la loca, la atrevida, la romántica Sally!

Pero de todo aquel viejo grupo de amigos de Clarissa —los Whitbread, los Kindersley, los Cunningham, los Kinloch Jones—, Sally probablemente era la mejor. Por lo menos trataba de tomar las cosas como debían de tomarse. No se dejó engañar por Hugh Whitbread —el admirable Hugh— cuando Clarissa y los demás se rendían a sus pies.

Todavía escuchaba a Sally decir: "¿Los Whitbread? ¿Que quiénes son los Whitbread? Vendedores de carbón. Comerciantes respetables".

Por una razón u otra, Sally detestaba a Hugh. De él decía que no pensaba en nada que no fuera en su propia apariencia. Tendría que haber sido un duque. Por supuesto, se casaría con una de las princesas reales.

De más está decir que Hugh sentía el más fenomenal, el más natural, el más sublime respeto hacia la aristocracia británica que Peter Walsh hubiera visto jamás. Incluso Clarissa tuvo que admitirlo. Sí, pero era tan simpático, tan generoso, dejó de cazar para complacer a su anciana madre... Y no olvidaba jamás los cumpleaños de su tía... Etcétera.

Había que reconocer que Sally había entendido todo. Una de las cosas que mejor recordaba Peter Walsh era una discusión, un domingo por la mañana, en Bourton, acerca de los derechos de la mujer (este tema antiquísimo), discusión en la que Sally perdió la paciencia, estalló, y le dijo a Hugh que él representaba lo más aborrecible de la clase media británica. Le dijo que le consideraba responsable de la situación en que se hallaban "esas pobres muchachas de Piccadilly". Hugh, el perfecto caballero. ¡Pobre Hugh! ¡Nunca hubo un hombre tan horrorizado como él! Sally lo hizo a propósito, según le dijo después (porque solían reunirse los dos en el huerto, para compartir sus opiniones).

"No ha leído nada, no ha pensado nada, no ha sentido nada", todavía podía escucharla diciendo eso con aquella voz tan categórica que impresionaba a la gente mucho más de lo que ella misma notaba. Los mozos de cuadra tenían más vida que Hugh, decía. Era el perfecto espécimen de escuela privada, agregaba. Solo Inglaterra podía engendrar algo así. Estaba verdaderamente resentida por alguna causa, le tenía una rabia particular. Algo había sucedido —no se acordaba de qué— en la sala de fumar. La había insultado, ¿tal vez besado? ¡Increíble! Por supuesto que nadie creería nada en contra de Hugh. ¿Quién sería capaz? ¡Besar a Sally en la sala de fumar! Si se hubiese tratado de una Honorable Edith o de una Lady Violet, quizá; pero tratándose de Sally, esa harapienta, sin un penique a su nombre y con un padre o una madre jugándose el dinero en Monte Carlo, no. Porque de toda la gente que había conocido, Hugh era el mayor snob —el más obsecuente— pero no, no se podía decir que se arrastrara ante los demás. Era demasiado pedante para eso. Un ayuda de cámara de primera clase era lo primero que te venía a la mente: alguien que fuera siguiéndole los pasos a uno llevándole las maletas, alguien en quien se pudiera confiar para mandar telegramas... indispensable para la dueña de la casa. Y finalmente encontró su trabajo ideal: se casó con su Honorable Evelyn, consiguió un puesto insignificante en la Corte, cuidaba de las bodegas del Rey, sacaba brillo a las hebillas de los zapatos imperiales, iba de un lado a otro con librea de calza corta y pechera de encaje. ¡Qué feroz es la vida! ¡Un puesto en la Corte!

Finalmente se casó con esa mujer, la Honorable Evelyn, y vivían por aquí cerca, según le parecía (miró los soberbios edificios que enmarcaban el parque), porque en una ocasión había almorzado en una casa que, como todas las propiedades de Hugh, tenía algo que ninguna otra casa podía tener jamás, por ejemplo, armarios de llenos de ropa blanca. Tenías que ir a observarlos con detenimiento, tenías que pasar un buen rato admirando lo que fuera: armarios de ropa blanca, fundas de almohada, muebles antiguos de roble, cuadros que Hugh había conseguido por casi nada. Pero la señora Hugh, en ocasiones, arruinaba el show. Era una de esas oscuras mujeres diminutas como roedores que admiran a los hombres grandes. Era casi inexistente. Pero de repente, decía algo inesperado, algo seco y cortante. Quizás conservara aún, los resabios de modales antiguos. La calefacción de carbón le parecía demasiado fuerte: sofocaba el ambiente. Y así seguían viviendo, con sus armarios de ropa blanca y sus cuadros de viejos maestros y sus fundas de almohada bordadas con auténtico encaje, gastando seguramente cinco o diez mil al año, mientras que él, dos años mayor que Hugh, andaba mendigando algún trabajo.

A los cincuenta y tres años se veía forzado a ir a visitar a aquella gente para pedirles que le dieran trabajo en algún ministerio, o que le encontraran cualquier otro mediocre empleo, como el de enseñar latín a adolescentes, a las órdenes de un oficinesco capataz, cualquier cosa que le reportara quinientas al año. Sí, porque si se casaba con Daisy, contando incluso la pensión de Peter, no podrían vivir con menos. Seguramente Whitbread se lo conseguiría, o Dalloway. No le molestaba pedirle algo a Dalloway. Era bondadoso a todas luces; un poco limitado, un poco duro de entendederas, sí, pero bondadoso a todas luces. No importaba de qué se tratara, todo lo hacía con sentido común y sencillez; sin el menor atisbo de imaginación, sin el más leve toque de brillo, pero con la inexplicable bondad propia de su carácter. Tendría que haber sido un caballero de campo. Perdía el tiempo en la política. Donde más se lucía era al aire libre, entre caballos y perros. Por ejemplo, cuando aquel gran perro peludo de Clarissa quedó atrapado en una trampa que casi se le costó una pata, y Clarissa se puso pálida, y Dalloway hizo todo lo necesario: vendó la pata, la sujetó con listones, le dijo a Clarissa que no se portara como una tonta. Quizás estas eran las cosas por las que Clarissa lo quería, quizás esto era lo que Clarissa precisaba. "Y, ahora, querida, no te portes como una tonta. Ten esto, dame aquello", y hablándole todo el tiempo al perro, como si fuera una persona.

Sin embargo, ¿cómo pudo tragarse todas esas tonterías sobre poesía? ¿Cómo pudo dejarlo dar cátedra sobre Shakespeare? Con toda seriedad y solemnidad, Richard Dalloway se puso de patas como un perrito y dijo que ningún hombre decente tendría que leer los sonetos de Shakespeare porque era como escuchar por el ojo de la cerradura (además, la relación en que se basaban no merecía su aprobación). Un hombre decente nunca debería permitirle a su mujer que visitara a la hermana de una esposa fallecida. ¡Increíble! Lo único que cabía hacer era apedrearle con almendras garrapiñadas; fue durante la cena. Pero Clarissa se lo tragó todo, lo encontró tan sincero de su parte, tan autónomo su pensamiento; ¡y Dios sabe si no pensó que era la mente más original que había conocido!

Este tipo de cosas eran las que lo unían a Sally. Había un jardín por el que escuchaba pasear, un lugar rodeado por un muro, con rosales y coliflores gigantes; recordaba que Sally arrancó una rosa y se detuvo para alabar la belleza de las hojas de col a la luz de la luna (era extraordinario cómo todo se le agolpaba en la mente, ahora; cosas en las que no había pensado desde hacía años), mientras le suplicaba —medio en broma, por supuesto— que se llevara a Clarissa para salvarla de los Hughs, los Dalloways y todo en resto de los "perfectos caballeros" que iban a "ahogar su alma" (por aquel entonces, Sally escribía poesía incesantemente), a hacer de ella una mera dama de sociedad, a estimular su superficialidad. Pero hay que ser justos con Clarissa. Por lo menos no iba a casarse con Hugh. Tenía perfectamente claro lo que quería. Todas sus emociones eran frívolas. En el fondo era muy astuta: juzgaba mucho mejor la personalidad de la gente que Sally, por ejemplo, y además era absolutamente femenina; con esa capacidad fenomenal de ciertas mujeres, que le permitía crear un mundo propio allí donde estuviese. Entraba en una habitación; se quedaba parada, como él la había visto a menudo, bajo el marco de una puerta, con un montón de gente a su alrededor. Pero era Clarissa a quien uno recordaba. Y no es que fuese llamativa, ni aun guapa; no había nada de extraordinario en ella; nunca decía nada que fuese particularmente ocurrente... Pero, allí estaba ella; allí estaba.

¡No, no, no! ¡Ya no estaba enamorado de ella! Lo único que le sucedía era que, después de verla aquella mañana, entre las tijeras y las sedas, preparándose para la fiesta, no podía dejar de pensar en ella; volvía a su mente una y otra vez, como el viajero adormilado que se apoya sobre uno, en un vagón de tren; eso no significaba estar enamorado, por supuesto, era solo pensar en ella, criticarla, intentar una vez más, treinta años después, entenderla. Lo más obvio que de ella podía uno decir era afirmar que era frívola; le daba demasiada importancia al status y a la sociedad y a prosperar en el mundo, todo lo cual era verdad, de alguna manera. La misma Clarissa lo había reconocido ante él. (Si uno se tomaba la molestia, siempre lograba que Clarissa admitiera sus defectos; era muy sincera). Lo que Clarissa diría seguramente es que no le gustaban las mujeres con aspecto de bruja, los viejos malhumorados, los fracasados como él; pensaba que nadie tenía derecho a ir por el mundo encorvado y con las manos en los bolsillos, que todos debían hacer algo, ser algo, y esas gentes de la gran sociedad esas duquesas, esas venerables y blancas condesas que uno encontraba en el salón de Clarissa, insoportablemente alejadas, para Peter, de todo lo importante, representaban algo verdadero para Clarissa. En alguna oportunidad, dijo que Lady Bexborough sabía mantenerse erguida (lo mismo podía uno decir de la propia Clarissa:

nunca se encorvaba, en ningún sentido de la palabra, iba siempre más derecha que una vela, un poco rígida, a decir verdad). Decía que aquella gente tenía una especie de coraje que, a medida que ella se hacía mayor, respetaba cada vez más. En todo esto que decía había mucho de Dalloway, por supuesto; había mucho espíritu de servicio a la patria, de Imperio Británico, de reforma tributaria, de clase gobernante que había anidado y crecido en Clarissa, como suele suceder. Siendo el doble de inteligente que Dalloway, Clarissa tenía que verlo todo a través de los ojos de Dalloway, lo cual es una de las tragedias de la vida matrimonial. Dotada de criterio propio, se veía obligada a citar siempre las palabras de Richard, ¡como si uno no pudiera saber, al pie de la letra lo que Richard pensaba, con solo leer el *Morning Post* por la mañana! Estas fiestas, por ejemplo, estaban absolutamente dedicadas a él, a la idea que Clarissa tenía de él (para hacer justicia a Richard, sin embargo, era preciso reconocer que hubiera sido mucho más feliz dedicándose a cultivar la tierra en Norfolk). Clarissa había transformado su salón en una especie de punto de reunión; tenía especial talento para ello. Una y otra vez había visto Peter a Clarissa tomar por su cuenta a un hombre joven sin el menor refinamiento, retorcerlo, darle la vuelta, despertarlo, ponerlo en marcha. Claro está, un número absurdo de individuos aburridos se reunía a su alrededor. Pero también acudían a ella personas extrañas, inesperadas, a veces un artista, a veces un escritor, bichos raros en aquel ambiente. Y detrás de ello estaba la red de visitas, el dejar tarjetas, el ser amable con la gente, ir corriendo de un lado para otro con ramos de flores, pequeños regalos; Fulano o Mengano se va a Francia, habría que llevarle una almohadilla. Verdadera sangría en la fortaleza de Clarissa ese interminable ir y venir de las mujeres como ella; pero lo hacía sinceramente, a razón de un instinto natural.

Curiosamente, Clarissa era una de las personas más absolutamente escépticas que Peter hubiera conocido, y quizás (era una teoría que él utilizaba para hacerse una idea clara de ella, tan transparente en unos aspectos, tan impenetrable en otros), quizás se dijera a sí misma: dado que somos una raza condenada, encadenada a un barco que se hunde (sus lecturas favoritas cuando era niña eran Huxley y Tyndall, muy aficionados a ese tipo de metáforas náuticas), dado que todo es una broma pesada, formemos parte de ella, aliviemos los padecimientos de nuestros compañeros de cárcel (Huxley, otra vez), decoremos la celda con flores y almohadones, seamos tan decentes como nos sea posible. Esos rufianes, los Dioses, no se saldrán del todo con la suya (porque su idea era que los Dioses, que no perdían nunca la mínima oportunidad de hacer daño, de frustrar y echar a perder las vidas humanas, se desanimaban si te comportabas como una dama a pesar de todo). Esta etapa empezó inmediatamente después de la muerte de Sylvia, ese horrible asunto. Ver cómo un árbol se cae y mata a tu propia hermana (toda la culpa la tuvo Justin Parry, por negligente), ante tus propios ojos –una chica, además, con toda la vida por delante, la mejor de ellas, siempre decía Clarissa–, era suficiente para amargarse. Más tarde, Clarissa tal vez dejó de ser tan tajante; creía que los Dioses no existían, que no se podía culpar a nadie; y, por eso, formuló la atea doctrina de hacer el bien por el bien mismo.

Por supuesto, gozaba intensamente de la vida. Estaba hecha para disfrutar (a pesar de que, evidentemente, tenía sus reservas; en cualquier caso, Peter pensaba que aun él, después de tantos años, sólo podía trazar un esbozo de Clarissa). Y no había amargura en ella; carecía de aquel sentido de la virtud moral que tan repelente es en las buenas mujeres. Le gustaba prácticamente todo. Si uno paseaba con ella por Hyde Park, ahora era una parcela de tulipanes, ahora un niño en un cochecito, ahora un pequeño drama que Clarissa improvisaba en un instante. (Seguramente, habría hablado con aquella pareja de enamorados, si hubiese pensado que eran infelices). Tenía un sentido del humor realmente extraordinario, pero necesitaba gente, siempre gente, para que diera frutos, con el inevitable resultado de malgastar espantosamente el tiempo almorzando, cenando, ofreciendo todo el tiempo aquellas fiestas, diciendo tonterías, frases en las que no creía, con las que se le embotaba la mente y perdía claridad. Sentada a la cabecera de la mesa, se tomaba infinitas molestias para halagar a cualquier viejo demente que pudiera servirle a Dalloway –conocían a los más horribles pelmazos de Europa–, o bien llegaba Elizabeth, y todo quedaba subordinado a ella. La última vez que Peter la vio, Elizabeth estudiaba secundaria, se encontraba en la etapa de la inexpresividad, y era una muchacha de ojos redondos y cara pálida, que en nada recordaba a su madre, una criatura insulsa, silenciosa, que lo daba todo por supuesto, dejaba que su madre la consintiera y luego decía: "¿Puedo irme, ya?"; y Clarissa explicaba, con aquella mezcla de diversión y orgullo que también Dalloway parecía despertar en ella: "Se va a jugar al hockey". Y ahora Elizabeth seguramente se sentía ajena; pensaba que él era un viejo loco, y se reía de los amigos de su madre. En fin, igual daba. Lo único bueno de hacerse viejo, pensaba Peter Walsh mientras abandonaba Regent's Park, con el sombrero en la mano, radicaba sencillamente en lo siguiente: las pasiones siguen tan fuertes como siempre, pero uno ha adquirido –¡por fin!– la capacidad que da el mejor perfume a la existencia, la capacidad de dominar la experiencia, de darle la vuelta, lentamente, a la luz.

Una confesión terrible sin duda (volvió a ponerse el sombrero), pero ahora, a los cincuenta y tres años, ya casi no se necesitaba a la gente. La vida misma, cada uno de sus instantes, cada gota, aquí, este momento, ahora, al sol, en Regent's Park, era suficiente. Demasiado, en realidad. Una vida entera era demasiado corta para sacarle, ahora que uno había adquirido el dominio, la plenitud del sabor; para extraer hasta la última gota de placer, hasta el último matiz de sentido; y ambos eran mucho más sólidos que antes, mucho menos personales. Era imposible que Clarissa le hiciera sufrir más de lo que ya lo había hecho sufrir. Durante horas y horas (¡ojalá uno diga estas cosas y que nadie nunca las oiga!), durante horas y días seguidos no había pensado en Daisy.

Teniendo en cuenta los sufrimientos, la tortura y la extraordinaria pasión de aquellos tiempos, ¿cabía decir que estuviera ahora enamorado de Daisy? Era una cosa totalmente diferente –mucho más agradable–, y la verdad consistía desde luego, en que ahora ella estaba enamorada de él. Y esto quizá fuera la razón por la que, en el momento en que el barco zarpó, Peter sintió un extraordinario alivio, y deseó sobre todo quedarse solo. Lo irritó encontrar en el camarote los recuerdos de las pequeñas atenciones de Daisy, los cigarros, las notas, la alfombra para el viaje. Si la gente fuera honrada, todos dirían lo mismo: después de los cincuenta, uno no necesita a los demás; uno no tiene ganas de seguir diciéndoles a las mujeres que son hermosas. Esto es lo que dirían casi todos los hombres de cincuenta años si fueran sinceros, pensó Peter Walsh.

Pero, estos notables accesos de emoción, como el echarse a llorar esta mañana, ¿a qué se debían? ¿Qué habría pensado Clarissa de él? Seguramente pensó que estaba loco, y no lo hizo por primera vez. Lo que había, en el fondo de todo, eran celos, los celos que están detrás de todas las pasiones de la humanidad, pensó Peter Walsh, con el cortaplumas en la mano, extendiendo el brazo. Había estado viendo al Mayor Orde, le había dicho Daisy en su última carta, y a Peter le constaba que lo había escrito a propósito. Se lo había dicho para darle celos. Casi que podía ver a Daisy con el ceño fruncido, mientras escribía, pensando qué podía decir para herirlo; sin embargo, aquellas palabras no habían cambiado nada; ¡Peter estaba furioso! Todo ese lío de venir a Inglaterra y visitar abogados no era para casarse con Daisy sino para evitar que Daisy se casara con otro. Esto era lo que torturaba a Peter, en esto pensó cuando vio a Clarissa tan calma, tan fría, tan cerrada en su vestido o en lo que fuera; darse cuenta de lo que Clarissa hubiera podido evitarle, darse cuenta de aquello a lo que Clarissa lo había reducido, a un débil y achacoso burro. Pero las mujeres, pensó mientras cerraba el cortaplumas, desconocen lo que es la pasión. Desconocen lo que la pasión significa para los hombres. Clarissa era fría como un témpano. Allí estaba ella, sentada en el sofá, a su lado, dejando que le tomara la mano, y dándole un beso en la mejilla. Había llegado al cruce de la calle.

Un ruido lo interrumpió; un ruido frágil y oscilante, una voz que burbujeaba sin rumbo, sin fuerza, principio ni fin, y que cantaba débil, aguda y carente de todo significado humano:

i am fa am so
fu sui tu im u...

Una voz sin edad ni sexo, la voz de una vieja fuente manando de la tierra; una voz que surgía, justo enfrente de la estación de metro de Regent's Park, de una alta forma temblorosa, como una chimenea, como una bomba oxidada, como un árbol, batido por el viento y privado para siempre de sus hojas, que deja que el viento suba y baje por sus ramas, arriba y abajo, mientras canta:

i am fa am so
fu sui tu im u...

y se mece, cruje y gime en la brisa eterna.

A través de todos los tiempos —cuando la calzada era hierba, cuando era ciénaga, a través de la era del colmillo y del mamut, a través de la era del amanecer silencioso— la vieja mendiga —llevaba falda—, con la mano derecha extendida y con la izquierda agarrándose el costado, insistía en cantar una canción de amor, de un amor que ha durado un millón de años —cantaba—, amor que vence, y hace un millón de años que había paseado con su amante muerto hace siglos –cantaba–, en el mes de mayo. Pero en el transcurso del tiempo, largo como los días de verano y con el único color –canturreaba–, del fuego de los ásteres rojos, él se había ido; la enorme guadaña de la muerte había cortado aquellas tremendas colinas, y cuando por fin reposó su cabeza cana e inmensamente vieja sobre la tierra, convertida ahora en simples cenizas de hielo, suplicó a los Dioses que dejaran a su lado un ramo de brezo púrpura, allí en su tumba, que acariciaban los últimos rayos del sol; porque para entonces el espectáculo del universo habría terminado.

Mientras la vieja canción rebullía, frente a la estación del metro de Regent's Park, la tierra todavía parecía verde y florecida; la canción, a pesar de surgir de una boca tan dura, simple orificio en la tierra, también embarrada, con fibrosas raíces y hierba enredada, la vieja, trémula y burbujeante canción, mojando las entrelazadas raíces de edades infinitas, esqueletos y tesoros se alejaba formando riachos sobre el pavimento, a lo largo de Marylebone Road, bajando hacia Euston, fertilizante, dejando una huella húmeda. Recordando todavía que una vez en un mayo antiguo había paseado con su enamorado, esta oxidada bomba de agua, esta harapienta vieja, con una mano alargada para recibir una moneda, con la otra clavada en el costado, estará todavía allí dentro de diez millones de años, recordando que una vez paseó en mayo, allí donde ahora se persiguen las olas del mar, con no importa quién... Era un hombre, oh, sí, un hombre que la amó. Pero el paso de las edades había empañado la claridad del antiguo día de mayo; las flores con pétalos de colores estaban ahora blancas y plateadas por la escarcha; y la mujer ya no veía, cuando imploraba a su enamorado (como evidentemente estaba haciendo ahora) "mira bien mis ojos con tus dulces ojos", ya no veía ojos castaños, negro bigote o cara tostada por el sol, sino una forma imprecisa, una forma de sombra, hacia la que, con la frescura como de pájaro de los viejos, todavía cantaba "dame tu mano y deja que te la oprima suavemente" (Peter Walsh no pudo evitar darle una moneda a aquella pobre criatura, antes de subir al taxi), "y si alguien nos ve, ¿qué importa?", se preguntaba; y tenía la mano clavada en el costado, y sonreía, metiéndose la moneda en el bolsillo y todos los ojos de mirar interrogante parecieron quedar borrados, y las generaciones que pasaban —atareados sujetos de la clase media colmaban la vereda— se desvanecieron, como hojas, para ser pisoteadas, para quedar empapadas, para amontonarse, para transformarse en colchón junto a aquella eterna fuente...

i am fa am so
fu sui tu im u.

—Pobre anciana —dijo Rezia Warren Smith.

—¡Oh, pobre desgraciada! —dijo mientras esperaba el momento de cruzar.

¿Y si llovía a la noche? ¡Imagínate si tu padre, o si alguien que te hubiera conocido en otros tiempos mejores, pasara por allí y te viese ahí, de pie, en el arroyo! ¿Y dónde pasaría la noche?

Con ánimo, casi alegre, el hilo invencible de sonido dio vueltas en el aire como el humo de la chimenea de una cabaña, ascendiendo entre limpias hayas y surgiendo como una mata de humo azul por entre las hojas más altas. "Y si alguien nos ve, ¿qué importa?".

Como era tan desdichada, durante semanas y semanas, Rezia había ido otorgándole significado a las cosas que ocurrían a su alrededor, y a veces estaba casi segura de que tendría que parar a la gente en la calle, si lucían bien y parecían amables, para decirles, solamente, "soy desdichada; y esta anciana, en la calle, cantando "si alguien nos ve, ¿qué importa?", le hizo estar repentinamente segura de que todo iba a salir bien. Iban a ver a Sir William Bradshaw; pensaba que este nombre sonaba bien; curaría a Septimus enseguida. Y entonces pasó un carro de cerveza, y los caballos grises llevaban briznas de paja en la cola; había carteles de periódicos. Era un sueño tonto, muy tonto, el ser desdichada.

Y cruzaron, el señor Septimus Warren Smith y su señora. Y, al fin y al cabo, ¿había algo en ellos que llamara la atención, algo que indujera al transeúnte a sospechar: he aquí a un joven que lleva el más importante mensaje del mundo y que es, además, el hombre más feliz del mundo, y el más desdichado? Quizá la pareja caminaba un poco más despacio que la otra gente, quizá había en el caminar del hombre cierto aire dubitativo como si fuera arrastrándose, pero era natural que un empleado, que no había estado en el West End en día laborable a esta hora durante años, no hiciera más que mirar al cielo, mirar esto y lo otro, como si Portland Place fuese una habitación donde hubiese entrado en ausencia de la familia, con las lámparas de araña envueltas en gasa, y el ama de llaves, al levantar una esquina de las largas cortinas, dejase entrar largos haces de luz polvorienta que caen sobre unos extraños sillones vacíos, y explicase a los visitantes lo maravilloso que es el lugar; qué maravilloso pero, al mismo tiempo, qué extraño.

Por su aspecto, podía ser un empleado, pero de los mejores; sí, porque llevaba botas marrones; sus manos eran educadas; y lo mismo cabía decir de su perfil, un perfil anguloso, de gran nariz, inteligente, sensible; pero no se podía afirmar lo mismo de sus labios, que eran flojos; y sus ojos (cual suele ocurrir con los ojos) eran simplemente ojos; grandes y de color marrón; de manera que, en conjunto, el hombre era un caso de indeterminación, ni una cosa ni otra; podía muy bien terminar con una casa en Purley y un automóvil, o seguir toda su vida alquilando pisos en callecitas laterales; era uno de estos educados a medias, auto educados, que han logrado toda su educación gracias a libros prestados por bibliotecas públicas, leídos al atardecer después de la jornada de trabajo, siguiendo el consejo de conocidos escritores consultados por correo.

En cuanto a las otras experiencias, las experiencias solitarias, que los individuos viven a solas, en sus dormitorios, en sus oficinas, caminando por los campos, caminando por las calles de Londres, aquel hombre las tenía; había dejado su hogar, siendo sólo un muchacho, por culpa de su madre; porque bajó a tomar el té por quincuagésima vez sin lavarse las manos; porque no veía porvenir alguno para un poeta en Stroud; y así, después de haber tomado por confidente a su hermanita menor, se fue a Londres, dejando tras sí una absurda nota, imitando otras, escritas por los grandes hombres y que el mundo ha leído más tarde, cuando la historia de sus luchas se ha vuelto famosa.

Londres se ha tragado muchos millones de jóvenes llamados Smith; no le ha dado la menor importancia a nombres tan raros como Septimus, con los que sus padres habían creído singularizarlos. Vivir en una pensión, en una esquina de Euston Road, implicaba ciertas experiencias –experiencias, otra vez– como la de transformar una cara en dos años: una inocente cara ovalada y rosa en otra, contraída y demacrada. Pero de todo lo dicho, qué hubieran podido decir los amigos más observadores, salvo lo que dice un jardinero cuando abre la puerta del invernadero y se encuentra una nueva flor en su planta: Ha florecido; florecido por vanidad, ambición, idealismo, pasión, soledad, valor, pereza, las semillas habituales que, revueltas todas ellas (en una habitación de Euston Road), hicieron de él un hombre tímido y tartamudo, ansioso de superarse a sí mismo, le hicieron enamorarse de la señorita Isabel Pole, que daba lecciones sobre Shakespeare en Waterloo Road.

¿Acaso aquel muchacho no era parecido a Keats?, preguntaba la señorita Isabel Pole; y pensaba en cómo podría arreglárselas para que le interesaran *Antonio y Cleopatra* y todo lo demás; le prestaba libros, le mandaba notas, y encendió en él un fuego que sólo arde una vez en la vida, sin calor, con una llama inquieta, rojo-dorada infinitamente etérea e inmaterial, que ardía por la señorita Pole, *Antonio y Cleopatra*, y Waterloo Road. Él la veía hermosa, la consideraba inmaculadamente sabia, soñaba con ella, le escribía poesías que, por desconocer el arte, ella corregía con tinta roja. La vio, un atardecer de verano, caminando con un vestido verde por una plaza. "Ha florecido", hubiera dicho el jardinero, si hubiese abierto la puerta, si hubiese entrado, es decir, si lo hubiera hecho cualquier noche a esta hora, y lo hubiera encontrado escribiendo, lo hubiera encontrado rompiendo lo escrito, lo hubiera encontrado llegando a lo alto de una obra maestra a las tres de la madrugada y saliendo a toda prisa de casa para callejear y visitar iglesias, y ayunar un día, y beber otro día, devorando a Shakespeare, Darwin, La historia de la civilización y Bernard Shaw.

Algo estaba sucediendo, el señor Brewer lo sabía; el señor Brewer, gerente de Sibleys & Arrowsmiths, subastadores, tasadores, agentes de la propiedad inmobiliaria; algo estaba sucediendo, pensaba. Y, como era muy paternal con sus empleados más jóvenes y tenía en alta estima la capacidad de Smith, vaticinaba que, en diez o quince años, le sucedería en el sillón de cuero, en la sala interior bajo la luz cenital, con las cajas de títulos de propiedad a su alrededor, "siempre que conservara su salud", dijo el señor Brewer. Y ese era el peligro: Smith parecía débil. Le aconsejó que jugara al fútbol, lo invitaba a cenar y, justo cuando estaba evaluando la forma de recomendarlo para un aumento de sueldo, ocurrió algo que vino a estropear gran parte de sus planes, algo que se llevó a sus empleados más calificados y, finalmente —así de entrometidos e insidiosos son los dedos de la Guerra Europea— hizo trizas una estatua de yeso de Ceres, cavó un hoyo en los caminos de geranios y destrozó los nervios de la cocinera, en la casa del señor Brewer, en Muswell Hill.

Septimus fue uno de los primeros en presentarse como voluntario. Fue a Francia para salvar a una Inglaterra que estaba casi íntegramente formada por las obras de Shakespeare y por la señorita Isabel Pole, en vestido verde, pasando por una plaza. Allí, en las trincheras, el cambio que el señor Brewer deseaba cuando le aconsejó jugar al fútbol, se produjo instantáneamente; Smith se hizo hombre, fue ascendido, llamó la atención, y de hecho suscitó el afecto de su oficial superior, apellidado Evans. Fue una amistad como la de dos perros que juegan ante el fuego del hogar; uno de ellos jugando con un papel, gruñendo, lanzando bocados mordisqueando de vez en cuando la oreja del perro más viejo; y el otro yaciendo soñoliento, parpadeando al fuego, alzando una pata, dándose la vuelta y gruñendo bondadoso. Tenían que estar juntos, tenían que compartir, tenían que reñir y pelear el uno con el otro. Pero, cuando a Evans (Rezia, que sólo le había visto una vez, decía que era un "hombre tranquilo", un robusto pelirrojo, más bien parco cuando había mujeres), cuando a Evans le mataron, inmediatamente antes del Armisticio, en Italia, Septimus, lejos de dar muestras de emoción o de reconocer que aquello representaba el final de una amistad, se felicitó por la debilidad de sus emociones y por ser muy razonable. La guerra le había educado. Fue sublime. Había pasado por todo lo que tenía que pasar —la amistad, la Guerra Europea, la muerte—, había merecido el ascenso, aún no había cumplido los treinta años y estaba destinado a sobrevivir. En esto último no se equivocó. Las últimas bombas no lo alcanzaron. Las vio explotar con indiferencia. Cuando llegó la paz, se encontraba en Milán, alojado en una pensión con un patio, flores en macetas, mesas al aire libre, hijas que confeccionaban sombreros. De Lucrezia, la menor de ellas, se hizo novio un atardecer en que sentía terror. Terror de no poder sentir.

Porque ahora que todo había terminado, que la tregua estaba firmada y los muertos enterrados, tenía, sobre todo por la noche, estos repentinos ataques de terror. No podía sentir. Cuando abría la puerta del cuarto donde las chicas italianas hacían sombreros, las veía, las oía; pasaban alambres por unas cuentas de colores que guardaban en unos platillos, daban diversas formas a las telas de bocací; la mesa estaba sembrada de plumas, lentejuelas, sedas y cintas; las tijeras golpeaban la mesa; pero algo le faltaba: no podía sentir. Los golpes de las tijeras, las risas de las muchachas, la fabricación de los sombreros lo protegían, le daban seguridad, le daban refugio.

Pero no podía pasarse la noche sentado allí. Había momentos en que se despertaba a primeras horas de la madrugada. La cama caía; él caía. ¡Oh, las tijeras, la lámpara y los sombreros! Pidió a Lucrezia que se casara con él, a la más joven de las dos, a la alegre, la frívola, con aquellos menudos dedos artísticos que ella alzaba, diciendo: "Todo se debe a ellos". Daban vida a la seda, las plumas y todo lo demás.

—El sombrero es lo más importante —decía Lucrezia, cuando paseaban juntos. Analizaba todos los sombreros que cruzaban; y la capa y el vestido y la presencia de la mujer. Mal vestida, va recargada, dictaminaba Lucrezia, no con crueldad, sino con impacientes movimientos de las manos, como los de un pintor que apartara de sí una impostura flagrante y bien intencionada; y luego, generosamente, aunque siempre con sentido crítico, alababa a la dependienta de una tienda que llevaba con gracia su vestidito, o ensalzaba sin reservas, con comprensión entusiasta y profesional, a una señora francesa que descendía del coche, con chinchilla, túnica y perlas.

—¡Hermoso! —decía por lo bajo, dando un codazo a Septimus para que mirara. Pero la belleza estaba detrás de un cristal. Ni siquiera el gusto (a Rezia le gustaban los helados, los bombones, las cosas dulces) le producía placer. Dejó su taza sobre la mesita de mármol. Miró a la gente de fuera, que parecía feliz, reuniéndose en medio de la calle, gritando, riendo, discutiendo sin motivo. Pero no podía saborear, no podía sentir. En el salón de té, entre las mesas y los camareros que charloteaban, aquel miedo espantoso le sobrevino: no podía sentir. Podía razonar, podía leer, a Dante, por ejemplo, sin problemas (–Septimus, deja ya el libro –dijo Rezia cerrando suavemente el *Inferno*) podía hacer las cuentas; su cerebro estaba perfectamente; por tanto, tenía que ser culpa del mundo -la culpa de que no pudiera sentir.

–Los ingleses son tan callados... –dijo Rezia. Le gustaba, decía. Respetaba a estos ingleses y quería conocer Londres, los caballos ingleses y los trajes de sastrería, y también recordaba haberle oído comentar lo maravillosas que eran las tiendas a una tía que se había casado y vivía en el Soho.

Es posible, pensó Septimus, mirando a Inglaterra por la ventanilla del tren al salir de Newhaven; es posible que el mundo mismo carezca de significado.

En la oficina lo ascendieron a un puesto de mucha responsabilidad.

Estaban orgullosos de él; había ganado medallas.

–Usted ha cumplido con su deber, y de nosotros depende... –empezó el señor Brewer; y no pudo acabar, embargado como estaba por la emoción. Se alojaron en un lugar estupendo cerca de Tottenham Court Road.

Allí volvió a abrir a Shakespeare. Esa costumbre juvenil de intoxicarse con las palabras –Antonio y Cleopatra– había terminado para siempre. ¡Cuánto odiaba Shakespeare a la humanidad, el ponerse prendas, el engendrar hijos, la sordidez de la boca y del vientre! Ahora Septimus entendió esto, el mensaje oculto tras la belleza de las palabras. La clave secreta que cada generación pasa, disimuladamente, a la siguiente significa repulsión, odio, desesperación. Con Dante ocurría lo mismo. Con Esquilo (traducido), lo mismo. Y allí estaba Rezia sentada ante la mesa, arreglando sombreros. Arreglaba sombreros de las amigas de la señora Filmer; se pasaba las horas arreglando sombreros. Estaba pálida, misteriosa; como un lirio, ahogada bajo el agua, pensaba Septimus.

—Los ingleses son muy serios —decía, abrazando a Septimus, poniendo la mejilla contra la suya.

Shakespeare rechazaba el amor entre hombre y mujer. El asunto de copular le resultaba una porquería antes del final. Pero Rezia decía que tenían que tener hijos. Llevaban cinco años casados.

Juntos fueron a la Torre, al Victoria and Albert Museum; se mezclaron con la multitud para ver al Rey inaugurar el Parlamento. Y había tiendas, tiendas de sombreros, tiendas de vestidos, tiendas con bolsos de cuero en el escaparate, que Rezia miraba. Pero tenían que tener un niño.

Decía que tenía que tener un hijo como Septimus. Pero nadie podía ser como Septimus; tan dulce, tan serio, tan inteligente. ¿Por qué no podía ella leer también a Shakespeare? ¿Era Shakespeare un autor difícil?, preguntaba Rezia.

Uno no puede traer hijos a un mundo como éste. Uno no puede perpetuar el sufrimiento, ni aumentar la raza de estos lujuriosos animales, que no tienen emociones duraderas, sino tan sólo caprichos y vanidades que ahora les llevan hacia un lado y luego hacia otro.

Septimus la miraba cortar, hacer formas, como quien mira a un pájaro dar saltitos y picotear en el césped, sin atreverse a mover un dedo. Porque la verdad (dejemos que ella la ignore) es que los seres humanos no tienen ni bondad, ni fe, ni caridad, más allá de lo que aumente el placer del momento. Cazan en manada. Sus manadas peinan el desierto y desaparecen en la selva chillando. Abandonan a los caídos. Sus rostros están cubiertos de muecas. Ahí estaba Brewer en la oficina, con su bigote prolijo, su alfiler de coral en la corbata, pañuelo blanco y sus emociones plácidas —todo frialdad y humedad— sus geranios destrozados durante la guerra, los nervios de su cocinera destrozados; o Amelia Comosellame, sirviendo tazas de té a las cinco en punto, una pequeña harpía obscena de sarcástica sonrisa libidinosa; y los Toms y los Berties, con sus pecheras almidonadas rezumando espesas gotas de vicio. Nunca lo vieron dibujar retratos de ellos, desnudos y haciendo payasadas, en su cuaderno de apuntes. En la calle, los camiones pasaban rugiendo junto a él, la brutalidad chillaba en los carteles: hombres atrapados en las minas, mujeres quemadas vivas. Y en cierta oportunidad, una fila de locos mutilados, que alguien decidió sacar a hacer ejercicio o exhibirlos para divertir al pueblo (que reía abiertamente), desfiló saludando y sonriendo al pasar junto a él, en Tottenham Court Road, cada uno de ellos medio disculpándose, aunque con aire triunfal, imponiéndole su desesperado destino. Y ¿acaso iba él a volverse loco?

A la hora del té, Rezia le dijo que la hija de la señora Filmer estaba embarazada. ¡Ella no podía envejecer sin tener un hijo! ¡Estaba muy sola, era muy desgraciada! Lloró por primera vez desde su casamiento. Desde muy lejos, Septimus oyó el llanto, lo oyó claramente con precisión; lo comparó con el golpeteo del pistón dé una bomba. Pero no sintió nada.

Su esposa lloraba, y él no sentía nada; pero cada vez que su esposa lloraba de aquella manera profunda, silenciosa, desesperanzada, Septimus descendía otro peldaño en la escalera que le llevaba al fondo del pozo.

Por fin, con un gesto melodramático que interpretó mecánicamente y con perfecta conciencia de su hipocresía, dejó caer la cabeza entre las manos. Ya se había rendido.

Ahora eran los demás los que debían acudir en su ayuda. Había que llamar a la gente. Él había cedido.

No hubo manera de levantarlo. Rezia lo metió en la cama. Llamó a un médico, el doctor Holmes, el de la señora Filmer. El doctor Holmes lo examinó. No le pasaba nada, dijo el doctor Holmes. ¡Oh, qué alivio! ¡Qué hombre tan amable, qué hombre tan bueno! pensó Rezia. Cuando él se sentía así, dijo el doctor Holmes, se iba al *music hall*. Se tomaba un día libre, con su mujer, y se iba a jugar al golf. ¿Por qué no probar un par de pastillas de bromuro disueltas en un vaso de agua al acostarse? Estas viejas casas de Bloomsbury, dijo el doctor Holmes toqueteando la pared, a menudo tienen unos hermosos paneles de madera, y los caseros cometen la locura de empapelarlos. Justamente hacía unos pocos días, cuando fue a visitar a un paciente, Sir Fulano de Tal, en Bedford Square...

En definitiva, no tenía excusa; no tenía nada, salvo el pecado por el que la naturaleza humana le había condenado a muerte, el pecado de no sentir. Le había importado poco que mataran a Evans. Esto era peor; pero todos los restantes delitos alzaban la cabeza y agitaban los dedos y gritaban y soltaban risotadas desde los pies de la cama a primeras horas de la madrugada, dirigidas al cuerpo postrado que yacía consciente de su degradación; se había casado con su esposa sin amarla, le había mentido, la había seducido, había ultrajado a la señorita Isabel Pole, y estaba tan marcado por el vicio que las mujeres se estremecían cuando le veían en la calle. La sentencia que la naturaleza humana dictaba en el caso de semejante desecho era de muerte.

El doctor Holmes volvió. Corpulento, saludable, apuesto, con sus botas brillantes, mirándose en el espejo, descartó todo —migrañas, insomnio, temores, sueños—, síntomas de nervios y nada más, dijo. Si el doctor Holmes se veía tan solo un cuarto de kilo por debajo de los setenta y dos kilos y medio, le pedía a su mujer otro plato de porridge para desayunar. (Rezia ya aprendería a hacer porridge). Pero, prosiguió, la salud depende en buena medida de nuestro propio cuidado. Interésese por asuntos que escapen de lo habitual, búsquese algún hobby. Abrió el libro de Shakespeare, *Antonio y Cleopatra*, lo echó a un lado. Algún hobby, dijo el doctor Holmes, porque ¿acaso no debía su propia excelente salud (y eso que trabajaba tan duro como cualquiera en Londres) al hecho de que en cualquier momento podía olvidarse de sus pacientes y dedicarse a los muebles antiguos? Pero ¡qué preciosa peineta, si usted me lo permite, llevaba la señora de Warren Smith!

Cuando el maldito idiota volvió, Septimus se negó a recibirle. ¿De verdad?, dijo el doctor Holmes sonriendo afablemente. Y, realmente, tuvo que pegarle un empujón a aquella menuda y encantadora mujer, la señora Smith, para poder entrar en el dormitorio de su marido.

—¡Vaya hombre, de modo que está en un mal momento! —dijo con agradable acento, y se sentó al lado de su paciente. ¿Realmente había hablado a su mujer de la posibilidad de matarse? Encantadora la señora Smith, ¿extranjera, verdad? ¿Y después de haber dicho aquello a su esposa, no tendría ella una muy triste idea de los maridos ingleses? ¿Acaso no tenían los maridos ciertos deberes para con la esposa? ¿Acaso no sería mejor hacer algo, en vez de quedarse en cama? Llevaba cuarenta años de experiencia a las espaldas; y más le valía a Septimus creer en las palabras del doctor Holmes. No le pasaba nada, estaba bien.

Y en la próxima visita, el doctor Holmes esperaba ver a Septimus de pie, y no haciendo padecer a su encantadora mujercita.

Resumiendo, la naturaleza humana lo perseguía: el bruto repelente con las narices color rojo sangre. Holmes lo perseguía. El doctor Holmes venía a diario, regularmente. Una vez que caes, escribió Septimus detrás de una postal, la naturaleza humana te persigue. Holmes te persigue. La única posibilidad que tenían era escaparse, sin que el doctor Holmes lo supiera, a Italia, a cualquier sitio, cualquiera, huyendo del doctor Holmes.

Pero Rezia no entendía a Septimus. El doctor Holmes era un hombre muy amable. Mostraba mucho interés por Septimus. Tenía cuatro niños pequeños y la había invitado a tomar el té, le dijo a Septimus.

Así pues, lo habían abandonado. El mundo entero clamaba: "Mátate, mátate, hazlo por nosotros". Pero, ¿por qué iba él a matarse por ellos? La comida era buena, el sol calentaba, y eso de suicidarse, ¿cómo se hacía? ¿Con un cuchillo de mesa, de manera desagradable, con ríos de sangre? ¿Chupando el tubo del gas? Estaba demasiado débil, apenas si podía levantar la mano. Además, ahora que se encontraba tan solo, condenado, abandonado, como aquellos que están a punto de morir en soledad, veía cierto lujo en ello, un aislamiento lleno de grandeza, una libertad que las personas que tienen relaciones nunca podían llegar a conocer. Holmes había vencido, por supuesto; el bruto de la nariz roja había vencido. Pero ni el mismo Holmes podía tocar este último resquicio perdido en los confines del mundo, a este proscrito que volvía la vista hacia atrás, hacia las regiones habitadas, que yacía, como un marinero ahogado, en la costa del mundo.

En ese momento (Rezia había salido de compras) tuvo lugar la gran revelación. Detrás del biombo le habló una voz. Era Evans que hablaba. Los muertos estaban con Septimus.

—¡Evans, Evans! —gritó.

El señor Smith habla solo, gritó Agnes, la criada, a la señora Filmer en la cocina.

—¡Evans, Evans! —había gritado el señor Smith cuando ella entró con la bandeja. Agnes dio un salto, de veras. Y bajó corriendo la escalera.

Y entró Rezia, con las flores, y cruzó la habitación, y puso las rosas en un jarrón en el que daba directamente el sol, y se rio y anduvo saltando de un lado para otro.

Tuvo que comprar las rosas, dijo Rezia, a un pobre en la calle. Pero estaban casi muertas, dijo, arreglando las flores.

De modo que fuera había un hombre; seguramente Evans; y las rosas, que Rezia decía estaban medio muertas, habían sido cortadas por Evans en los campos de Grecia. La comunicación es salud; la comunicación es felicidad. La comunicación, murmuró Septimus.

—¿Qué dices, Septimus? —le preguntó Rezia aterrada, ya que Septimus hablaba para sí.

Y mandó a Agnes corriendo a avisar al doctor Holmes. Su marido, dijo Rezia, estaba loco.

Apenas la conocía.

Al ver a la naturaleza humana, es decir, al doctor Holmes, entrar en la habitación, Septimus gritó:

—¡Bruto! ¡Bruto!

—¿Bueno, qué pasa ahora? ¿Diciendo tonterías para asustar a su esposa? —preguntó el doctor Holmes del modo más amable que pueda imaginarse. Iba a darle algo para que pudiera dormir. Y, si tenían dinero, dijo el doctor Holmes, mirando la habitación con ironía, no debían dudar en ir a Harley Street; si no confiaban en él, dijo el doctor Holmes, ya no tan amable como antes. Eran exactamente las doce; las doce en el Big Ben, cuyas campanadas viajaron por toda la parte norte de Londres, se confundieron con las de otros relojes, se mezclaron sutilmente con las nubes y con el humo hasta morir en las alturas, entre las gaviotas. Las doce daban cuando Clarissa Dalloway dejaba su vestido verde sobre la cama y los Warren Smith iban andando por Harley Street. Las doce era la hora de la cita que les habían dado. Probablemente, pensó Rezia, esa era la casa de Sir William Bradshaw, con el automóvil gris en la puerta. (Los círculos de plomo se disolvieron en el aire).

Y realmente era el automóvil de Sir William Bradshaw; bajo, poderoso, gris, con las sencillas iniciales enlazadas en la plancha, como si las exageraciones de la heráldica fueran impropias, al ser aquel hombre el socorro espiritual, el sacerdote de la ciencia; y, por ser gris el automóvil, para que armonizaran, con su sobria suavidad, en su interior se amontonaban grises pieles y alfombras gris perla, a fin de que la señora esposa de Sir William no pasara frío mientras esperaba. Y así era por cuanto a menudo Sir William recorría cien kilómetros o más tierra adentro para visitar a los ricos, a los afligidos, que podían pagar los altos honorarios que Sir William, con toda justicia, cobraba por sus consejos. La señora esposa de Sir William esperaba con las pieles alrededor de las rodillas una hora o más, reclinada en el asiento, pensando a veces en el paciente y otras veces, lo cual es entendible, en la muralla de oro que crecía minuto a minuto, mientras ella esperaba; la muralla de oro que se estaba alzando entre ellos y todas las contingencias y angustias (la señora las había soportado con valentía; tuvieron que luchar), hasta que se sentía flotar en un calmo océano, en el que solo fragantes vientos soplaban respetados, admirados, envidiados, sin tener apenas nada más que desear, aunque la señora de Sir William lamentaba estar tan gorda; grandes cenas todos los jueves dedicadas a los colegas; de vez en cuando la inauguración de una tómbola; saludar a la Familia Real, poco tiempo, por desdicha, con su marido, cuyo trabajo era cada vez más intenso; un hijo, buen estudiante, en Eton; también le hubiera gustado tener una hija; sin embargo, no le faltaban las ocupaciones; amparo de la infancia desvalida; atenciones posterapéuticas a los epilépticos, y la fotografía, de manera que, cuando se construía una iglesia o una iglesia se estaba derrumbando, la señora de Sir William sobornaba al sacristán, conseguía la llave y tomaba fotografías que apenas se diferenciaban del trabajo de los profesionales. Todo esto mientras esperaba.

Sir William, a su vez, ya no era joven. Había trabajado muy intensamente; había llegado al lugar en que ahora se encontraba a causa exclusivamente a su capacidad (era hijo de un comerciante); amaba su profesión; su aspecto lucía en las ceremonias y era un buen orador. Todo lo anterior le había dado, cuando fue distinguido con el título de nobleza, un semblante pesado, cansado (el caudal de clientes que a él acudían era incesante, y las responsabilidades y privilegios de su profesión, caros), cansancio que, junto a su cabello cano, aumentaba la fabulosa elegancia de su presencia y le daba fama (cosa muy útil, en los casos de enfermos de los nervios), no sólo de gozar de fulgurante competencia y de casi infalible exactitud en el diagnóstico, sino también de simpatía, tacto, comprensión del candidez humana. Lo notó tan pronto entraron en la habitación (los Warren Smith, se llamaban); lo entendió claramente tan pronto vio al hombre, era un caso de extrema gravedad. Se trataba de un total hundimiento, total hundimiento físico y nervioso con todos los síntomas de gravedad, entendió en menos de dos o tres minutos (mientras escribía las contestaciones a sus preguntas, formuladas discretamente en un susurro, en una cartulina de color de rosa).

¿Cuánto tiempo llevaba tratándose con el doctor Holmes?

Seis semanas.

¿Prescribió un poco de bromuro? ¿Dijo que no tenía nada? Sí, claro (¡estos médicos de cabecera!, pensó Sir William. Pasaba la mitad de su tiempo reparando sus errores. Algunos eran irremediables).

—¿Se distinguió usted mucho en la Guerra?

El paciente repitió la palabra —guerra— en tono interrogativo.

Otorgaba significado simbólico a las palabras. Un grave síntoma que apuntar en la tarjeta.

—¿La Guerra? —preguntó el paciente. ¿La Guerra Europea?, ¿esa pequeña pelea entre colegiales con pólvora? ¿Si se había distinguido? De verdad que lo había olvidado. En la Guerra propiamente dicha había fracasado.

—Sí, prestó sus servicios con la máxima distinción —aseguró Rezia al doctor—; obtuvo un ascenso.

—¿Y tienen el más alto concepto de usted en la oficina? —murmuró Sir William, mirando de soslayo la carta del señor Brewer, redactada en términos muy elogiosos—. ¿Así que no tiene nada de qué preocuparse, problemas económicos, nada?

Había cometido un crimen horrendo y la naturaleza humana le había condenado a muerte.

—He... He... —empezó— cometido un crimen...

—No ha hecho nada malo en absoluto —le aseguró Rezia al doctor. Si el señor Smith tenía la bondad de esperar, dijo Sir William, hablaría con la señora Smith en la habitación de al lado. Su marido estaba seriamente enfermo, dijo Sir William. ¿Había amenazado con suicidarse?

Oh, sí, sí, gritó ella. Pero no lo decía en serio, agregó. Claro que no. Solo era cuestión de reposo, dijo Sir William; de descanso, descanso y descanso; un largo descanso en cama. Había un encantador sanatorio allá en el campo donde atenderían perfectamente a su esposo. ¿Separado de ella? preguntó Rezia. Por desgracia, sí; las personas a quienes más apreciamos no nos convienen cuando estamos enfermos. Pero no estaba loco, ¿verdad? Sir William dijo que él nunca hablaba de "locura", sino que lo llamaba "carecer del sentido de la proporción". Pero a su marido no le gustaban los médicos. Se negaría a ir allí. Con pocas palabras y mucha amabilidad, Sir William le explicó el estado de la cuestión. Había amenazado con suicidarse. No tenían alternativa. Era una cuestión legal. Estará en la cama en una casa grande, en el campo. Las enfermeras eran admirables. Sir William lo visitaría una vez por semana. Si la señora Warren Smith estaba segura de que no tenía más preguntas que hacer —él nunca apuraba a sus pacientes— volverían junto a su marido. No tenía nada más que preguntar, por lo menos a Sir William.

Entonces, volvieron al lado del más extraordinario individuo de la humanidad, del criminal ante sus jueces, de la víctima desamparada en las alturas, del fugitivo, del marinero ahogado, del poeta de la oda inmortal, del Señor que había ido de la vida a la muerte, de Septimus Warren Smith que, sentado en el sillón bajo la luz cenital, contemplaba una fotografía de Lady Bradshaw en atuendo de Corte, musitando reflexiones sobre la belleza.

—Bueno, ya hemos conversado un poco —dijo Sir William.

—Dice que estás muy, muy enfermo —gritó Rezia.

—Y hemos acordado que debe usted ir a un sanatorio —dijo Sir William.

—¿Uno de los sanatorios de Holmes? —preguntó Septimus sarcásticamente.

Aquel individuo causaba una desagradable impresión. Sí, porque Sir William, cuyo padre había sido comerciante, tenía un natural respeto hacia los modales y el vestir, respeto que la desprolijidad hería; y además Sir William, quien nunca tuvo tiempo para leer, sentía un rencor, profundamente arraigado, contra las gentes cultas que entraban en aquella habitación e insinuaban que los médicos, cuya profesión es un permanente y arduo ejercicio de la más alta inteligencia, no eran hombres educados.

—En uno de mis sanatorios, señor Warren Smith —dijo—, donde le enseñaremos a descansar.

Y una cosa más.

Estaba convencido de que cuando el señor Warren Smith se encontraba bien, era la última persona del mundo capaz de asustar a su mujer. Pero había hablado de suicidarse.

—Todos tenemos nuestros momentos de depresión —dijo Sir William.

Una vez que caes, repetía Septimus para sus adentros, la naturaleza humana se le tira a uno encima. Holmes y Bradshaw te persiguen. Rastrillan el desierto. Se lanzan gritando a la espesura salvaje. Te aplican el tormento del potro. La naturaleza humana es implacable.

—¿Le daban impulsos, alguna vez? —preguntó Sir William, con el lápiz sobre la cartulina rosa.

Eso era asunto suyo, dijo Septimus.

—Nadie vive sólo para sí —dijo Sir William, echando una mirada a la fotografía de su mujer en vestido de Corte.

—Y tiene usted una brillante carrera ante sí —dijo Sir William. Sobre la mesa estaba la carta del señor Brewer—. Una carrera excepcionalmente brillante.

Pero, ¿y si lo confesara? ¿Si lo dijera? ¿Le dejarían entonces tranquilo, Holmes, Bradshaw?

—Yo... Yo... —tartamudeó.

Pero, ¿cuál era su crimen? No lo recordaba.

—¿Sí? —lo estimuló Sir William. (Aunque se estaba haciendo tarde).

Amor, árboles, no hay delito, ¿era este el mensaje?

No podía recordarlo.

–Yo... Yo... –tartamudeó Septimus.

–Procure pensar lo menos posible –le dijo amablemente Sir William.

Verdaderamente, este sujeto no podía andar suelto.

¿Deseaban preguntarle alguna cosa más? Sir William se encargaría de todas las gestiones (murmuró dirigiéndose a Rezia), y le diría lo que debían hacer, entre cinco y seis de la tarde.

–Déjenlo todo en mis manos –dijo.

Y los despidió.

¡Nunca, nunca había sufrido Rezia tanta angustia en su vida! ¡Había pedido ayuda y se la habían negado! ¡Aquel hombre los había defraudado! ¡Sir William Bradshaw no era un hombre simpático!

Sólo mantener este automóvil debe costarle una fortuna, dijo Septimus, cuando salieron a la calle.

Rezia se colgó de su brazo. Los había defraudado.

Pero, ¿qué más quería Rezia?

Sir William concedía a sus pacientes tres cuartos de hora; y si, en esta exigente ciencia, que trata de lo que, a fin de cuentas, nada sabemos –el sistema nervioso, el cerebro humano– un médico pierde el sentido de las proporciones, este médico fracasa. Debemos gozar de salud y la salud es proporción; por ende, cuando al consultorio entra un hombre y dice que es Cristo (engaño bastante común), y que tiene un mensaje (como casi todos lo tienen), y amenaza (como a menudo hacen) con matarse, uno invoca la proporción. Indica descanso en cama; descanso en soledad; silencio y descanso; descanso sin amigos, sin libros, sin mensajes; seis meses de descanso; hasta que el hombre que llegó pesando cuarenta y siete kilos sale pesando setenta y seis.

La proporción, proporción divina, la diosa de Sir William, la adquirió Sir William a fuerza de recorrer los hospitales, de pescar salmón, de tener un hijo de Lady Bradshaw en Harley Street, que también pescaba salmón y sacaba fotografías que apenas si podían distinguirse del trabajo de los profesionales. Gracias al culto que Sir William le rendía a la proporción, prosperaba no solo él sino que hacía prosperar a Inglaterra, recluía a sus locos, prohibía la natalidad, penalizaba la desesperación, impedía que los inadaptados propagasen sus opiniones hasta lograr que ellos también participaran de ese concepto suyo de la proporción —el suyo, tratándose de hombres, el de Lady Bradshaw si se trataba de mujeres (ella bordaba, hacía punto, pasaba cuatro de cada siete noches en casa con su hijo), de tal manera que no sólo lo respetaban sus colegas y le temían sus subordinados, sino que los amigos y conocidos de sus pacientes le estaban profundamente agradecidos por insistir en que estos proféticos Cristos y Cristas, que vaticinaban el fin del mundo o el advenimiento de Dios, debían beber leche en la cama, tal y como mandaba Sir William. Sir William, con sus treinta años de experiencia en esta clase de casos, y su instinto infalible: esto es locura, aquello cordura; su concepto de la proporción.

Pero la Proporción tiene una hermana, menos sonriente, más extraordinaria, una diosa que incluso ahora está entregada —en el calor y la arena de la India, en el barro y las tierras pantanosas de África, en los alrededores de Londres, en cualquier lugar, en resumen, en que el clima o el diablo tienta a los hombres a apartarse del credo verdadero, que es el de esta diosa—, que incluso ahora está abocada a derribar tronos, destruir ídolos, y poner en su lugar su propia imagen severa. Se llama Conversión y se alimenta de la voluntad de los débiles, porque ama impresionar, imponerse, celebrar sus propios rasgos estampados en el rostro del pueblo. Predica de pie, sobre un barril, en Hyde Park Corner; se reviste de blanco y camina, penitentemente disfrazada de amor fraterno, por fábricas y parlamentos; ofrece ayuda, pero anhela el poder; extirpa brutalmente de su camino a los disidentes o a los insatisfechos; prodiga sus bendiciones a aquellos que, mirando a lo alto hunden sus ojos sumisos en los ojos de la Diosa la luz. También esta señora (Rezia Warren Smith lo había adivinado) habitaba en el corazón de Sir William, aun cuando oculta, como suele estarlo, por un disfraz razonable; bajo algún nombre venerable; amor deber, abnegación. ¡Cuánto trabajaba Sir William recaudando fondos, proponiendo reformas, fundando instituciones! Pero la conversión, exigente diosa, prefiere la sangre a los ladrillos, y se regodea más sutilmente en la voluntad humana. Por ejemplo, Lady Bradshaw. Quince años atrás se había sometido. No se trataba de algo que se pudiera señalar con el dedo no había habido una escena, ni una ruptura; sólo fue el lento hundimiento de la voluntad de Lady Bradshaw, como en tierras pantanosas, en la voluntad de su marido. Su sonrisa era dulce, su sumisión rápida; la cena en Harley Street, de ocho a nueve platos, con diez o quince invitados de profesiones liberales, era suave y civilizada. Sólo que a medida que la velada avanzaba, un levísimo aburrimiento, o quizá incomodidad, un tic nervioso, una duda, un tropiezo y una especie de confusión indicaban —lo cual era verdaderamente doloroso de creer— que la pobre señora mentía. Hubo una época, hace tiempo, en que Lady Bradshaw pescaba el salmón libremente, ahora, rauda en servir las ansias de dominio y de poder que de forma tan servil iluminaban los ojos de su marido, se encogía, se empequeñecía, se recortaba, retrocedía, miraba a hurtadillas, de modo que, sin saber exactamente qué era lo que hacía la velada desagradable y causaba esta presión en la cabeza (que bien podía imputarse a la conversación profesional o también a la fatiga de un gran médico cuya vida, según decía Lady Bradshaw, "no le pertenece a él, sino a sus pacientes"), resultaba verdaderamente desagradable y por ello los invitados, cuando el reloj daba las diez, respiraban el aire de Harley Street incluso con alivio, un alivio que les negaba a sus pacientes.

Allí, en la habitación gris, con los cuadros en la pared, y el lujoso mobiliario, bajo la luz cenital de la claraboya de vidrio rayado, se enteraban de la magnitud de sus transgresiones: derrumbados en sillones, contemplaban cómo el médico efectuaba, en beneficio de sus pacientes, un curioso ejercicio con los brazos, proyectándolos hacia delante para retirarlos con brusquedad y quedar en jarras, a fin de demostrar (si el paciente era obstinado) que Sir William era dueño de sus propios actos, lo cual no cabía decir del paciente. Allí, algunos seres débiles se rindieron, sollozaron, se sometieron; otros inspirados por sabe Dios qué desaforada locura llamaron a Sir William, en su propia cara, maldito charlatán; con mayor impiedad aun, ponían en tela de juicio la propia vida. ¿Por qué vivir?, preguntaban. Sir William contestaba que la vida era buena. Claro, Lady Bradshaw, con plumas de avestruz, colgaba sobre la repisa del hogar, y los ingresos de Sir William rebasaban las doce mil al año. Pero a nosotros, protestaban, la vida no nos ha dado tanta fortuna. Les daba la razón. Les faltaba el sentido de la proporción. Y quizás, al fin y al cabo, Dios no exista. Encogía los hombros. En resumen, vivir o no vivir ¿es asunto nuestro? Aquí estaban equivocados. Sir William tenía un amigo en Surrey, en donde enseñaban lo que Sir William reconocía era un difícil arte, el sentido de la proporción. Además, estaba el afecto familiar, el honor, la valentía, y una brillante carrera. Todo lo dicho tenía en Sir William un decidido defensor. Si esto fallaba, Sir William se amparaba en la policía y en el bien social; y, observaba con gran serenidad, allá en Surrey se encargarían de someter a la debida regulación los impulsos antisociales engendrados principalmente por la falta de buena sangre. Y entonces salía furtivamente de su escondrijo y ascendía a su trono aquella diosa cuya pasión estriba en superar la oposición, en estampar indeleblemente en los santuarios de los demás su propia imagen. Desnudos, indefensos, los exhaustos, los carentes de amigos, recibían la impronta de la voluntad de Sir

William. Atacaba; devoraba. Encerraba a la gente. Esta mezcla de decisión y de humanidad era la causa de que los parientes de sus víctimas se encariñaran tanto con Sir William.

Pero Rezia Warren Smith gritaba, caminando por Harley Street, que no le gustaba ese hombre.

Cortando y rebanando, dividiendo y subdividiendo, los relojes de Harley Street mordisqueaban el día de junio, aconsejaban sumisión, apoyaban la autoridad y señalaban a coro las supremas ventajas del sentido de la proporción, hasta que el montículo del tiempo fue tan diminuto que un reloj comercial, colgado sobre una tienda de Oxford Street anunció, alegre y fraternal, como si fuese un placer para los señores Rigby y Lowndes dar información gratis, que era la una y media.

Si se miraba hacia arriba, se daba uno cuenta de que cada letra de sus apellidos sustituía a cada una de las horas; inconscientemente, uno quedaba agradecido a Rigby y Lowndes por darle a uno la hora ratificada por Greenwich. Y esta gratitud (así cavilaba Hugh Whitbread, detenido ante la vidriera del negocio), más tarde llevaba, con naturalidad, a comprar en Rigby y Lowndes calcetines o zapatos. Así pensaba. Era su costumbre. No profundizaba. Rozaba superficies; las lenguas muertas, las vivas, la vida en Constantinopla, París, Roma; montar a caballo, tiro al blanco, jugar al tenis, eso fue en otros tiempos. Las malas lenguas afirmaban que ahora montaba guardia en el palacio de Buckingham, con medias de seda y librea de calza corta, si bien nadie sabía qué es lo que guardaba. Pero lo hacía con extremada eficiencia. Llevaba cincuenta y cinco años navegando con lo más reputado de la sociedad inglesa. Había conocido a Primeros Ministros. Se estimaba que sus afectos eran profundos. Y si bien era cierto que no había participado en ninguno de los grandes movimientos del momento ni ocupado ningún puesto importante, también lo era que se debían a él una o dos humildes reformas: una, la mejora de los albergues de beneficencia; otra, la protección de los búhos en Norfolk; las muchachas del servicio tenían motivos para estarle agradecido; y su nombre al pie de las cartas al *Times*, pidiendo fondos, haciendo llamamientos al público para proteger, conservar, limpiar la basura de las calles, eliminar humos y terminar con la inmoralidad en los parques, suscitaba respeto.

Y magnífico era su porte, detenido allí unos instantes (mientras el sonido de la media hora se extinguía) para mirar con aire crítico y magistral los calcetines y los zapatos; impecable, sólido, como si contemplara el mundo desde una cierta altura, y vestido de acuerdo a ello; pero se daba cuenta de las obligaciones que el tamaño, la riqueza, la salud imponen, y cumplía puntillosamente, incluso cuando no era absolutamente necesario, pequeños actos de amabilidad, anticuadas ceremonias que daban cierta pompa a sus modales, algo que imitar algo por lo que recordarle, ya que, por ejemplo, jamás almorzaría con Lady Bruton, a quien había tratado durante los últimos veinte años, sin ofrecerle, alargando el brazo, un ramo de claveles, y sin dirigirse a la señorita Brush, la secretaria de Lady Bruton, para preguntarle qué tal le iban las cosas a su hermano en Sudáfrica, cosa que, por alguna razón, irritaba tanto a la señorita Brush que esta, carente de todo atributo de encanto femenino respondía "Muchas gracias, a mi hermano le van las cosas muy bien en Sudáfrica", cuando, en realidad, le iban muy mal en Portsmouth, desde hacía seis o siete años.

Lady Bruton, por su parte, prefería a Richard Dalloway, que llegó en el mismo momento. De hecho, coincidieron en la puerta.

Lady Bruton prefería a Richard Dalloway, claro. Estaba hecho de material más fino. Pero no permitía que se hablara mal de su pobrecito Hugh. Nunca olvidaría su amabilidad –de verdad que había sido realmente muy amable–, incluso cuando no recordaba exactamente en qué circunstancia. Pero sí, realmente muy amable. En cualquier caso, la diferencia entre uno y otro hombre no es mucha. Ella nunca le había encontrado sentido al hecho de despedazar a la gente, como hacía Clarissa Dalloway, despedazarla y volver a pegar los pedazos; al menos no cuando una tenía sesenta y dos años. Recibió los claveles de Hugh con su sonrisa triste y dura. No iba a venir nadie más, dijo. Los había engañado con esta invitación para que la ayudaran a resolver un problema...

—Pero comamos primero —dijo.

Y así, con puertas que se abrían y cerraban, empezó un delicioso baile silencioso de doncellas con delantales y cofias blancas, doncellas no por necesidad sino porque forman parte del misterio o mejor del gran engaño que las damas de Mayfair practican de una y media a dos cuando, con un gesto de la mano, se detiene el tránsito y aparece en su lugar esta profunda mentira, la comida en primer lugar, que nadie paga; y luego la mesa que parece cubrirse como por voluntad propia de vidrio y de plata, de manteles individuales, de tazones de fruta roja, de filetes de rodaballo cubiertos de salsa oscura, de trozos de pollo nadando en sus cazuelas. El fuego arde todo color y fiesta y con el vino y el café (que nadie ha pagado) nacen visiones dichosas en ojos preocupados; ojos ante los que ahora la vida es musical y misteriosa; ojos encendidos ahora para observar animados los claveles rojos que Lady Bruton (cuyos gestos eran siempre duros) había depositado junto a su plato, de forma que Hugh Whitbread, en paz con el universo entero y al mismo tiempo completamente seguro de su categoría, dejó su tenedor y dijo:

—Serían encantadores sobre el fondo de tu vestido de encaje.

A la señorita Brush la molestó notablemente esta confianza. Juzgó que Hugh Whitbread era un mal educado. La señorita Brush le daba risa a Lady Bruton.

Lady Bruton levantó los claveles, sosteniéndolos con cierta rigidez, de modo muy parecido al que el general sostenía el rollo de pergamino en el cuadro tras la espalda de Lady Bruton; y quedó inmóvil, como en trance. ¿Era la tataranieta del general? ¿Era la tátara-tataranieta, quizá?, se preguntó Richard Dalloway. Sir Roderick, Sir Miles, Sir Talbot... Eso. Era llamativa la forma en que, en aquella familia, el parecido se mantenía en las mujeres. Lady Bruton hubiera debido ser general de dragones. Y Richard hubiera servido a sus órdenes con alegría; sentía gran respeto hacia ella; amaba las románticas ideas acerca de viejas damas de buena posición, con raza, y le hubiera gustado, con su habitual buen humor traer a algunos de sus jóvenes conocidos extremistas a almorzar con ella... ¡Las mujeres como

Lady Bruton no surgían entre gentes entusiastas de tomar el té entre amabilidades! Lady

Bruton conocía bien su tierra. Conocía bien a su pueblo. Había una viña, que todavía daba fruto, bajo la cual Lovelace o Herrick —Lady Bruton jamás leía una palabra de poesía, pero la historia fue famosa— se habían sentado. Era preferible esperar un poco antes de plantearles el problema que la preocupaba (sobre si apelar al público o no; y, en caso de hacerla, de qué maneras, etcétera), más valía esperar a que hubieran tomado el café, pensó Lady Bruton; y dejó los claveles al lado del plato.

—¿Cómo está Clarissa? —preguntó súbitamente.

Clarissa siempre decía que Lady Bruton no la quería. Es más, Lady Bruton tenía fama de interesarse más por la política que por las personas; fama de hablar como un hombre; de haber tenido algo que ver con un turbio asunto en los años ochenta, que empezaba a mencionarse ahora en algunas memorias. Por cierto, en su sala de estar había una habitación en la que había una mesa, encima de la cual se encontraba una fotografía del General Talbot Moore, hoy fallecido, quien había escrito allí (una noche, en los años ochenta) en presencia de Lady Bruton, con su conocimiento y, quizá, su consejo, un telegrama dando la orden de avanzar a las tropas británicas, en una ocasión histórica. (Guardaba todavía la pluma y contaba la historia). Así, cuando decía en su tono casual "¿Cómo está Clarissa?", los maridos tenían grandes dificultades para convencer a sus esposas, e incluso, por fieles que fueran, ellos mismos lo ponían secretamente en duda, del interés de Lady Bruton por las mujeres que frecuentemente interferían en la vida de sus maridos, les impedían aceptar destinos en el extranjero, y a las que había que llevar a la costa, en pleno período de sesiones, para que se cuidaran de la gripe. Pese a eso, su pregunta "¿Cómo está Clarissa?", la reconocían siempre las mujeres como una señal de buena voluntad, de una compañera casi silente cuyas expresiones (quizá media docena en toda una vida) reconocían cierta camaradería femenina que tenía lugar por debajo de los almuerzos masculinos y unía a Lady Bruton y a la señora Dalloway, que rara vez se veían, y que daban la impresión, cuando en efecto llegaban a verse, de indiferencia e incluso de hostilidad, en un vínculo muy peculiar.

—Esta mañana, he visto a Clarissa en el parque —dijo Hugh Whitbread.

Lo dijo metiendo el tenedor en el plato, ansioso de hacer este pequeño alarde, ya que le bastaba con ir a Londres para encontrarse con todo el mundo en seguida; pero lo dijo con codicia, era uno de los hombres más codiciosos que había conocido en su vida, pensó Milly Brush, quien observaba a los hombres con implacable rectitud, y era capaz de eterna devoción, en particular a individuos de su mismo sexo, siendo angulosa, seca, torcida, y por completo carente de encanto femenino.

Como acordándose bruscamente, Lady Bruton dijo:

—¿Saben quién está en Londres? Nuestro viejo amigo Peter Walsh.

Todos sonrieron. ¡Peter Walsh! Y el señor Dalloway se alegró sinceramente, pensó Milly Brush; y el señor Whitbread solo piensa en el pollo.

¡Peter Walsh! Los tres, Lady Bruton, Hugh Whitbread y Richard Dalloway recordaron lo mismo, cuán apasionadamente enamorado había estado Peter, la manera en que había sido rechazado; se fue a la India; había armado un lío con su vida. Richard Dalloway sentía una gran simpatía hacia su querido y viejo amigo. Esto fue lo que vio Milly Brush; vio una profundidad en los ojos castaños del señor Dalloway. Lo vio dudar, cavilar; y eso interesó a Milly Brush, ya que el señor Dalloway siempre le interesaba, y se preguntó qué estaría pensando sobre Peter Walsh.

Que Peter Walsh había estado enamorado de Clarissa; que iba a volver directamente a casa después del almuerzo para ver a Clarissa; que le diría, con estas palabras, que la amaba. Sí, eso iba a decirle.

Milly Brush hubiera podido enamorarse, alguna vez, de estos silencios; y Dalloway era una persona en quien siempre podías confiar, y tan caballero además. Ahora, a sus cuarenta años, Lady Bruton no tenía más que hacer un gesto con la cabeza, o girarla un poco repentinamente para que Milly Brush captase el gesto, por muy profundamente sumergida que estuviera en sus reflexiones de espíritu libre, de alma incorrupta a la que la vida no podía engañar, porque la vida no la había dotado de nada que tuviese el más mínimo valor: ni un rizo, sonrisa, labio, mejilla, nariz; nada en absoluto. Lady Bruton no tenía más que mover la cabeza y Perkins recibía la orden de apresurarse a servir el café.

—Sí, Peter Walsh ha regresado —dijo de nuevo Lady Bruton.

Era vagamente halagador para todos ellos. Había regresado golpeado, sin éxito, a sus seguras playas. Pero ayudarle, pensaron, era imposible, había cierta falla en su forma de ser. Hugh Whitbread dijo que, desde luego, siempre cabía la posibilidad de mencionar el nombre de Peter Walsh a Fulano de Tal. Arrugó la frente lúgubremente, consecuente, al pensar en las cartas que escribiría a los jefes de oficinas gubernamentales, acerca de "mi viejo amigo Peter Walsh" y demás. Pero a nada conduciría, a nada permanente, debido al carácter de Peter Walsh.

—Tiene problemas a causa de una mujer —dijo Lady Bruton.

Todos habían sospechado que esto era lo que había en el fondo del asunto.

Ansiando abandonar el tema, Lady Bruton dijo:

—En cualquier caso, escucharemos la historia entera de labios del propio Peter.

(El café demoraba).

—¿Las señas? —murmuró Hugh Whitbread. E inmediatamente se produjo un fino oleaje en la marea gris del servicio que hervía alrededor de Lady Bruton día sí, día no, recogiéndola, interceptándola, envolviéndola en un delicado entramado que rompía los golpes, mitigaba las interrupciones, y extendía por toda la casa de Brook Street una fina red donde las cosas quedaban alojadas para ser recogidas con precisión, instantáneamente, por el canoso Perkins, que llevaba treinta años con Lady Bruton y que en ese momento anotaba las señas; se las entregó a Hugh Whitbread, que sacó su libreta, alzó las cejas y, deslizándolas entre documentos de la mayor importancia, dijo que le diría a Evelyn que lo invitara a almorzar.

(Para traer el café estaban esperando a que el señor Whitbread terminara).

Hugh era muy lento, pensó Lady Bruton. Estaba engordando, advirtió. Richard siempre se mantenía en perfecto estado. Lady Bruton se estaba poniendo nerviosa; todo su ser se rebelaba positiva, innegable y enérgicamente contra esta innecesaria demora (Peter Walsh y sus problemas) del tema que atraía su atención, y no solo su atención sino aquel nervio que era el eje de su alma, aquella parte esencial de su personalidad, sin la cual Millicent Bruton no hubiera sido Millicent Bruton: ese proyecto de organizar la emigración de jóvenes de ambos sexos, hijos de familias respetables, e instalarlos, con buenas posibilidades de prosperar, en el Canadá. Exageraba. Quizá había perdido su sentido de la proporción. Para lo demás, la emigración no era el remedio evidente, el concepto sublime. No era para los demás (para Hugh, para Richard, y ni siquiera para la fiel señorita Brush) la liberación del fuerte egocentrismo que una mujer fuerte y marcial, bien alimentada, de buena familia, de impulsos directos, de rectos sentimientos, y poca capacidad de introspección (ancha y sencilla, ¿por qué no podían ser todos anchos y sencillos? se preguntaba) siente alzarse dentro de sí, cuando la juventud ha desaparecido, y debe proyectar hacia alguna finalidad, sea la Emigración, sea la Emancipación; pero sea lo que fuere, esta finalidad a cuyo alrededor la esencia de su alma se derrama a diario, deviene inevitablemente prismática, lustrosa, mitad espejo, mitad piedra preciosa; ahora cuidadosamente oculta, no fuera a ser que la gente se burle de ella; ahora orgullosamente expuesta. En resumen, la Emigración se había transformado, en gran parte, en Lady Bruton.

Pero tenía que escribir. Y una carta al *Times,* solía decirle a la señorita Brush, le costaba más que organizar una expedición a Sudáfrica (lo cual había hecho durante la guerra). Después de una mañana batallando, a fuerza de empezar, romper el papel, volver a empezar, solía sentir la inutilidad de su condición femenina como en ninguna otra ocasión y recurría con agradecimiento al recuerdo de Hugh Whitbread, que poseía —nadie podía dudarlo— el arte de escribir cartas al *Times.*

Era un ser totalmente diferente a ella, muy hábil en el manejo del idioma; capaz de expresarse como les gusta a los directores de periódicos; y tenía pasiones a las que no es posible llamar simplemente codicia. Lady Bruton evitaba casi siempre juzgar a los hombres, en deferencia a la misteriosa armonía que hay entre ellos, pero no a las mujeres, firmes respecto de las leyes del universo; sabían expresar las cosas; sabían lo que se decía; de manera que si Richard la aconsejaba, y Hugh escribía la carta, tenía la seguridad de que no se equivocaba. Así pues, dejó que Hugh comiera el soufflé; le preguntó por la pobre Evelyn; esperó a que los dos estuvieran fumando, y entonces dijo:

—Milly, ¿irías a buscar los papeles?

La señorita Brush salió, regresó, colocó unos papeles sobre la mesa, y Hugh sacó su pluma estilográfica, su estilográfica de plata, que tenía ya veinte años de servicio, dijo mientras desenroscaba el capuchón. Estaba en perfecto estado; se la había mostrado a los fabricantes: no había razón, dijeron , por la que tuviera que estropearse; lo cual decía mucho en favor de Hugh y de los sentimientos que su pluma transmitía (de esa manera lo entendía Richard), mientras Hugh empezó a escribir cuidadosamente letras mayúsculas con un círculo alrededor, en el margen, reduciendo así, maravillosamente, el desarreglo de Lady Bruton a la sensatez, a la gramática que el editor del *Times*, pensó Lady Bruton a la vista de tan maravillosa transformación, debía respetar. Hugh era lento. Hugh era obstinado. Richard sostenía que era necesario correr riesgos. Hugh proponía modificaciones en deferencia a los sentimientos de la gente, que —dijo, un tanto irónicamente ante las risas de Richard— "debían ser tenidos en cuenta", y leyó en voz alta "cómo, en consecuencia opinamos que el momento oportuno ha llegado... la superflua juventud de nuestra población en constante crecimiento... lo que debemos a los caídos...", frases que Richard consideraba palabrerío y tonterías, pero inofensivas sin duda, y Hugh siguió esbozando sentimientos por orden alfabético, de la mayor nobleza, sacudiendo de su chaleco la ceniza del puro, repasando de vez en cuando todo lo que habían progresado hasta que, finalmente, leyó en voz alta el borrador de una carta que —Lady Bruton podía asegurarlo— era una obra de arte. ¿Podía ser que sus propias ideas sonaran así?

Hugh no podía asegurar que el director fuera a publicarla; pero, almorzaría con cierta persona.

Ante esa perspectiva, Lady Bruton, que rara vez usaba expresiones zalameras, se colocó los claveles de Hugh en el vestido y, extendiendo los brazos hacia Hugh, declaró:

—¡Mi Primer Ministro!

Realmente, Lady Bruton no sabía qué sería de ella sin aquellos dos hombres. Se levantaron. Y Richard Dalloway se apartó un poco, como de costumbre, para echar una ojeada al retrato del general, porque proyectaba, cuando tuviera tiempo libre, escribir una historia de la familia de Lady Bruton.

Y Millicent Bruton estaba muy orgullosa de su familia. Pero podían esperar, podían esperar, dijo, admirando el cuadro; con eso quería decir que su familia de militares, altos funcionarios y almirantes, había sido familia de hombres de acción que habían cumplido con su deber; y el primordial deber de Richard era para con la patria, aunque aquella era una hermosa cara, dijo Lady Bruton; y todos los papeles estarían a disposición de Richard, en Aldmixton, cuando llegara el momento; quería decir el gobierno laborista.

—¡Ah, las noticias de la India! —gritó.

Y entonces, mientras permanecían parados en el vestíbulo tomando los guantes amarillos del cuenco que estaba sobre la mesa de malaquita y Hugh le ofrecía a la señorita Brush, con una más que innecesaria cortesía, alguna entrada de teatro que él no iba a usar o algún que otro regalo, cosa que ella odiaba con todo su corazón, la hacía ruborizarse intensamente; Richard se dio vuelta hacia Lady Bruton, con el sombrero en la mano, y dijo:

—¿Te veremos en nuestra fiesta esta noche? —ante lo que Lady Bruton recobró la magnificencia que la escritura de la carta le había echado por tierra. Puede ser que vaya, y puede que no. Clarissa tenía una energía maravillosa. Las fiestas aterrorizaban a Lady Bruton. Por otra parte, se estaba haciendo vieja. Eso dejaba entender, en pie ante la puerta, guapa, muy erguida, mientras su chow-chow se estiraba tras ella y la señorita Brush desaparecía entre bastidores con las manos llenas de papeles.

Y Lady Bruton, imponente y majestuosa, subió a su habitación y se tiró, con un brazo extendido, en el sofá. Suspiró, roncó, pero no porque estuviera dormida, sino porque había caído en una duermevela pesada, somnolienta y pesada, como un campo de tréboles al sol de aquel cálido día de junio, con las abejas zumbando y las mariposas amarillas. Cada tanto regresaba a aquellos campos de Devonshire, por donde había estado saltando riachuelos con Patty, su yegua, acompañada por Mortimer y Tom, sus hermanos. Y allí estaban los perros; allí estaban las ratas, allí estaban su padre y su madre en el césped, bajo los árboles, con el té, y los setos de dalias, las malvas, las hortensias, las largas briznas de pasto; ¡y ellos, los pequeños, siempre haciendo travesuras!; volviéndose, colándose por entre los arbustos, para que no los vieran con las ropas sucias o rotas, después de haber hecho alguna barbaridad. ¡Y cómo se ponía la vieja niñera al ver cómo traía su vestido!

¡Ah, qué bien recordaba todo! Era miércoles en Brook Street. Y aquellos tipos tan amables, Richard Dalloway, Hugh Whitbread habían salido a la calle pese al calor, el rumor de la ciudad llegaba hasta ella, echada en el sofá. Tenía poder, una buena posición social y dinero. Había vivido en la vanguardia de su tiempo. Había tenido buenos amigos; había conocido a los hombres más capaces de su época. El murmullo de Londres trepaba hasta ella, y su mano, descansando en el respaldo del sofá, se cerró sobre un bastón de mando imaginario, idéntico al que sus antepasados quizás hayan esgrimido, y con el bastón parecía, aun hinchada y pesada, capaz de mandar batallones a marchar hacia Canadá, capaz de mandar también a estos buenos hombres que caminaban por Londres, su terreno, ese pedacito de alfombra, Mayfair.

Y se alejaron más y más de ella, unidos a ella por un hilo fino (porque habían almorzado en su compañía) que se alargaba y alargaba, y se hacía más y más delgado mientras caminaban por Londres; los amigos iban unidos al cuerpo de una, después de almorzar con ellos, por un delgado hilo que (mientras se adormecía) se iba haciendo más vago, en virtud de las campanadas mientras daban la hora o llamaban a los fieles. De la misma manera en que el hilo de la araña queda manchado por las gotas de agua y el peso le hace descender. Así se durmió.

Richard Dalloway y Hugh Whitbread dudaron al llegar a la esquina de Conduit Street, en el exacto momento en que Millicent Bruton, echada en el sofá, dejaba que el hilo se rompiera: comenzó a roncar. Vientos opuestos chocaban en la esquina. Se quedaron contemplando una vidriera; no querían comprar ni hablar, sino separarse, pero, con vientos opuestos chocando en la esquina, con esa especie de detenimiento de las mareas del cuerpo, mañana y tarde, dos fuerzas cuyo encuentro forma un remolino, se detuvieron. Un cartel de periódico voló por el aire, elegantemente, como un barrilete, primero, después se detuvo, giró, vibró. Un velo de señora quedó colgando. Los toldos amarillos temblaban. El tráfico de la mañana parecía ralentizarse, y algunas carretas aisladas se zarandeaban despreocupadas por unas calles medio vacías. En Norfolk, cuyo recuerdo medio volvía a la memoria de Richard, una suave y cálida brisa impulsó hacia atrás los pétalos, confundió las aguas, onduló los céspedes. Los segadores, que se habían echado bajo los arbustos para descansar del trabajo de la mañana, abrieron cortinas de hojas verdes; apartaron trémulas hojas para ver el cielo; el azul, el fijo, el diáfano cielo del verano.

Consciente de estar mirando una jarra de plata de doble asa, y de que Hugh Whitbread admiraba con condescendencia, haciéndose el entendido, un collar español cuyo precio pensó en preguntar, por si le gustaba a Evelyn, Richard continuaba obrando lentamente; no era capaz de pensar o de moverse. La vida había puesto allí aquellos restos de naufragio: vidrieras llenas de baratijas coloridas, y uno se quedaba parado, inmóvil, con la lentitud de los ancianos, observando. Puede que Evelyn Whitbread quisiera comprar ese collar español, podría ser. Necesitaba bostezar. Hugh iba a entrar en la tienda.

—¡Buena idea! —dijo Richard, y lo siguió.

Bien sabía Dios que no le agradaba ir por el mundo comprando collares con Hugh. Pero el cuerpo tiene sus mareas. La mañana se encuentra con la tarde. A bordo de una frágil canoa en aguas profundas, muy profundas, el bisabuelo de Lady Bruton, sus memorias y sus campañas en América del Norte naufragaron y se hundieron. Y Millicent Bruton también. Se hundió. A Richard le importaba un pepino la emigración; le importaba un pepino aquella carta, y que el director la publicara o no. El collar colgaba entre los admirables dedos de Hugh. Que se la diera a una muchacha si debía comprar joyas, a cualquier muchacha, cualquier muchacha de la calle. Sí, porque la inutilidad de esta vida impresionaba con fuerza en este momento a Richard. Comprar collares para Evelyn. Si hubiera tenido un hijo, le hubiera dicho: trabaja, trabaja. Pero tuvo a su Elizabeth; adoraba a su Elizabeth.

—Quisiera ver al señor Dubonnet —dijo Hugh, con su acento seco y mundano.

Resultaba que ese tal Dubonnet tenía las medidas del cuello de la señora Whitbread o, lo que era más extraño aún, conocía sus gustos en cuanto a joyería española y el número de piezas que tenía de este tipo (Hugh no lo recordaba). Todo eso le parecía tremendamente extraño a Richard Dalloway. Porque él nunca le hacía regalos a Clarissa, salvo una pulsera hace dos o tres años, y no había tenido mucho éxito. Ella nunca se la ponía. Le dolía recordar que nunca la usaba. Entonces, como el hilo de una araña que, después de oscilar aquí y allá, se engancha a una hoja, la mente de Richard, saliendo de su somnolencia, se quedó ahora en su esposa, Clarissa, a la que Peter Walsh había amado tan apasionadamente; y Richard había tenido de repente una visión de ella ahí, en el almuerzo; de él mismo con Clarissa; de su vida juntos; y entonces se acercó la bandeja de joyas viejas y, tomando primero un broche, luego un anillo, preguntó "¿cuánto vale esto?", pero dudaba de su propio buen gusto. Quería abrir la puerta del cuarto de estar y entrar ofreciendo algo: un regalo para Clarissa. Pero... ¿qué? Hugh se volvía a poner de pie. Era formidablemente ostentoso. Francamente, después de treinta y cinco años comprando en esa tienda, no iba a tolerar que lo despachara un simple muchacho que no sabía lo que hacía. Porque Dubonnet, según parecía, había salido, y Hugh no pensaba comprar nada hasta que el señor Dubonnet se dignara aparecer; después, el joven se sonrojó y se inclinó con la cortesía habitual. Todo era perfectamente correcto. Sin embargo, Richard hubiera sido incapaz de decir eso, ¡ni aunque le fuera la vida en ello! Por qué esta gente aguantaba esa maldita insolencia, no le entraba en la cabeza. Hugh se estaba convirtiendo en un burro insoportable. Richard Dalloway no podía tolerar sus modales más de una hora. Y levantando el sombrero hongo a modo de despedida, Richard dobló la esquina de Conduit Street; deseoso, sí, muy deseoso de recoger ese hilo de araña que lo unía a Clarissa. Iba a ir directo a ella, a Westminster.

Pero quería llegar con algo. ¿Flores? Sí, flores, dado que no confiaba en su gusto en materia de oro; gran cantidad de flores, rosas, orquídeas, para celebrar lo que, pensándolo bien, era un acontecimiento; aquello que sintió por Clarissa cuando hablaron de Peter Walsh durante el almuerzo; y nunca hablaban de aquel sentimiento; durante años no habían hablado de él. Eso, pensó, sosteniendo en la mano las rosas rojas y blancas (un gran ramo con papel de seda) es el mayor error del mundo. Llega el momento en que no puede decirse; la timidez se lo impide a uno, pensó, embolsándose los seis o doce peniques de cambio, y poniéndose en marcha, con el gran ramo de flores apretado contra el cuerpo, camino de Westminster, le impide a uno decir directamente, en las palabras justas (pensara ella lo que pensara de él), ofreciendo las flores: "Te quiero". ¿Por qué? Realmente era un milagro, si se tenía en cuenta la guerra y los miles de pobres muchachos, con toda la vida por delante, enterrados juntos, ya medio olvidados; era un milagro. Y ahí estaba él, caminando por Londres, para decirle a Clarissa, con las palabras justas, que la amaba. Eso que uno nunca dice, pensó. En parte, porque es perezoso; en parte, porque es tímido. En cuanto a Clarissa, era difícil pensar en ella; salvo en oleadas de memoria, como durante el almuerzo, cuando la vio con toda claridad; toda su vida juntos. Se detuvo en la esquina; y lo repitió —porque era sencillo por naturaleza, y formal, porque se había dedicado a la naturaleza y a la caza; porque era insistente y testarudo, porque había sido el defensor de los bastardeados y había seguido su instinto en la Cámara de los Comunes, porque había conservado su sencillez, aunque al mismo tiempo se hubiera vuelto un poco callado, un tanto rígido— Richard repitió que era un milagro que se hubiera casado con Clarissa. Un milagro, su vida había sido un milagro, pensó, dudando si cruzar o no. Le hervía la sangre de ver a esos niños de cinco o seis años cruzando la calle solos, en pleno Piccadilly. La policía tendría que haber parado el tráfico enseguida. No se hacía ilusiones sobre la policía de Londres. De hecho, estaba reuniendo pruebas sobre sus falencias. Y aquellos vendedores ambulantes, a los que se les prohibía que instalaran sus puestos en la calle; y las prostitutas, Dios Santo, ellas no tenían la culpa, ni tampoco los jóvenes, sino nuestro detestable sistema social, etcétera; y eso era lo que pensaba, se veía que lo pensaba, mientras gris, tozudo, elegante, limpio, caminaba por el parque para ir a decirle a su mujer que la quería.

Sí, porque lo iba a decir exactamente con esas palabras, ni bien entrara en la habitación. Porque es una lástima muy grande no decir nunca lo que uno siente, pensó, mientras cruzaba Green Park y observaba con placer a familias enteras, familias pobres, tumbadas a la sombra de los árboles; niños pataleando, tomando leche; bolsas de papel tiradas aquí y allá, que podían ser fácilmente recogidas (si alguien protestaba), por uno de aquellos obesos caballeros de uniforme; sí, ya que opinaba que todos los parques y todas las plazas, durante los meses de verano, debían quedar abiertos a los niños (el césped del parque se aclaraba y marchitaba, iluminando a las pobres madres de Westminster y a sus hijos que andaban a gatas, como si bajo él se moviera una lámpara amarilla). Pero no sabía qué podía hacerse por esas vagabundas, como aquella pobre mujer recostada, apoyada con el codo en el suelo (como si se hubiera tirado al suelo, descartados todos los vínculos, para observar con curiosidad, especular con osadía, considerar los porqué y por lo tanto, con descaro, laxa la boca, divertida). Llevando el ramo de flores como un arma, Richard Dalloway se acercó a la vagabunda; observándola, pasó decidido junto a ella; pero hubo tiempo para que se produjera una chispa entre los dos. La vagabunda rio cuando lo vio, y él sonrió de buen humor, mientras pensaba en el problema de las vagabundas; a pesar de que no se quejaban. Pero le diría a Clarissa que la amaba, así, lisa y llanamente. Tiempo hubo en que tuvo celos de Peter Walsh; celos de él y de Clarissa. Pero a menudo le había dicho Clarissa que había sido un acierto no casarse con Peter Walsh; lo cual, conociendo a Clarissa, era evidentemente verdad; necesitaba apoyo. No era débil, pero necesitaba apoyo.

En cuanto al palacio de Buckingham (como una vieja *prima donna* frente al público, toda de blanco), no se le puede negar cierta dignidad, pensó, ni tampoco despreciar aquello que, después de todo, representa para millones de personas (una pequeña multitud aguardaba ante la reja para ver salir al Rey) un símbolo, por muy ridículo que sea. Un niño con una caja de ladrillos podría haberlo hecho mejor, pensó, mirando el monumento a la Reina Victoria (a quien recordaba con sus anteojos de carey, pasando en su coche por Kensington), su blanco montículo, su exagerado halo maternal. Pero le gustaba ser gobernado por el descendiente de Horsa; le gustaba la continuidad y sentir que se trasmitían las tradiciones del pasado. Era una gran época la que le había tocado vivir. De verdad que su vida misma era un milagro; sí, no le cabía la menor duda:

ahí estaba, en lo mejor de su vida, camino de su casa en West-minster para decirle a Clarissa que la quería. Esto es felicidad, pensó.

Esto es, dijo cuando entró en Dean's Yard. El Big Ben comenzaba a sonar, primero el aviso, musical; más tarde, la hora, inapelable. Los almuerzos te hacen perder toda la tarde, pensó, mientras llegaba a su puerta.

El sonido de Big Ben inundó la sala de Clarissa, sentada, muy enojada, ante su escritorio; preocupada, enojada. Era totalmente cierto que no había invitado a Ellie Henderson a su fiesta, y lo había hecho adrede. Y ahora, la señora Marsham le escribía diciéndole que le había dicho a Ellie Henderson que le preguntaría a Clarissa, porque Ellie quería tanto ir.

Pero, ¿acaso estaba obligada a invitar a sus fiestas a todas las mujeres aburridas de Londres? ¿Y por qué tenía que meterse la señora Marsham en ese tema? Y ahí estaba Elizabeth, encerrada todo este tiempo con Doris Kilman. No podía imaginar nada más espantoso. Rezar a esta hora, con aquella mujer. Y el estruendo del timbre ocupó la habitación con su melancolía; retrocedió, y se retrajo sobre sí mismo para caer nuevamente, y en este momento Clarissa escuchó, con desagrado, como un rumor o un roce en la puerta. ¿Quién podía ser a aquella hora? ¡Dios santo, las tres! ¡Ya eran las tres! Sí, ya que con una demandante sinceridad y dignidad el reloj había dado las tres; y Clarissa no escuchó nada más; pero el picaporte de la puerta giró, ¡y entró Richard! ¡Qué sorpresa! Entró Richard, con un ramo de flores en la mano. Una vez se había portado mal con Richard, en Constantinopla; y Lady Bruton, cuyos almuerzos se decía eran extraordinariamente divertidos no la había invitado. Él le ofrecía las flores, rosas, rojas y blancas rosas. (Pero Richard no logró decirle que la amaba; no con estas palabras).

Pero qué hermosas, dijo Clarissa tomando las flores. Había entendido; había entendido sin necesidad de que él hablara; su Clarissa. Las colocó en unos jarrones sobre el estante del hogar. Qué hermosas son, dijo. ¿Y te has divertido?, preguntó. ¿Preguntó Lady Bruton por ella? Peter Walsh había vuelto. La señora Marsham le había escrito. ¿Tenía que invitar a Ellie Henderson? Esa mujer, la Kilman, estaba arriba.

—Sentémonos durante cinco minutos —dijo Richard.

Todo parecía tan vacío. Las sillas estaban pegadas a la pared. ¿Por qué lo habían hecho? Ah, era por la fiesta; no, no se había olvidado de la fiesta. Peter Walsh había vuelto. Ah, sí; lo había visto. Se iba a divorciar; y estaba enamorado de una mujer de allá. Y estaba igual. Sí, ella estaba arreglándose el vestido...

—Y pensando en Bourton —dijo.

—Hugh estaba en el almuerzo —dijo Richard. ¡También ella se lo había encontrado! Bueno, pues se estaba volviendo completamente insoportable. Comprándole collares a Evelyn; más gordo que nunca; un burro inaguantable.

—Y se me ocurrió de repente "Hubiera podido casarme contigo" —dijo Clarissa, pensando en Peter sentado allí, con su corbatita de lazo, con esa navaja que abría y cerraba—. Igual que siempre, ya sabes.

Estuvieron hablando de él durante el almuerzo, dijo Richard. (Pero era incapaz de decirle que la quería. Tomó la mano de Clarissa. Esto es la felicidad, pensó). Estuvieron escribiendo una carta al *Times* para ayudar a Millicent Bruton. Era casi para lo único que servía Hugh.

—¿Y nuestra querida señorita Kilman? —preguntó ahora Richard.

Clarissa opinaba que las rosas eran completamente preciosas; primero lo eran cuando formaban un ramo; y ahora lo eran por sí mismas, separadas.

—Pues la Kilman llegó justo después del almuerzo —dijo—. Elizabeth se puso colorada y se encerraron arriba. Supongo que están rezando.

¡Dios! A Richard esto no le gustaba ni un poco; pero esas cosas desaparecen, si uno no se mete.

—Con paraguas e impermeable –dijo Clarissa.

Richard no había dicho "te amo", pero la tenía tomada de la mano. Esto es la felicidad, esto, pensó.

—Pero por qué tengo yo que invitar a mis fiestas a todas las mujeres aburridas de Londres? -dijo Clarissa–. Y si la señora Marsham organizara una fiesta, ¿ella podía invitar a sus amigas?

—Pobre Ellie Henderson –dijo Richard, era muy extraño lo mucho que a Clarissa le importaban sus fiestas, pensó.

Pero Richard no tenía ni la más remota idea de cómo debía lucir una sala. Ahora bien... ¿qué es lo que iba a decir?

Si a Clarissa le preocupaban tanto aquellas fiestas, Richard no le permitiría darlas. ¿Se arrepentía de no haberse casado con Peter? Pero Richard tenía que irse.

Tenía que salir, dijo levantándose. Sin embargo se quedó de pie un momento, como si estuviese a punto de decir algo; y ella se preguntaba... ¿qué? ¿Por qué? Allí estaban las rosas...

—¿Un comité? –le preguntó Clarissa, mientras Richard abría la puerta.

—Los armenios.

¿O quizá dijo "los albaneses"?

Y en las personas hay una cierta dignidad, una soledad; incluso entre marido y mujer hay un abismo; y esto debe respetarse, pensó Clarissa mirando cómo Richard abría la puerta; porque es algo de lo que una no quiere desprenderse, ni tampoco quitárselo, en contra de su voluntad, al marido, sin perder la independencia, la autoestima: algo que, al fin y al cabo, no tiene precio.

Richard regresó con una almohada y una manta.

—Una hora de reposo total después del almuerzo –dijo.

Y se fue.

¡Típico de él! Iba a seguir diciendo "una hora de reposo absoluto después del almuerzo" por los siglos de los siglos, porque un médico se lo había recomendado en alguna ocasión. Era típico suyo el tomar al pie de la letra lo que los médicos dijeran; era parte de su adorable y divina simpleza, que nadie tenía hasta ese punto, que le hacía dedicarse a sus asuntos mientras Peter y ella perdían el tiempo peleándose. Ya estaba a mitad de camino de la Cámara de los Comunes, de sus armenios, o albaneses después de dejarla en el sofá, mirando sus rosas. Y la gente diría: "Clarissa Dalloway es una malcriada". Le importaban mucho más sus rosas que los armenios. Hostigados, expulsados de la existencia, tullidos, helados, víctimas de la crueldad y la injusticia (se lo había escuchado repetir una y mil veces a Richard)... pero no, no sentía nada por los albaneses ¿o eran los armenios? En cambio, le encantaban sus rosas (¿acaso no era esto una ayuda para los armenios?), las únicas flores que podía soportar ver cortadas. Pero Richard ya estaba en la Cámara de los Comunes, en su comité, después de ayudarla a resolver todos sus problemas. Bueno, no; desafortunadamente eso no era cierto: no se paró a escuchar los motivos para no invitar a Ellie Henderson. Clarissa obraría, por supuesto, según los deseos de Richard. Dado que le había traído la almohada, se tiraría... Pero..., pero... ¿por qué se sentía súbitamente, sin ninguna motivo aparente, desesperadamente desgraciada? Como alguien a quien se le ha caído una perla o un diamante en el césped y separa con mucho cuidado las altas briznas, aquí y allá, en vano, y finalmente espía entre las raíces, así fue Clarissa de un asunto a otro; no, no tenía nada que ver con el hecho de que Sally Seton dijera que Richard jamás llegaría a ser miembro del Gabinete debido a que Richard tenía un cerebro de segunda clase (ahora Clarissa lo recordó); no, esto no le importaba; y tampoco se debía a Elizabeth y Doris Kilman; estaba segura de ello. Era un sentimiento, un sentimiento desagradable, que quizá la había asaltado a primera hora de la mañana; algo que Peter había dicho, combinado con cierta depresión, allí, en su dormitorio, al quitarse el sombrero; y lo que Richard había dicho, lo volvió todo peor, pero ¿qué había dicho Richard? Allí estaban las rosas. ¡Sus fiestas! ¡Esto era! ¡Sus fiestas! Los dos la criticaban con muy poco sustento, se reían de ella muy injustamente, por sus fiestas. ¡Esto era! ¡Esto era! Bueno, ¿cómo podía defenderse? Ahora que sabía a qué se debía, se sentía perfectamente feliz. Pensaban, o por lo menos Peter pensaba, que a ella le gustaba lucirse, que le gustaba estar rodeada de gente famosa, grandes apellidos, que era, pura y simplemente, una snob. Seguramente era esto lo que creía Peter. Richard consideraba sencillamente que era una tontería por parte de Clarissa que le gustara aquel jaleo, cuando le constaba que era malo para su corazón. Lo consideraba infantil. Y los dos estaban equivocados. Lo que a Clarissa le gustaba era la vida, sencillamente le gustaba la vida.

–Lo hago por eso –le dijo, en voz alta, a la vida.

Como estaba echada en el sofá, encerrada, aislada, la presencia de esa cosa que sentía como algo tan obvio tomó consistencia física: con vestidos hechos de los sonidos de la calle, soleada, de cálido aliento, susurrante, agitando las persianas. Pero supongamos que Peter le dijera: "Sí, sí, pero tus fiestas... ¿qué sentido tienen tus fiestas?". Entonces, todo lo que podría decir sería (y no esperaba que nadie lo entendiera): Son una ofrenda, que sonaba espantosamente vago. Pero ¿quién era Peter para concluir que la vida no era más que transitar? Peter, siempre enamorado, siempre enamorado de la mujer equivocada. ¿En qué consiste tu amor? podía preguntarle Clarissa. Y ya sabía su respuesta: que era lo más importante del mundo y que ninguna mujer podría entenderlo jamás. Muy bien. Pero ¿acaso algún hombre podía entender lo que ella quería decir? ¿Con la vida? No podía concebir que Peter o Richard se tomaran la molestia de dar una fiesta sin razón alguna. Pero profundizando más, por debajo de lo que la gente decía (y estos juicios ¡cuán superficiales, cuán fragmentarios eran!), yendo ahora a su propia mente, ¿qué significaba para ella esa cosa que llamaba vida? Oh, era muy raro. Allí estaba Fulano de Tal en South Kensington; Mengano, en Bayswater; y otro, digamos, en Mayfair. Y Clarissa sentía muy continuamente la noción de su existencia, y sentía el deseo de reunirlos, y lo hacía. Era una ofrenda; era combinar, crear; pero ¿una ofrenda a quién? Quizá fuera una ofrenda por amor a la ofrenda. En cualquier caso, este era su don. No tenía nada más que fuera importante; no sabía pensar, escribir, ni siquiera sabía tocar el piano. Confundía a los armenios con los turcos, amaba el éxito, odiaba la incomodidad, necesitaba gustar, decía mares de tonterías; y si alguien le preguntaba qué era el Ecuador, no sabía contestar.

De todos modos, los días se pasaban uno detrás del otro: miércoles, jueves, viernes, sábado, que te despertaras por la mañana, que vieras el sol, pasearas por el parque, te encontraras a Hugh Whitbread, que después entrara Peter de repente. Luego las rosas, así era suficiente. Después de todo, ¡qué increíble era la muerte! Todo tiene que acabar, y nadie en el mundo llegaría a saber hasta qué punto había amado todo esto, hasta qué punto, a cada instante...

Se abrió la puerta. Elizabeth sabía que su madre estaba descansando. Entró muy silenciosamente. Se quedó completamente quieta. ¿No sería que algún mongol había naufragado ante la costa de Norfolk (como decía la señora Hilbery), y se había mezclado con las señoras Dalloway, quizá cien años atrás? Sí, porque las Dalloway, por lo general eran rubias, con ojos azules; y Elizabeth, por lo contrario, era morena; tenía ojos chinos en la cara pálida, misterio oriental; era dulce, considerada, quieta. De niña, tenía un estupendo sentido del humor; pero ahora, a los diecisiete años, sin que Clarissa pudiera comprenderlo ni siquiera remotamente, se había transformado en una muchacha muy seria, como un jacinto de brillante verde, con capullos de pálido color, un jacinto sin sol.

Se quedó muy quieta y contemplaba a su madre, pero la puerta estaba entreabierta y afuera estaba la señorita Kilman,

Clarissa lo sabía; la señorita Kilman con su impermeable, escuchando todo lo que dijeran.

Sí, la señorita Kilman estaba de pie en el rellano y llevaba un impermeable, pero tenía sus razones. En primer lugar, era barato; en segundo lugar, tenía más de cuarenta años y, a fin de cuentas, no vestía para agradar. Además, era pobre, pobre hasta la degradación. De lo contrario, no andaría aceptando trabajos de personas como los Dalloway, de la gente rica, a la que le gustaba ser amable. El señor Dalloway, la verdad sea dicha, había sido amable. Pero la señora Dalloway, no. Había sido simplemente condescendiente. Procedía de la clase más despreciable de todas: de los ricos, con un barniz de cultura. Tenían cosas caras por todas partes: cuadros, alfombras, montones de criados. Consideraba que tenía perfecto derecho a cualquier cosa que los Dalloway hicieran por ella.

Pero la señorita Kilman había sido estafada. Sí, la palabra no era una exageración, porque ¿acaso una chica no tiene derecho a algún tipo de felicidad? Y la señorita Kilman nunca había sido feliz, por ser tan poco agraciada y tan pobre. Y luego, cuando se le presentó una buena oportunidad en la escuela de la señorita Dolby, vino la guerra; y la señorita Kilman siempre había sido incapaz de mentir. La señorita Dolby consideró que la señorita Kilman sería más feliz viviendo con personas que compartieran sus opiniones acerca de los alemanes. Tuvo que irse. En realidad, su familia era de origen alemán; su apellido se escribía Kiehlman, en el siglo XVIII, pero su hermano murió en la guerra. A ella la echaron porque no podía aceptar la ficción de que todos los alemanes eran malvados. ¡Tenía amigos alemanes, y los únicos días felices de su vida los había pasado en Alemania! A fin de cuentas, podía dar clases de historia. Había tenido que aceptar lo que le dieran. El señor Dalloway la había conocido cuando trabajaba en casa de los Friend. Le había permitido (y eso era verdaderamente generoso por su parte) dar clases de historia a su hija. También le daba clases de cultura general, y eso. Entonces, Dios Nuestro Señor la visitó (y en este punto, siempre inclinaba la cabeza). Había visto la luz hace dos años y tres meses. Ahora ya no envidiaba a las mujeres como Clarissa Dalloway; las compadecía.

Las compadecía y despreciaba desde lo más profundo de su corazón, allí de pie en la blanda alfombra, mirando el viejo grabado de una niña pequeña con manguito. Mientras haya estos lujos, ¿qué esperanza había de que mejoraran las cosas? En lugar de quedarse echada en un sofá –"Mi madre está descansando", había dicho Elizabeth– tendría que haber estado en una fábrica, detrás de un mostrador; ¡la señora Dalloway y todas las demás señoras paquetas! Amargada y ardiendo, la señorita Kilman había entrado en una iglesia hacía dos años y tres meses. En ella oyó predicar al reverendo Edward Whittaker, cantar a los niños del coro; había visto descender las solemnes luces, y así fuera por la música o por las voces (cuando estaba sola, en el atardecer, encontraba consuelo en el violín; pero el sonido que la señorita Kilman producía era desgarrador; no tenía oído), lo cierto es que los ardientes y turbulentos sentimientos que hervían y se alzaban en ella quedaron apaciguados mientras estaba sentada allí, y lloró copiosamente, y visitó al señor Whittaker en su domicilio particular, en Kensington. Era la mano de Dios, dijo el señor Whittaker. El Señor le había mostrado el camino. De modo que ahora, siempre que los ardientes y dolorosos sentimientos hervían en su seno, este odio hacia la señora Dalloway, este rencor contra el mundo, la señorita Kilman pensaba en Dios. Pensaba en el señor Whittaker. La calma venía después de la rabia. Una dulce savia le corría por las venas, se le entreabrían los labios, y, de pie junto a la puerta, con su formidable aspecto, con el impermeable, miraba con firme y siniestra serenidad a la señora Dalloway, que salía de la habitación con su hija.

Elizabeth dijo que había olvidado sus guantes. Era porque la señorita Kilman y su madre se odiaban. No podía soportar verlas juntas. Subió corriendo a buscar sus guantes.

Pero la señorita Kilman no odiaba a la señora Dalloway. Volviendo sus ojos de color grosella sobre Clarissa, observando su carita rosada, su delicado cuerpo, su aire de frescura y de elegancia a la moda, la señorita Kilman pensaba: ¡Estúpida! ¡Boba! ¡Tú no has conocido pena ni placer; has desperdiciado tu vida en estupideces! Y surgía en ella entonces un poderosísimo deseo de vencerla, de desenmascararla. Si hubiese podido derribarla, eso la habría aliviado. Pero no se trataba del cuerpo, era el alma y su burla lo que quería someter, hacerle sentir su dominio. Si pudiera hacerla llorar, si pudiera destruirla, humillarla, hacerla caer de rodillas gritando: ¡Tienes razón! Pero esta era la voluntad de Dios, no de la señorita Kilman. Sería una victoria religiosa. Y así era su mirada: fulgurante.

Clarissa quedó verdaderamente escandalizada. ¡Y esta es una cristiana, esta mujer! ¡Esta mujer le había quitado a su hija! ¡Ella, en contacto con presencias invisibles! ¡Pesada, fea, vulgar, sin gracia ni dulzura, conoce el significado de la vida!

–¿Se lleva usted a Elizabeth a los Almacenes? –preguntó la señora Dalloway.

La señorita Kilman contestó que sí. Se quedaron de pie. La señorita Kilman no pensaba ser amable. Siempre se había ganado el pan. Sus conocimientos de historia moderna eran extremadamente profundos. De sus escasos ingresos conseguía ahorrar algo para las causas en las que creía, mientras que esta mujer no hacía nada, no creía en nada, educaba a su hija... Y aquí estaba Elizabeth –el aliento un tanto entrecortado–, la hermosa muchacha.

Iban a los Almacenes. Y era raro notar la forma en que, mientras la señorita Kilman seguía en pie, inmóvil (con el poderío y aire taciturno de un monstruo prehistórico, armado para una guerra primitiva), segundo a segundo el concepto de la señorita Kilman iba disminuyendo, la manera en que el odio (que era odio hacia ideas, no hacia personas) se desmoronaba la manera en que la señorita Kilman perdía malignidad, perdía tamaño, iba transformándose, segundo a segundo, en solo la señorita Kilman, con impermeable, a la que ciertamente Clarissa hubiera querido ayudar.

Ante este desvanecimiento del monstruo, Clarissa se echó a reír. Al decir adiós, se rió.

Y las dos juntas, la señorita Kilman y Elizabeth salieron y bajaron las escaleras. En un súbito impulso, con violenta angustia, por cuanto aquella mujer le estaba arrebatando a su hija, Clarissa se inclinó sobre la barandilla y gritó: .¡Acuérdate de la fiesta! ¡Acuérdate de la fiesta de esta noche!

Pero Elizabeth ya había abierto la puerta de la calle; pasaba un camión; no contestó. ¡Amor y religión!, pensó Clarissa, con el cuerpo estremecido, al regresar a la sala. ¡Cuán detestables, cuán detestables eran! Porque ahora que el cuerpo de la señorita Kilman no estaba ante ella, la idea la abrumó. Las realidades más crueles del mundo, pensó, al verlas torpes, ardientes, dominantes, hipócritas, subrepticiamente vigilantes, celosas, infinitamente crueles y carentes de escrúpulos, allí, con impermeable, en el vestíbulo; amor y religión. ¿Acaso había intentado ella alguna vez, convertir a alguien? ¿Acaso no deseaba que cada persona fuera, simplemente, ella misma? Y por la ventana contemplaba a la vieja señora de enfrente que subía la escalera. Que subiera la escalera, si quería; que se detuviera, si quería; y, luego, si quería, que llegara a su dormitorio, cual Clarissa le había visto hacer a menudo, que descorriera las cortinas y que desapareciera por el fondo. En cierta manera, una respetaba aquello a la vieja mirando por la ventana, totalmente ignorante de que era contemplada. Algo solemne había en ello, pero el amor y la religión destruirían aquello, fuera lo que fuese, la intimidad del alma quizá. La odiosa Kilman lo destruiría. Sin embargo, era una visión que a Clarissa le daba ganas de llorar.

El amor también destruía. Todo lo que era bueno, todo lo que era verdad se iba. Por ejemplo, Peter Walsh. Un hombre, encantador, inteligente, con ideas sobre todo. Si querías saber algo acerca de –por ejemplo– Pope, o de Addison, o simplemente decir tonterías, qué aspecto tenía la gente, cuál era el significado de las cosas, Peter lo sabía mejor que nadie. Era Peter el que la había ayudado; el que le había prestado libros. Pero había que ver a las mujeres que había amado: vulgares, triviales, banales. Había que ver a Peter enamorado: iba a verla después de todos estos años, y ¿de qué hablaba? De él mismo. ¡Qué pasión tan horrible!, pensó. ¡Qué pasión tan degradante!, pensó, recordando a Kilman y a su Elizabeth que caminaban hacia los almacenes de la Cooperativa Militar.

Big Ben marcó la media hora.

Qué cosa tan extraordinaria, qué extraño, sí, qué conmovedor, el ver a la vieja (habían sido vecinas durante tantísimo tiempo) retirarse de la ventana, como si estuviese ligada a ese sonido, a esa cuerda. Gigantesco como era, guardaba alguna relación con ella. Abajo, abajo fue descendiendo el dedo, más y más, hasta el centro de las cosas corrientes, haciendo que el momento fuese solemne. Se vio obligada –así lo creía Clarissa– por ese sonido, a moverse, a irse, pero... ¿a dónde? Clarissa intentó seguirla cuando se dio la vuelta y desapareció, y todavía pudo vislumbrar su gorra blanca moviéndose al fondo del dormitorio. Ella seguía allí, moviéndose al otro extremo de la habitación. ¿Por qué tantos credos, rezos e impermeables? ya que –pensó Clarissa– ahí está el milagro, ahí está el misterio, esa anciana, quería decir, a la que veía ir de la cómoda al tocador. Todavía la veía. Y el misterio supremo que Kilman podía decir que había resuelto, o que Peter podía decir haber resuelto, aunque Clarissa no creía que ninguno de los dos tuviera la menor idea de cómo resolverlo, era sencillamente éste: aquí había una habitación; allí otra. ¿Acaso la religión era capaz de resolver eso, o quizá el amor?

El amor... Pero he aquí que el otro reloj, el reloj que siempre daba la hora dos minutos después del Big Ben, hizo acto de presencia con el regazo lleno de mil cosas diferentes, que dejó caer, como si nada se pudiera objetar al Big Ben, dictando la ley con su majestad, tan solemne, tan justo, aunque también era cierto que Clarissa, además, tenía que recordar muchas cosas menudas .la señora Marsham, Ellie Henderson, los vasos para los sorbetes., todo género de pequeñas cosas que acudían en tropel, saltando y bailando tras la estela de aquella solemne campanada que yacía plana, como una barra de oro sobre el mar. La señora Marsham, Ellie Henderson, los vasos para los sorbetes: Debía telefonear inmediatamente.

Voluble, irritable, el tardío reloj sonó, tras la estela del Big Ben, con el regazo lleno de bagatelas. Golpeados, quebrados por el ataque de los carruajes, por la brutalidad de los camiones, por el ávido avance de multitud de hombres angulosos, de mujeres vistosas, por las cúpulas y agujas de edificios oficiales y hospitales, los últimos restos de los misceláneos objetos que llenaban el regazo parecieron chocar como la espuma de una ola agonizando contra el cuerpo de la señorita Kilman, quieta en la calle durante un instante para murmurar: "Es la carne…".

Era la carne lo que debía controlar. Clarissa Dalloway la había insultado. Eso sí que se lo esperaba. Pero no había triunfado: no había dominado la carne. Fea y torpe, Clarissa Dalloway se había reído de ella; y había resucitado sus deseos carnales, porque le molestaba tener ese aspecto frente a Clarissa. Tampoco podía hablar como lo había hecho. Pero ¿por qué desear parecerse a ella? ¿Por qué? Despreciaba a la señora Dalloway desde lo más hondo de su corazón. No era seria. No era buena. Su vida era un tejido de vanidad y engaño. Y sin embargo Doris Kilman había sido vencida. Es más: poco le faltó para echarse a llorar cuando Clarissa Dalloway se rió de ella. "Es la carne, es la carne", murmuró (pues era costumbre suya hablar en voz alta), en un intento de dominar este sentimiento turbulento y doloroso, mientras caminaba por Victoria Street. Le rogaba a Dios. No podía evitar ser fea, no podía permitirse comprar ropa cara. Clarissa Dalloway se había reído… pero se concentraría en otra cosa hasta llegar al buzón. Por lo menos tenía a Elizabeth. Pero iba a pensar en otra cosa; pensaría en Rusia; hasta llegar al buzón.

Qué bien se está seguramente en el campo, dijo, tal como le había dicho el señor Whittaker, luchando para dominar aquel violento resentimiento contra el mundo que se había burlado de ella, que había hecho mofa de ella, que la había exiliado, comenzando con aquella indignidad, la indignidad de infligirle un cuerpo que resultaba insoportable a la vista de la gente. Se peinara como se peinara, la frente le quedaba como un huevo: calva, blanca. No había ropa que le sentara bien. Comprara lo que comprara. Y para una mujer esto sin duda significaba no tener trato alguno con el sexo opuesto. Jamás sería la primera para ninguno. Últimamente, le parecía a veces que exceptuando a Elizabeth, solo vivía para la comida, sus consuelos, su cena, su té, su bolsa de agua caliente por la noche. Pero una debía luchar, vencer, tener fe en Dios. El señor Whittaker había dicho que ella estaba ahí por algún motivo. Pero ¡nadie sabía a costa de qué sufrimiento! Señalando el crucifijo, él dijo que Dios lo sabía. Pero ¿por qué tenía ella que sufrir mientras otras mujeres, como Clarissa Dalloway, se libraban? El conocimiento llega a través del sufrimiento, dijo el señor Whittaker.

Había pasado ya el buzón y Elizabeth estaba entrando en el departamento aséptico y oscuro como el tabaco de los almacenes de la Cooperativa Militar, y ella seguía murmurando para sus adentros lo que el señor Whittaker había dicho sobre que el conocimiento que se alcanza a través del sufrimiento y de la carne. "La carne", musitó.

—¿Qué departamento quería? —dijo Elizabeth, cortando el hilo de sus pensamientos.

—Enaguas —contestó cortante, y se metió en el ascensor sin dudar.

Subieron. Elizabeth la llevaba de un lado a otro; la llevaba mientras seguía absorta, como si fuese una niña crecida, un inmanejable buque de guerra. Ahí estaban las enaguas: marrones, pudorosas, a rayas, frívolas, sólidas, ligeras, y ella escogió, absorta, portentosamente, y la empleada que la atendía pensó que estaba loca.

Elizabeth se preguntaba, mientras hacían el paquete, en qué estaría pensando la señorita Kilman. Tenían que tomar el té, dijo la señorita Kilman volviendo a ser dueña de sí, recuperándose. Tomaron el té.

Elizabeth se preguntaba, curiosa, si cabía la posibilidad de que la señorita Kilman tuviera hambre. Lo pensaba por su manera de comer, de comer con intensidad, y de mirar después, insistentemente, la bandeja de azucarados pasteles de la mesa vecina. Más tarde, cuando una señora y un niño se sentaron a la mesa, y el niño cogió un pequeño pastel, ¿afectó esto a la señorita Kilman? Sí, la afectó. Había deseado aquel pastelito, el de color rosado. El placer de comer era casi el único placer puro que le quedaba, ¡e incluso en esto era burlada!

Cuando la gente es feliz, tiene una reserva a la que recurrir, le había dicho a Elizabeth, mientras que ella era una rueda sin neumático (le gustaba esa clase de metáforas), sacudida por todas las piedras... Eso decía, un día en que se quedó después de la clase, de pie junto a la chimenea, con su bolsa de libros –la llamaba su "cartera de estudiante"–, un martes por la mañana, después de terminar la clase. Y también hablaba de la guerra. Después de todo, había gente que no pensaba que los ingleses tuvieran siempre la razón. Había libros. Había debates. Había otros puntos de vista. ¿Le gustaría a Elizabeth ir con ella a escuchar a Fulanito de Tal? (un viejo de aspecto verdaderamente extraordinario). Más tarde, la señorita Kilman la llevó a cierta iglesia de Kensington donde tomaron el té con un clérigo. La señorita Kilman le prestaba libros a Elizabeth. El derecho, la medicina, la política, todas las profesiones están abiertas a las mujeres de tu generación, decía la señorita Kilman. Pero, en cuanto a sí misma hacía referencia, su carrera había quedado totalmente destruida; ¿y acaso la culpa había sido suya? Dios santo, dijo Elizabeth, no.

Su madre entraba diciendo que había llegado una cesta de Bourton y si la señorita Kilman querría unas flores. Con la señorita Kilman siempre era muy, muy amable, pero la señorita Kilman apretujaba las flores todas juntas en un ramo y era incapaz de mantener cualquier conversación ligera, y lo que interesaba a la señorita Kilman aburría a su madre y las dos se encontraban siempre muy a disgusto juntas: la señorita Kilman se hinchaba y parecía de lo más vulgar, pero la señorita Kilman era tremendamente inteligente. Elizabeth nunca había pensado en los pobres. Ellos vivían con todo lo que necesitaban: su madre tomaba el desayuno en la cama todos los días, Lucy se lo subía a su habitación; y le gustaban las mujeres mayores porque eran Duquesas y descendientes de algún Lord. Pero la señorita Kilman dijo (uno de esos martes por la mañana, una vez terminada la clase): "Mi abuelo tenía una tienda de pinturas en Kensington". La señorita Kilman era muy diferente de cualquiera que conociese; hacía que una se sintiese tan pequeña.

La señorita Kilman tomó otra taza de té. Elizabeth, con su aire oriental, su insondable misterio, estaba sentada perfectamente derecha: no, no quería nada más. Buscó los guantes, sus guantes blancos. Estaban debajo de la mesa. Pero, ¡ah!, tenía que irse. ¡La señorita Kilman no quería dejarla partir! ¡No quería dejar partir a aquel ser juvenil, a aquella hermosa muchacha a la que tan sinceramente amaba! La gran mano de la señorita Kilman se abrió y se cerró sobre la mesa.

Pero tal vez todo comenzara a ser un poco aburrido, pensó Elizabeth. Y realmente tenía ganas de irse.

Pero la señorita Kilman dijo:

—Todavía no he terminado.

En ese caso, naturalmente, Elizabeth aguardaría. Pero el ambiente estaba un tanto tenso aquí.

—¿Vas a ir a la fiesta esta noche? —preguntó la señorita Kilman. Elizabeth suponía que sí; su madre quería que fuese. No debía dejar que las fiestas la absorbieran, dijo la señorita Kilman mientras toqueteaba el último pedazo de pastelito de chocolate.

No la entusiasmaban demasiado las fiestas, dijo Elizabeth. La señorita Kilman abrió la boca, adelantó ligeramente la barbilla y engulló el último trozo de pastelillo de chocolate, luego se limpió los dedos y revolvió el té de su taza.

Estaba a punto de partirse en dos. La angustia era espantosa. Si pudiese atraparla, si pudiese agarrarla, si pudiese hacerla absolutamente suya para siempre y luego morir, eso era todo lo que quería. Pero estar ahí sentada, incapaz de pensar ni de decir nada, viendo cómo Elizabeth se volvía contra ella, ver cómo incluso a ella le resultaba intolerable, era demasiado; no podía soportarlo. Los anchos dedos se contrajeron.

—Yo no voy nunca a las fiestas —dijo la señorita Kilman, con el solo objeto de retener a Elizabeth—. La gente no me invita a las fiestas —y sabía, al decir esto, que su tendencia a hablar exclusivamente de sí misma era la razón de su fracaso; el señor Whittaker la había advertido de eso, pero ella no podía remediarlo. Había sufrido terriblemente—. ¿Por qué iban a invitarme? —dijo—. Soy vulgar, soy triste —sabía que era estúpido. Pero era toda esa gente pasando por allí, gente que llevaba paquetes, que la despreciaba, eran ellos los que le hacía decir esas cosas. Pese a todo, ella era Doris Kilman. Tenía su carrera. Era una mujer que se había abierto camino en la vida. Su conocimiento en materia de historia moderna era más que respetable.

—No me compadezco de mí misma —dijo—. Compadezco a... —quería decir "a tu madre", pero no, no podía, no a Elizabeth— compadezco mucho más a otras personas.

Igual que a una pobre criatura a la que han llevado hasta una puerta por algún motivo desconocido, y se queda ahí, impaciente por irse corriendo, Elizabeth Dalloway seguía sentada en silencio. ¿Diría algo más la señorita Kilman?

—No me olvides por completo —dijo Doris Kilman. Su voz temblaba. Y en ese momento, aterrorizada, la pobre criatura se alejó corriendo hasta el final de la pradera.

La gran mano se abrió y cerró.

Elizabeth giró la cabeza. La camarera se acercó. Había que pagar en el mostrador, dijo Elizabeth, y se fue, sacándole, sintió la señorita Kilman, todas las entrañas de su cuerpo, tirando de ellas mientras cruzaba la habitación, y después, con un último tirón, inclinó muy amablemente la cabeza y desapareció.

Se había ido. La señorita Kilman permaneció sentada frente a la mesa de mármol, entre los pasteles de chocolate, tomada por asalto una, dos, tres veces por oleadas de sufrimiento. Se había ido. La señora Dalloway había ganado. Elizabeth se había ido. La belleza se había ido, la juventud se había ido.

Y ella seguía sentada allí. Se levantó, anduvo con paso torpe por entre las pequeñas mesas, balanceándose un poco, mientras alguien la seguía con el paquete con la enagua, y se perdió, y quedó perdida entre baúles preparados especialmente para ser transportados a la India; luego se encontró en la sección de cunas y ropa de recién nacido; se encontró entre todas las mercaderías del mundo, perecederas y permanentes, jamones, medicamentos, flores, papelería, de diversos olores, a veces dulces y a veces amargos, y por entre ellas caminó a los tumbos; se vio andando así, con el sombrero torcido, muy roja la cara, de cuerpo entero en un espejo; y finalmente salió a la calle.

La torre de la catedral de Westminster se erguía frente a ella, la morada de Dios. En medio del tráfico estaba la morada de Dios. Insistente, se dirigió con su paquete hacia aquel otro santuario, la Abadía, donde, levantando ante su cara sus manos en forma de tienda de campaña, tomó asiento junto a aquellos que también buscaban refugio, los heterogéneos creyentes, despojados ahora de su rango social y casi de su sexo, las manos levantadas ante el rostro. Pero en cuanto las retiraban, instantáneamente se volvían hombres y mujeres ingleses de clase media, devotos, deseosos algunos de ellos, de ver las figuras de cera.

Pero la señorita Kilman mantuvo la tienda de campaña ante su cara. Ya quedaba abandonada, ya otros se le unían. Nuevos fieles llegaban de la calle y substituían a los desertores, y seguía, mientras la gente miraba alrededor, y arrastrando los pies pasaba ante la tumba del Soldado Desconocido, seguía tapándose los ojos con los dedos, intentando, en esta doble oscuridad, ya que la luz de la Abadía era incorporal, elevarse por encima de las vanidades, de los deseos, de los bienes materiales, liberándose tanto del odio como del amor. Sus manos se volvieron garras. Parecía luchar. Sin embargo, para otros, Dios era accesible, y suave el camino que a Él conducía. El señor Fletcher, jubilado funcionario de Hacienda, y la señora Gorham, viuda del famoso Consejero Real, se acercaron a Él sencillamente, y, después de haber orado, se reclinaron en el asiento y gozaron de la música (el órgano sonaba dulce), y veían a la señorita Kilman al otro extremo del banco, rezando, rezando,... y, como ellos aún estaban en el umbral de su infierno, compartían su sentir, la veían como un alma que vagaba por su mismo territorio; un alma hecha de sustancia inmaterial; no una mujer, un alma.

Pero el señor Fletcher tenía que irse. Tenía que pasar ante la señorita Kilman y, siendo como era un hombre acicalado, no pudo evitar sentir cierta pena frente el lío de aquella pobre señora, con el cabello desgreñado, el paquete en el suelo. No lo dejó pasar enseguida. Pero el señor Fletcher se quedó allí, mirando alrededor, mirando los blancos mármoles, los grises ventanales, y los muchos tesoros acumulados en ese lugar (estaba henchido orgulloso por la Abadía, el señor Fletcher), y, entonces, la corpulencia de la señorita Kilman, su robustez y su fuerza, mientras estaba allí sentada moviendo a veces sus rodillas (tan áspero era el camino que la acercaba a Dios, tan fuertes sus deseos) lo impresionaron, igual que impresionaron a la señora Dalloway (quien no pudo apartar a la señorita Kilman de su pensamiento en toda la tarde), al reverendo Edward Whittaker, y también a Elizabeth.

Y Elizabeth estaba esperando el autobús en Victoria Street. Era tan agradable estar al aire libre. Pensó que a lo mejor no tenía por qué volver a casa inmediatamente. Era tan agradable estar tomando aire. Entonces, iba a tomar un autobús. Y ya comenzaba, ya, ella ahí con su ropa de impecable corte, ya empezaba... La gente comenzaba a compararla con los álamos, con el despuntar del alba, los jacintos, los ciervos, el agua viva y los lirios; y eso hacía de su vida una pesada carga, porque antes prefería que la dejasen tranquila para hacer lo que quisiera en el campo, pero ellos la comparaban con los lirios, y tenía que asistir a fiestas, y Londres le resultaba muy insípido comparado con la vida en el campo, sola, con su padre y los perros.

Los autobuses bajaban raudos, paraban, volvían a ponerse en marcha, formando brillantes caravanas pintadas en destellantes colores rojo y amarillo. Pero, ¿cuál de ellos debía tomar? No se inclinaba por ninguno en particular. Aunque, por supuesto, no iba a apurarse. Tenía tendencia a la pasividad. Lo que necesitaba era expresión, aunque sus ojos eran hermosos, chinos, orientales, y, tal como decía su madre, con unos hombros tan gráciles y gracias a ir siempre muy erguida, daba siempre gusto mirarla; y últimamente, en especial al atardecer, cuando sentía interés, porque nunca causaba la impresión de estar excitada, parecía muy hermosa, muy señorial, muy serena. ¿Qué podía pensar? Todos los hombres se enamoraban de ella, y ella se sentía terriblemente fastidiada. Sí, porque comenzaba. Su madre se daba cuenta, la ronda de los cumplidos comenzaba. El hecho de que careciera de interés, por ejemplo, en los vestidos, preocupaba a veces a Clarissa, aunque quizá no hubiera motivo para ello, si se pensaba en aquellos animalitos suyos, y los hámsters y los cachorros enfermos y, a fin de cuentas, esto le daba cierto encanto. Y ahora había surgido esta extraña amistad con la señorita Kilman. Bueno, pensó Clarissa sobre las tres de la madrugada, mientras leía al Barón Marbot porque no podía dormir, esto revela que tiene corazón.

Súbitamente, Elizabeth dio un paso al frente y sin inconveniente subió al autobús, delante de todo el mundo. Se sentó en el piso de arriba. La impulsiva criatura –un pirata– arrancó con violencia, dio un salto; Elizabeth tuvo que sujetarse a la baranda para reponerse, porque sin duda era un pirata: imprudente, inescrupuloso, avanzando sin piedad, girando peligrosamente, subiendo con audacia a un pasajero, o ignorando a otro, escabulléndose, arrogante, como una anguila, y después lanzándose a toda velocidad Whitehall arriba. ¿Y acaso Elizabeth pensó una sola vez en la pobre señorita Kilman, que la amaba sin celos, para quien ella había sido un ciervo en libertad, una luna en el prado? Era feliz de ser libre. El aire fresco era tan encantador. El ambiente en los almacenes de la Cooperativa Militar estaba tan saturado. Y ahora era como montar a caballo, al galope, Whitehall arriba; a cada movimiento del autobús el precioso cuerpo enfundado en la chaqueta parda reaccionaba como el de un jinete, como un mascarón de proa –porque la brisa la despeinaba un poco–; el calor daba a sus mejillas la palidez de la madera pintada de blanco, y sus bonitos ojos, sin otros ojos en los que fijarse, miraban hacia adelante, vacíos, brillantes, con la certera e increíble inocencia de una estatua.

Que siempre hablara tanto de sus penas era lo que hacía tan difícil el trato con la señorita Kilman. ¿Y tenía, después de todo, razón? Si se trataba de ser miembro de comités y de dedicar horas y horas todos los días (en Londres, casi nunca le veía) para ayudar a los pobres, su padre hacía esto, ciertamente, o sea, lo que la señorita Kilman quería decir cuando hablaba de ser cristiano; sin embargo, era muy difícil decir estas palabras. Le gustaría ir un poco más lejos. ¿Un penique más era lo que costaba ir hasta el Strand? Pues si así era, ahí estaba el otro penique. Iría hasta el Strand.

Le gustaba la gente enferma. Y todas las profesiones están abiertas a las mujeres de tu generación, decía la señorita Kilman. Podía ser médica. Podía ser granjera. Los animales a menudo enferman. Podía ser propietaria de mil acres y tener empleados. Los visitaría en sus casas. Esto era Somerset House. Una podía ser una granjera muy bueno, y esto, cosa rara, aunque parte de la responsabilidad recaía en la señorita Kilman, se debía casi por entero a Somerset House. Tenía un aspecto espléndido, tan serio, aquel gran edificio gris. Y le gustaba la sensación de ver trabajar a la gente. Le gustaban aquellas iglesias, como formas de papel gris, enfrentando al Strand. Aquel paraje era distinto de Westminster, pensó, bajando en Chancery Lane. Era una zona seria, activa. En definitiva, le gustaría tener una profesión. Sería médica, granjera, posiblemente ocuparía un lugar en el Parlamento si le parecía necesario, y todo debido al Strand.

Los pies de esas personas ocupadas en sus tareas, las manos poniendo piedra sobre piedra, las mentes permanentemente ocupadas no en palabrerías triviales (comparar a las mujeres con los álamos, cosa algo sugestiva, pero muy boba), sino en pensar en los barcos, los negocios, las leyes, la administración; y todo era tan señorial (estaba en el Temple), alegre (ahí estaba el río), piadoso (ahí estaba la iglesia), que le hizo tomar la firme determinación, dijera lo que dijera su madre, de ser granjera o médico. Claro que, por supuesto, era un poco perezosa.

Y era mejor no hablar del asunto. Parecía una tontería tan grande. Era la clase de cosa que a una se le ocurría cuando estaba sola, entre edificios sin nombre de arquitecto, entre muchedumbres que regresaban del centro de la ciudad y que tenían más poder que los clérigos solos en Kensington, más poder que cualquiera de los libros que la señorita Kilman le había prestado, para estimular lo que yacía dormido, torpe y tímido en el arenoso suelo de la mente, para que se abriera camino hacia la superficie, como un niño que súbitamente estira los brazos; era solamente esto, quizás, un suspiro, un estirar los brazos, un impulso, una revelación, que produce efectos para siempre, y luego descendía y se posaba en el suelo arenoso. Tenía que volver a casa. Tenía que vestirse para la cena. Pero, ¿qué hora era? ¿Dónde había un reloj?

Miró cómo subía Fleet Street. Caminó hacia la catedral de St. Paul, tímidamente, como alguien que entra en puntas de pie, explorando de noche una casa extraña, a la luz de una vela, temiendo que el dueño abra de repente la puerta de su dormitorio y le pregunte qué andaba buscando; tampoco se animaba a irse por las callejas raras, por las bocacalles tentadoras, como tampoco se hubiera atrevido en una casa extraña a abrir puertas que pudieran ser las de algún dormitorio, o de cuartos de estar, o que abrieran directamente a la despensa. Porque ningún Dalloway bajaba al Strand a diario; ella era una pionera, una extraviada que, confiada, se había animado.

En muchos sentidos, pensaba su madre, ella era demasiado inmadura, casi como una niña, encariñada con muñecas, con viejas zapatillas; una perfecta nena; y esto era delicioso. Pero, por supuesto, en la familia Dalloway imperaba la tradición del servicio a la patria. Abadesas, rectoras, directoras de escuela, dignatarias, en la república de las mujeres –sin que ninguna de ellas fuera brillante–, esto eran.

Siguió un poco más hacia St. Paul. Le gustaba la amabilidad, la hermandad, la maternidad, de aquella multitud. Le parecía buena. El ruido era tremendo; y de repente sonaron trompetas (los desocupados) agudas, elevándose por encima de la multitud; música marcial; como en un desfile; sin embargo, habían estado muriendo; si una mujer hubiera exhalado su último aliento, y quienquiera que fuera el que lo contemplara abriera la ventana del cuarto en el que la mujer acababa de realizar aquel acto de suprema dignidad y mirara hacia abajo, hacia Fleet Street, aquella multitud, aquella música marcial, llegarían triunfante hasta él, consoladoras, indiferentes.

No era algo consciente. No había en ello reconocimiento de la fortuna o del destino de uno, y por esa misma razón exactamente, incluso para los que estaban deslumbrados contemplando los últimos temblores de la conciencia en el rostro de los moribundos, era un consuelo.

El olvido de la gente puede resultar hiriente, su ingratitud corrosiva, pero esta voz, fluyendo sin fin, año tras año, lo absorbería todo, sea lo que fuere: esta promesa, este camión, esta vida, esta procesión; los envolvería a todos y se los llevaría a cuestas, como el hielo en el recio caudal de un glaciar atrapa una astilla de hueso, un pétalo azul, unos robles, y los arrastra consigo.

Pero era más tarde de lo que pensaba. A su madre iba a agradarle que estuviera vagando sola de esta manera. Dio media vuelta y volvió al Strand.

Una súbita brisa (pese al calor había bastante viento) deslizó un negro velo sobre el sol y sobre el Strand. Las caras se volvieron borrosas; los autobuses perdieron de repente su nitidez. Y, a pesar de que las nubes eran blancas como montañas, de modo que daban ganas de cortar de ellas duras porciones con un hacha, con anchas laderas doradas, prados de celestiales jardines placenteros en los flancos, y tenían todas las apariencias de invariables habitaciones preparadas para una conferencia de los dioses acerca del mundo, se daba un perpetuo movimiento entre ellas. Se intercambiaban señales cuando, como si se tratara de cumplir un plan trazado de antemano, ya vacilaba una cumbre, ya un bloque de piramidal volumen que había permanecido inmodificable en su puesto avanzaba hacia el centro, o encabezaba seriamente la procesión hacia un nuevo punto de anclaje. A pesar de parecer fijas en sus lugares, descansando en perfecta unanimidad, nada podía ser más puro, más libre, más superficialmente sensible, que la superficie blanca como la nieve, o vívidamente dorada; cambiar, quitar, desmantelar el solemne ensamblaje era inmediatamente posible; y, a pesar de la solemne fijeza de la acumulada robustez y solidez, a veces proyectaban luz sobre la tierra, a veces oscuridad.

Tranquila y segura, Elizabeth Dalloway se subió al autobús de Westminster.

Idas y venidas, guiños, señales, eso era la luz y las sombras que ahora volvían gris la pared y amarillo chillón los plátanos y luego pintaban el Strand de gris y los autobuses de amarillo chillón, eso pensaba Septimus Warren Smith tumbado en el sillón de la sala; mirando cómo el oro líquido se encendía y apagaba en las rosas y en el papel de las paredes con la asombrosa sensibilidad de un ser vivo. Afuera, los árboles arrastraban sus hojas como redes por las profundidades del aire; el sonido del agua estaba en la habitación y a través de las olas llegaban las voces de unos pájaros que cantaban. Todos los poderes vertían sus tesoros sobre su cabeza y su mano estaba ahí en el respaldo del sofá, tal y como la había visto cuando se bañaba, flotando, en la cresta de las olas, mientras a lo lejos en la costa oía a los perros ladrar y ladrar a lo lejos. Ya no temas, dice el corazón en el cuerpo; ya no temas.

No tenía miedo. Todo el tiempo la naturaleza expresaba mediante una sonriente insinuación, como ese punto dorado que daba la vuelta a la pared —ahí, ahí, ahí—, su decisión de revelar, agitando sus plumas, sacudiendo su cabello, haciendo flamear su manto hacia aquí y hacia allá, hermosamente, siempre hermosamente, y acercándose para murmurar por entre las manos ahuecadas ante la boca palabras de Shakespeare, su significado.

Rezia, sentada ante la mesa y haciendo girar en las manos un sombrero, contemplaba a Septimus; vio cómo sonreía. Era, entonces, feliz. Pero Rezia no podía soportar verlo sonreír. Eso no era un matrimonio; no era propio del esposo de una el tener siempre aquel aspecto tan raro, siempre sobresaltado, riendo, sentado hora tras hora en silencio, o agarrándola y diciéndole que escribiera. El cajón de la mesa estaba colmado de aquellos escritos, sobre la guerra, sobre de Shakespeare, sobre grandes descubrimientos, sobre la inexistencia de la muerte. Últimamente Septimus se excitaba mucho de repente y sin razón (y tanto el doctor Holmes como Sir William Bradshaw decían que la excitación era lo peor que podía ocurrirle a Septimus), y agitaba las manos, y gritaba que sabía la verdad. ¡Lo sabía todo! Aquel hombre, aquel amigo suyo al que mataron, Evans, había venido, decía. Evans cantaba detrás del biombo. Rezia lo escribía, a medida que Septimus se lo decía. Algunas cosas eran muy hermosas; otras, pura tontería. Y Septimus siempre se paraba a mitad, cambiaba de opinión, quería añadir algo, oía algo nuevo, escuchaba con la mano levantada. Pero Rezia no oía nada.

Y en una oportunidad vieron que la chica de la limpieza leía uno de los papeles y se reía. Fue algo espantoso. Provocó que Septimus se pusiera a gritar contra la crueldad humana: cómo se despedazan unos a otros. Los caídos, decía, los despedazan. "Holmes nos persigue", decía, e inventaba historias sobre Holmes: Holmes comiendo porridge, Holmes leyendo a Shakespeare. Y se echaba a rugir de risa o de rabia, porque el doctor Holmes parecía representar algo horrible para él. "La naturaleza humana", le decía. Y por otra parte estaban las visiones. Se había ahogado, decía a veces, y estaba sobre un peñasco con las gaviotas chillando encima de él. Se asomaba al respaldo del sofá a mirar las profundidades del mar. O quizás escuchaba música. En realidad, no era más que un organillo o un hombre gritando en la calle. "¡Qué lindo!", solía gritar, y las lágrimas empezaban a caer por sus mejillas; y para ella era lo más horrible de todo: ver que un hombre como Septimus, que había combatido, que era valiente, lloraba. Y ahí se quedaba echado, escuchando, hasta que de pronto gritaba que se caía, ¡que se caía en las llamas! De hecho, ella miraba si había llamas en algún sitio, tan real parecía todo. Pero no había nada.

Estaban solos en la habitación. Era un sueño, le decía ella, y así lo tranquilizaba finalmente, pero ella también se asustaba a veces. Suspiró, y se puso a coser.

Su suspiro fue dulce y encantador, como la brisa en un bosque al anochecer. Ahora abandonó las tijeras; ahora se dio vuelta para tomar algo que estaba en la mesa. Un breve movimiento, un breve tintineo, un breve golpe, creó algo allí, en la mesa en la que Rezia cosía. A través de sus pestañas, Septimus podía ver la difusa silueta de Rezia; su cuerpo pequeño y oscuro; su cara y sus manos; sus movimientos hacia la mesa, al tomar un carrete o al buscar (solía perder las cosas) la seda. Estaba haciendo un sombrero para la hija casada de la señora Filmer, que se llamaba... Había olvidado su nombre.

—¿Cuál es el nombre de la hija casada del señor Filmer? —preguntó Septimus.

—Es la señora Peters —dijo Rezia. Tenía miedo de que fuese demasiado pequeño, dijo, sosteniéndolo ante ella. La señora Peters era una mujer corpulenta; pero no le caía bien. Solo porque la señora Filmer había sido muy buena con ellos—. Me regaló unas uvas esta mañana —dijo. Rezia quería hacer algo para demostrar que estaban agradecidos. Había entrado en la habitación la otra noche y se encontró allí a la señora Peters, que los creía afuera, escuchando música en el gramófono.

—¿De verdad? —preguntó Septimus. ¿Había puesto el gramófono? Sí; se lo había comentado entonces; se había encontrado a la señora Peters escuchando música en el gramófono.

Con mucha cautela, Septimus comenzó a abrir los ojos, para ver si el gramófono estaba realmente allí. Pero las cosas reales, sí, las cosas reales eran excesivamente excitantes. Debía tener cautela. No quería enloquecer. Primero miró las revistas de modas en la estantería inferior, luego, gradualmente, miró el gramófono con su verde trompeta. Nada podía ser más exacto. Y así, cobrando valor, miró el aparador, la bandeja con bananas, el grabado de la Reina Victoria y el Príncipe Consorte, el estante del hogar con el jarrón de rosas. Ninguna de estas cosas se movía. Se estaban todas quietas; eran todas reales.

—La señora Peters tiene mala lengua —dijo Rezia—. ¿Y qué hace el señor Peters? —preguntó Septimus.

—Ah —dijo Rezia, esforzándose en recordar. Pensó que la señora Filmer le había dicho que el señor Peters era viajante de una empresa y añadió—: Ahora está en Hull. Sí, precisamente ahora está en Hull.

—¡Ahora mismo! —dijo con su acento italiano. Ella misma lo había dicho. Septimus se puso la mano a modo de visera, para no ver más que un fragmento del rostro de Rezia a la vez, primero la barbilla, luego la nariz, luego la frente, por si acaso tuviese alguna deformidad o algún horrendo signo. Pero no, ahí estaba ella, perfectamente natural, cosiendo, con los labios fruncidos que ponen las mujeres, esa expresión que invariablemente tienen cuando están cosiendo. Pero no había nada horrendo en ella, se aseguró, mirando por segunda vez y por tercera vez el rostro de Rezia, sus manos, porque, ¿qué había de aterrador o de repugnante en ella, ahí sentada a plena luz del día, cosiendo? La señora Peters tenía mala lengua. El señor Peters estaba en Hull. ¿Por qué entonces enojarse y profetizar? ¿Por qué huir, atormentado y exiliado? ¿Por qué las nubes habían de hacerlo temblar y sollozar? ¿Por qué buscar verdades y entregar mensajes, cuando Rezia estaba sentada, prendiendo alfileres en la delantera de su vestido y el señor Peters estaba en Hull? Milagros, revelaciones, angustias, soledad, caer a través del mar, precipitarse abajo, abajo, a las llamas, todo había desaparecido, porque tenía la sensación, mientras miraba a Rezia rematando el sombrero de paja de la señora Peters, de estar acostado sobre un manto de flores.

—Es demasiado pequeño para la señora Peters —dijo Septimus.

¡Era la primera vez en muchos días que hablaba como acostumbraba hacer! Por supuesto, lo era; ridículamente pequeño, dijo Rezia. Pero lo había elegido la señora Peters.

Septimus se lo quitó de las manos a Rezia. Dijo que parecía el sombrero de un mono amaestrado a tocar el organillo.

¡Qué risa le dieron estas palabras a Rezia! Hacía semanas que no reían cuando estaban juntos, bromeando en la intimidad, como corresponde a los casados. Para Rezia, esto significaba que, si en aquel momento hubiera entrado la señora Filmer o la señora Peters o cualquiera, no hubieran comprendido la razón por la que ella y Septimus se reían.

–¡Ahí va! –dijo Rezia, mientras ponía una rosa en uno de los lados del sombrero. ¡Jamás se había sentido tan feliz! ¡Nunca en la vida!

Pero ahora era todavía más ridículo, dijo Septimus. Ahora la pobre mujer parecería un cerdo en una feria. (Nadie hacía reír a Rezia tanto como Septimus).

¿Qué había en su caja de costura? Había cintas y cuentas de collar, borlas, flores artificiales. Lo volcó todo sobre la mesa. Él empezó a juntar colores diferentes porque, aunque era un desastre con las manos, aunque era incapaz hasta de hacer un paquete, tenía en cambio un ojo prodigioso, y a menudo acertaba, algunas veces resultaba ridículo, claro, pero otras extraordinariamente acertado.

–¡Va a tener un sombrero precioso! –murmuró Septimus, tomando esto y aquello, Rezia arrodillada a su lado, mirando por encima de su hombro. Ahora ya estaba acabado, esto es, el diseño; ahora tenía que coserlo ella. Pero con mucho, mucho cuidado, dijo él, de manera que quedara exactamente como él lo había hecho.

Y Rezia cosió. Cuando Rezia cosía, pensó Septimus, producía un sonido como el de una olla en el fuego; burbujeante, murmurante, siempre ajetreada, con sus fuertes, pequeños y agudos dedos pellizcando, oprimiendo; y la aguja destellando, muy recta. El sol podía ir y venir, en las borlas, en el papel de la pared, pero él esperaría, pensó, estirando los pies, contemplando el calcetín con círculos, al término del sofá; esperaría en aquel cálido lugar, en aquella bolsa de aire quieto, a la que uno llega en el límite del bosque a veces al atardecer, en donde, debido a una depresión del terreno o a cierta disposición de los árboles (hay que ser científico, sobre todo científico), el calor se asienta, y el aire golpea la mejilla como el ala de un pájaro.

–Ya está –dijo Rezia, dándole vueltas al sombrero con la punta de los dedos–. Así está bien por ahora.

Después... su frase se deshizo en burbujas y goteó, ¡plic, plic, plic!, como un satisfecho grifo mal cerrado.

Era maravilloso. Nunca había hecho nada que lo hiciera sentir tan orgullo.

Tan real que era, tan consistente, el sombrero de la señora Peters.

–Míralo –dijo.

Sí, ella siempre sería feliz contemplando ese sombrero. Había llegado a ser él mismo en ese momento, se había reído en ese momento. Habían estado solos y juntos. Siempre le gustaría ese sombrero.

Septimus le pidió que se lo probara.

–Pero, ¡si seguro que voy a quedar rarísima! –exclamó ella, corriendo al espejo y mirándose por un lado, luego por el otro. Y entonces se lo quitó de golpe, porque se escuchó a alguien tocando la puerta. ¿Sería Sir William Bradshaw? ¿Habría mandado ya a por él?

¡No! Era solamente la niña con el diario de la tarde.

Lo que siempre ocurría ocurrió entonces, lo que ocurría todos los atardeceres de sus vidas. La niña flaca se chupaba el pulgar en la puerta; Rezia se puso de rodillas; Rezia le hizo unos gestos graciosos y la besó; Rezia sacó una bolsa de caramelos del cajón de la mesa. Así ocurría siempre. Primero una cosa, luego otra. Y así fue comportándose Rezia, primero una cosa, luego otra. Danzando, deslizándose, alrededor y alrededor de la estancia. Septimus tomó el diario. El Surrey ha perdido, leyó. Hay una ola de calor. Rezia repitió que el Surrey había perdido, había una ola de calor, y esto formaba parte del juego con la nieta de la señora Filmer, riendo las dos, charlando al mismo tiempo. Septimus estaba muy cansado. Era muy feliz. Cerró los ojos. Iba a dormir. Pero tan pronto dejó de ver, los sonidos del juego se debilitaron y parecieron extraños, y sonaron como gritos de gente que buscaba sin hallar, y se alejaba más y más. ¡Lo habían perdido!

Aterrado, tuvo un sobresalto. ¿Y qué vio? La bandeja con las bananas en el aparador. En la habitación no había nadie (Rezia había llevado a la niña al lado de su madre; era la hora de acostarla). Era esto: estar solo para siempre. Esta fue la condena pronunciada en Milán, cuando entró en aquella habitación y las vio cortando formas en la tela, con las tijeras; estar solo para siempre.

Estaba solo, con el aparador y las bananas. Estaba solo, a la intemperie en aquella altura, tumbado, aunque no en la cumbre de una colina, no en un acantilado, sino en el sofá de la sala de la señora Filmer. ¿Y las visiones, las caras, las voces de los muertos, dónde estaban? Ante él se alzaba una pantalla con negros juncos y azules golondrinas. Allí donde en otro momento había visto montañas, había visto rostros, había visto belleza, ahora había un biombo.

−¡Evans! −gritó. No obtuvo respuesta. El chillido de un ratón, o el roce de una cortina: esas eran las voces de los muertos. Le quedaban el biombo, la pala del carbón, el aparador. Tenía pues que enfrentarse al biombo, a la pala de carbón, al aparador, pero Rezia irrumpió en la habitación, charlando.

Había llegado una carta. Todos los planes quedaban alterados. A fin de cuentas, la señora Filmer no podría ir a Brighton. No había tiempo para advertir a la señora Williams, y realmente Rezia pensó que era muy, muy molesto, cuando posó la vista en el sombrero y pensó... quizá... podría hacer un pequeño... Su voz murió en satisfecha melodía.

−¡Ah, maldición! −gritó Rezia.

(Los dos se reían con las maldiciones que a veces soltaba Rezia). La aguja se había quebrado. Sombrero, niña, Brighton, aguja. Así lo fue pensando Rezia; primero una cosa, luego, otra, lo fue pensando, mientras cosía.

Quería que Septimus le dijera si cambiando la rosa de sitio había mejorado el sombrero. Estaba sentada en un extremo del sofá. Eran perfectamente felices ahora, dijo ella de repente, dejando el sombrero. Sí, porque ya podía decirle cualquier cosa. Podía decir cualquier cosa que le pasara por la cabeza. Eso fue casi lo primero que había sentido con él, aquella noche en el café, cuando llegó con sus amigos ingleses. Había entrado, un tanto tímido, mirando a su alrededor, y se le había caído el sombrero cuando fue a colgarlo. De eso sí que se acordaba. Sabía que era inglés, aunque no uno de los ingleses corpulentos que su hermana admiraba, porque siempre fue flaco, aunque con un color muy fresco, y con su nariz grande, sus ojos brillantes, su manera de sentarse un poco encorvado, le pareció, se lo había dicho muchas veces, un halcón joven, aquella noche que lo vio por primera vez, cuando estaban jugando al dominó, y él entró: un joven halcón; pero con ella siempre había sido muy amable. Nunca lo había visto fuera de sí o borracho, solo padeciendo algunas veces por esta terrible guerra, pero aun así, cuando ella entraba, lo olvidaba todo. Cualquier cosa, la que fuese, cualquier problemita que ella tuviera con su trabajo, cualquier cosa que se le ocurriera se lo decía, y él lo comprendía enseguida. Ni si quiera con su familia le pasaba eso. Como era mayor que ella y tan inteligente —¡qué serio era, empeñado en que ella leyera a Shakespeare, cuando era incapaz de leer siquiera un cuento para niños en inglés!—, como tenía muchísima más experiencia, podía ayudarla. Y ella también podía ayudarlo a él.

Pero, ahora, estaba el sombrero. Y después (se estaba haciendo tarde), Sir William Bradshaw.

Rezia se llevó las manos a la cabeza, en espera de que Septimus dijera si el sombrero le gustaba o no, y mientras Rezia estaba sentada allí, esperando, con la vista baja, Septimus percibía su mente, como un pájaro dejándose caer de rama en rama, y posándose siempre perfectamente; podía seguir su mente, mientras Rezia estaba sentada allí, en una de aquellas laxas posturas que adoptaba naturalmente, y si Septimus decía algo, Rezia sonreía inmediatamente, como un pájaro posándose, firmes las garras, en una rama.

Pero Septimus recordó. Bradshaw había dicho: "Las personas a las que más amamos no son buenas para nosotros, cuando estamos enfermos". Bradshaw había dicho que debían enseñarle a descansar. Bradshaw había dicho que Rezia y él debían estar separados.

—"Deber", "deber", "deber", ¿por qué "deber"? ¿Qué autoridad tenía Bradshaw sobre él?

—¿Qué derecho tiene Bradshaw a decirme lo que debo hacer? —preguntó.

—Es porque hablaste de matarte —contestó Rezia. (Afortunadamente, ahora, Rezia podía decirle cualquier cosa a Septimus).

¡Así que estaba a su merced! ¡Holmes y Bradshaw lo perseguían! ¡La bestia de las narices rojas olisqueaba por todos los rincones! ¡Y se atrevía a decirle lo que «debía» hacer! ¿Dónde estaban sus papeles, las cosas que había escrito?

Rezia le trajo los papeles, las cosas que Septimus había escrito, las cosas que Rezia había escrito, dictándoselas él. Rezia los arrojó sobre el sofá. Los miraron juntos. Diagramas, dibujos, mujeres y hombres pequeñitos blandiendo palos en vez de brazos, con alas (¿eran alas?) en la espalda; círculos trazados persiguiendo monedas de un chelín y seis peniques, soles y estrellas; precipicios en zig-zag con montañistas atados con cuerdas, ascendiendo, exactamente igual que cuchillos y tenedores; porciones de mar con pequeñas caras riendo desde lo que bien podrían haber sido olas: el mapa del mundo.

—¡Quémalos! —gritó Septimus.

Y ahora sus escritos; cómo cantan los muertos tras los rododendros; odas al Tiempo; conversaciones con Shakespeare; Evans, Evans, Evans, sus mensajes de los muertos; no corten los árboles; dilo al Primer Ministro, Amor universal; el significado del mundo.

—¡Quémalos! —gritó Septimus.

Pero Rezia recogió los papeles. Pensaba que, en algunos, había cosas muy hermosas. Los ataría (no tenía ni un sobre) con una cinta de seda.

Incluso en el caso de que se lo llevaran, dijo Rezia, ella iría con él. No podían separarlos en contra de su voluntad, dijo Rezia.

Golpeando los bordes hasta que quedaron alineados, Rezia amontonó los papeles, y ató el montón casi sin mirarlo, sentada cerca de Septimus, a su lado, como si, pensó Septimus, los pétalos estuvieran alrededor de su cuerpo. Rezia era un árbol en flor; y a través de sus ramas asomaba la cara de un legislador, y había llegado a un refugio en el que ella no temía a nadie; ni a Holmes, ni a Bradshaw; era un milagro, un triunfo, el último y el más grande. Vacilante, la vio ascender la aterradora escalera, cargada con Holmes y Bradshaw, hombres que pesaban más de ochenta kilos, que mandaban a sus esposas a la Corte, hombres que ganaban diez mil al año y que hablaban de proporción, que emitían veredictos discrepantes (Holmes decía una cosa, y Bradshaw decía otra), a pesar de lo cual eran jueces, y mezclaban las visiones con el aparador, y no veían nada con claridad, y, sin embargo, mandaban, infligían.

—¡Ya está! —dijo Rezia. Los papeles estaban atados. Nadie se los llevaría. Rezia los escondería.

Y, dijo, nada iba a separarlos. Tomó asiento junto a Septimus y lo llamó por el nombre de ese halcón o cuervo que, al ser malvado y gran destructor de cosechas, era exactamente como él. Nadie iba a separarlos, dijo.

Entonces se levantó para ir al dormitorio a hacer el equipaje, pero al oír voces en el piso de abajo, pensó que tal vez el doctor Holmes ya había llegado y bajó corriendo para impedir que subiese.

Septimus la oyó hablar con el doctor Holmes en el rellano.

—Querida señora, he venido como amigo —decía Holmes.

—No, no le dejaré ver a mi marido —dijo ella. Septimus la veía, parecía una gallina pequeña, con las alas abiertas impidiéndole pasar al doctor Holmes. Pero Holmes insistió.

—Querida señora, déjeme... —dijo Holmes, haciéndola a un lado (Holmes era un hombre corpulento).

Holmes subiría la escalera. Holmes abriría bruscamente la puerta. Holmes diría: "¿Así que está aterrorizado?". Y lo capturaría. Pero no; no sería Holmes; ni tampoco Bradshaw. Levantándose un tanto temblequeante, en realidad saltando de un pie a otro, Septimus se fijó en el hermoso y limpio cuchillo de cortar el pan de la señora Filmer, con la palabra "Pan" grabada en el mango. Ah, no, no debía ensuciarlo. ¿El gas? Era ya demasiado tarde. Holmes se acercaba. Navajas barberas sí las tenía, pero Rezia, que siempre hacía cosas así, ya las había metido en la maleta. Solo quedaba la ventana, la amplia ventana de la casa de huéspedes de Bloomsbury; y el agotador, irritante y un tanto melodramático asunto de abrir la ventana y tirarse abajo. Esta era la idea que ellos tenían de lo que es una tragedia, no él o Rezia (Rezia estaba a su lado). A Holmes y a Bradshaw les gustaban esa clase de asuntos. (Septimus se sentó en el alféizar). Pero esperaría hasta el último momento. No quería morir. Vivir era bueno. El sol, tibio. ¿Solamente seres humanos? Un viejo que bajaba por las escaleras de enfrente se detuvo y se le quedó mirando. Holmes estaba en la puerta. "¡Yo te lo daré!", gritó, y se tiró con fuerza, con violencia a la verja del patio de las habitaciones de la señora Filmer.

—¡El muy cobarde! —gritó el doctor Holmes, abriendo la puerta de golpe. Rezia corrió a la ventana, vio, comprendió. El doctor Holmes y la señora Filmer chocaron. La señora Filmer se quitó el delantal y tapó los ojos de Rezia en el dormitorio. Hubo muchas corridas, escalera arriba, escalera abajo. El doctor Holmes entró, blanco como una sábana, todo él tembloroso, con un vaso en la mano. Rezia tenía que ser valiente y beber algo, dijo (¿qué era?, ¿sería dulce?), porque su marido estaba horriblemente herido, no recobraría el conocimiento. Rezia no debía verlo, debía ahorrarse todos los sufrimientos posibles, tendría que tolerar la investigación judicial, pobre mujer. ¿Quién hubiera podido preverlo? Un impulso repentino. No cabía culpar a nadie (dijo el doctor Holmes a la señora Filmer). Y por qué diablos lo hizo; el doctor Holmes no podía entenderlo.

Le parecía, mientras bebía aquella cosa dulce, que estaba abriendo unas ventanas alargadas, saliendo a cierto jardín. Pero ¿dónde? El reloj daba la hora —una, dos, tres—: qué sensato era el sonido, comparado con todos estos golpes y susurros; como el propio Septimus. Se estaba quedando dormida. Pero el reloj siguió sonando —cuatro, cinco, seis— y parecía que la señora Filmer, agitando su delantal (¿no pensarían traer el cuerpo aquí, verdad?), formaba parte de ese jardín, o que era una bandera. Rezia, en una ocasión, había visto una bandera que lentamente ondeaba desde su mástil, cuando estuvo con su tía en Venecia. Así se saludaba a los hombres muertos en combate, y Septimus había estado en la Guerra. De sus recuerdos, la mayoría eran felices.

Se puso el sombrero y cruzó corriendo campos de trigo (¿dónde podía ser?) hasta llegar a una colina, en algún lugar cerca del mar, porque que había barcos, gaviotas y mariposas; se sentaron en un acantilado. También en Londres se sentabas allí, y medio entre sueños, a través de la puerta del dormitorio, le llegó el caer de la lluvia, murmullos, movimientos entre trigo seco, la caricia del mar que, le parecía a Rezia, los alojaba en su arqueada concha y, murmurando en su oído, la dejaba en la playa, donde se sentía como derramada, como flores volando sobre una tumba.

Sonriendo a la pobre vieja que la protegía con sus honrados ojos azul claro fijos en la puerta (¿no lo trasladarían aquí, verdad?), Rezia dijo: –Ha muerto.

Pero la señora Filmer le restó importancia la situación: ¡Oh, no, oh, no! Ahora se lo llevaban. Esto era algo que Rezia debía saber. Los casados deben estar juntos, pensaba la señora Filmer. Sin embargo había que hacer lo que los médicos mandaban.

–Dejémosla dormir –dijo el doctor Holmes, tomándole el pulso.

Rezia vio la abultada silueta del doctor Holmes recortada en negro contra la ventana. Sí, aquel hombre era el doctor Holmes.

Uno de los triunfos de la civilización, pensó Peter Walsh.

Es uno de los triunfos de la civilización, mientras escuchaba, precisa y chillona, la sirena de la ambulancia. Con velocidad y precisión, la ambulancia avanzaba hacia el hospital, después de recoger rápida y humanamente a algún pobre diablo; alguien que se ha dado un golpe en la cabeza o que ha caído enfermo, atropellado quizá hacía un minuto en alguno de esos cruces, como le podía ocurrir a uno mismo. Eso era la civilización. Le llamaba la atención, de regreso de Oriente, la eficacia, la organización, el espíritu comunitario de Londres. Todos los vehículos, de mutuo acuerdo, se apartaban para dejar pasar a la ambulancia. Quizá fuese morboso, o tal vez más bien emocionante, el respeto que le demostraban a esa ambulancia con la víctima en su interior –hombres muy ocupados que volvían a casa apurados, recordando sin embargo, instantáneamente, a su paso, a su mujer o quizá pensaban que bien podrían haber sido ellos los que se encontraran allí, tumbados en una camilla, con un médico y una enfermera... Bueno, pero pensar se volvía morboso, sentimental, en cuanto uno empezaba a evocar médicos, cadáveres; un pequeño llama de placer, una especie de deseo incluso, ante esa impresión visual, le advertían a uno de no seguir adelante con esta clase de cosas, fatales para el arte, fatales para la amistad. Es verdad. Y sin embargo, pensó Peter Walsh, mientras la ambulancia doblaba la esquina, aun cuando el alto y ligero sonido de la campana podía oírse en la calle siguiente, y todavía más lejos, al cruzar Tottenham Court Road, sonando sin cesar, es el privilegio de la soledad; en la intimidad, uno puede hacer lo que le dé la gana. Si nadie le veía a uno, uno podía llorar. Había sido la causa de sus males (esta susceptibilidad) en la sociedad angloindia; no llorar en el momento oportuno, y tampoco reír. Es algo que llevo dentro de mí, pensó, de pie junto al buzón, algo que ahora bien podría hacerme llorar. Solo Dios sabe por qué. Probablemente se deba a cierto tipo de belleza, y al peso del día que, comenzando con aquella visita a Clarissa, lo había agotado con su calor, su intensidad, y el goteo, goteo de una impresión tras otra, descendiendo a aquel sótano en que se encontraban, profundo y oscuro, sin que nadie jamás pudiera saberlo. En parte por esta causa, por su carácter secreto, completo e inviolable, la vida le había parecido un desconocido jardín, lleno de vueltas y esquinas, sorprendente, sí; realmente le dejaban a uno sin respiración, aquellos momentos; y acercándose a él, allí, junto al buzón frente al Museo Británico, había uno, un momento, en el que las cosas se juntaban; esta ambulancia; y la vida y la muerte. Era como si fuese aspirado hacia arriba, hasta un tejado muy alto, por una oleada de emoción, y el resto de su persona, como una playa moteada de blancas conchas quedara desierto. Había sido la causa de sus males en la sociedad anglo-india, esta susceptibilidad.

Una vez, Clarissa, mientras iban juntos en un autobús a algún lugar, Clarissa tan impresionable, al menos superfi-cialmente, desesperada unas veces, de excelente humor otras, toda viva en aquel tiempo, y tan buena compañía, con esa su habilidad para descubrir gente rara, nombres, pequeñas esce-nas insospechadas desde lo alto del autobús, porque tenían la costumbre de aventurarse por Londres y traer bolsas llenas de tesoros del mercado de la calle Caledonian –Clarissa tenía una teoría por aquel entonces– tenían montones de teorías, siempre teorías, como las que tienen los jóvenes. Era para explicar el sentimiento de insatisfacción que tenían: de no conocer a la gente, de no ser conocidos. Porque ¿cómo iban a conocerse? Te veías todos los días, y de repente dejabas de hacerlo durante seis meses, o años. Era insatisfactorio –en eso estaban de acuerdo– lo poco que uno conocía a la gente. Pero ella decía, sentada en el autobús que subía por Shaftesbury Avenue, que se sentía en todas partes; no "aquí, aquí y aquí", tocando el respaldo del asiento, sino en todas partes. Clarissa movía las manos, subiendo por Shaftesbury Avenue. Ella era todo eso. Así que, para conocerla a ella o a cualquiera, había que buscar a la gente que los complementaba, incluso los lugares. Tenía extrañas afinidades con personas a las que nunca les había dirigido la palabra: con una mujer en la calle, con un hombre detrás de un mostrador, incluso con árboles o graneros. Aquello terminaba en una teoría trascendental que, con el terror que ella le tenía a la muerte, le permitía creer, o decir que creía (a pesar de lo escéptica que era) que, dado que nuestra apariencia, la parte de nosotros que se ve, es tan momentánea en comparación con la otra, nuestra parte invisible, que se extiende por todos lados, la invisible podría sobrevivir, podría ser recuperada a lo mejor en alguna parte de tal o cual persona, e incluso podría ser que merodease en algunos lugares, como un alma en pena, después de la muerte. Quizás, quizás.

Mirando retrospectivamente sus treinta años de amistad con Clarissa, su teoría resultaba válida. Pese a que sus encuentros fueron breves, fragmentados y a menudo penosos, y debían tenerse también en cuenta las ausencias de Peter y las interrupciones (por ejemplo, esta mañana entró Elizabeth, como una patilarga potranca, guapa y tonta, precisamente cuando él comenzaba a hablar a Clarissa), el efecto de los mismos en su vida era inconmensurable. Había cierto misterio en ello. Uno recibía una semilla, aguda, cortante, incómoda, que era el encuentro en sí; casi siempre horriblemente penoso; pero en la ausencia, en los más improbables lugares, la semilla florecía, se abría, derramaba su aroma, le permitía a uno tocar, gustar, mirar alrededor, tener la sensación total del encuentro, su comprensión, después de haber permanecido años perdido. Así volvía Clarissa a él; a bordo de un barco; en el Himalaya; evocada por los más raros objetos (del mismo modo, Sally Seton, ¡ave generosa y entusiasta!, pensaba en él cuando veía hortensias azules). Clarissa había ejercido en él más influencia que cualquier otra persona, entre todas las que había conocido. Y siempre de esta manera, yendo a él sin que él lo deseara, fría, señorial, crítica; o arrebatadora, romántica, evocando un campo inglés o una cosecha. La veía casi siempre en el campo, no en Londres. Una escena tras otra en Bourton. . .

Había llegado a su hotel. Cruzó el salón con el amontonamiento de sillones y sofás rojizos, con sus plantas de hojas en forma de punta de lanza y que parecían marchitas. Descolgó del clavo la llave. La señorita le dio unas cuantas cartas. Subió. La veía casi siempre en Bourton, a fines de verano, cuando él pasaba allí una semana, e incluso dos como hacía la gente en aquellos tiempos. Primero, en la cumbre de una colina, de pie, con las manos en el cabello agitado el manto por el viento, señalando, gritándoles. Abajo, veía el Severn. O bien en el bosque, poniendo la olla a hervir, con dedos muy torpes; el humo se inclinaba en una reverencia, y les daba en la cara; y tras el humo aparecía la carita rosada de Clarissa; o pidiendo agua en una casita de campo a una vieja, que salía a la puerta para verlos partir. Ellos iban siempre a pie; los otros, en carruaje. Le aburría ir en carruaje, todos los animales le desagradaban, salvo aquel perro. Millas de carretera recorrían. Ella se detenía para orientarse, lo guiaba a través de los campos; y siempre discutían, hablaban de poesía, hablaban de gente, hablaban de política (en aquel entonces Clarissa era radical); no se daba cuenta de nada salvo cuando ella se detenía, lanzaba una exclamación ante una vista o un árbol, y le invitaba a mirarlo con ella; y seguían adelante, a través de campos con maleza, ella delante, con una flor para su tía, sin cansarse jamás de caminar pese a lo delicada que era; para llegar a Bourton, al atardecer. Luego, después de la cena, el viejo Breitkopf abría el piano y cantaba sin rastro de voz, y ellos, hundidos en sus respectivos sillones, se esforzaban por no reír, pero siempre cedían y se echaban a reír, a reír de la nada. Suponían que Breitkopf no se daba cuenta. Y luego, por la mañana, paseaban arriba y abajo, ante la casa, como pequeños pajaritos...

¡Oh, era una carta de ella! El sobre azul; y esa era su letra. Tendría que leerla. ¡Otro de esos encuentros, destinado a ser doloroso! Leer la carta requería un enorme esfuerzo. "Qué maravilloso volver a verte. Tenía que decirlo". Eso era todo.

Sin embargo, la carta lo puso nervioso. Lo irritaba. Hubiera preferido que no se la hubiese escrito. Después de lo que había estado pensando, era como un codazo en las costillas. ¿Por qué no lo dejaba en paz? Después de todo, se había casado con Dalloway y había vivido feliz a su lado todos estos años.

Estos hoteles no son lugares que consuelen. Ni mucho menos. Multitud de gente había colgado el sombrero en esas perchas. Hasta las moscas, pensándolo bien, se habían posado antes en las narices de otros. En cuanto a la limpieza, tan evidente que le chocaba como una bofetada, no era limpieza, sino más bien desnudez, frigidez; algo necesario. Una matrona árida haría seguramente su ronda al amanecer, olfateando, espiando, mandando a las doncellas de nariz azul que fregaran, fregaran y fregaran, como si el próximo visitante fuera un pedazo de carne al que hubiera que servir en una fuente perfectamente limpia. Para dormir, una cama; para sentarse, un sillón; para lavarse los dientes y afeitarse, un vaso, un espejo. Los libros, las cartas, la bata desaparecían en la impersonalidad de los muebles de la habitación, como impertinencias incongruentes. Y fue la carta de Clarissa la que le hizo ver todo esto. "Qué maravilloso volver a verte. Tenía que decirlo". Peter dobló el papel y lo apartó; ¡nada haría que volviera a leerlo!

Para que la carta le llegara a las seis, necesariamente tuvo que haberse sentado a escribirla inmediatamente después de que él se fuera, ponerle el sello, y ordenar a alguien que la echara al buzón. Era, como se suele decir, muy propio de ella. Su visita la había impresionado. Habían sido fuertes los sentimientos; por un momento, cuando le besó la mano, Clarissa lamentó, incluso le envidió, posiblemente recordó (lo vio en su mirada) algo que él había dicho, quizá que entre los dos cambiarían el mundo si accedía a casarse con él; y en cambio, ahora era esto; era la mediana edad; era la mediocridad; después Clarissa se obligó a sí misma, con su indomable vitalidad, a hacer a un lado todo lo anterior, porque había en ella una fibra vital que en cuanto a dureza, resistencia, capacidad de salvar obstáculos y de llevarla triunfalmente adelante, superaba en mucho todo lo que Peter había visto en su vida. Sí, pero se había producido una reacción en cuanto él salió del cuarto. Había sentido sin duda una cosa menos la única eficaz), y Peter Walsh la veía con las lágrimas resbalándole por las mejillas, yendo a la mesa escritorio y escribiendo veloz aquella línea que le había dado la bienvenida al llegar. "¡Delicioso verte!". Y era sincera. Ahora Peter Walsh se desató los cordones de las botas.

Pero no hubiera sido un éxito, su matrimonio. Lo otro, a fin de cuentas, había sido mucho más natural.

Era extraño; era verdad; mucha gente lo sentía. Peter Walsh, a quien no había ido mal en la vida, que había desempeñado adecuadamente los trabajos habituales, era apreciado, pero se le consideraba un tanto excéntrico, se daba cierta importancia, era extraño que él tuviera, sobre todo ahora que su cabello era canoso, cierto aire de satisfacción, cierto aire de algo escondido. Esto era lo que lo hacía atractivo para las mujeres, a quienes gustaba la idea de que no fuese completamente viril. Había algo fuera de lo común en su persona, o atrás de su persona. Quizás fuese su afición a los libros, pues nunca venía a verte sin echar mano del libro que se encontrara encima de la mesa (ahora mismo estaba leyendo, con los cordones arrastrando por el suelo); o quizá porque era un caballero, cosa que se ponía de manifiesto en la forma en que vaciaba las cenizas de su pipa, dándole golpecitos, y por supuesto en sus modales con las mujeres. Porque era verdaderamente encantador y muy ridículo lo fácil que le resultaba a cualquier chica sin dos dedos de frente manejarlo a su antojo. Ella era la que corría el riesgo. Es decir, aunque tuviese el trato más fácil del mundo, y con su buen humor y buena educación verdaderamente resultaba una compañía fascinante, era sólo hasta cierto punto. Ella decía algo... pues no, no; él se daba cuenta de su falsedad. No toleraba aquello; no, no. Y luego era capaz de gritar, de hacer todo tipo de contorsiones ante alguno de esos chistes de hombres. Era el mejor juez de la cocina india. Era un hombre. Pero no la clase de hombre al que debe respetarse, lo cual era un alivio; no era como el Mayor Simmons, por ejemplo; ni en lo más remoto, pensaba Daisy cuando, a pesar de sus dos hijos pequeños, solía compararlos.

Se quitó las botas. Se vació los bolsillos. Junto con su cortaplumas salió la foto de Daisy en la terraza; Daisy, toda vestida de blanco, con un fox-terrier en las rodillas; muy atractiva, muy morena; la mejor que de ella había visto.

A fin de cuentas, había ocurrido de una forma muy natural; mucho más natural que con Clarissa. Sin problemas. Sin enojos. Sin amagues ni rodeos. Todo viento en popa. Y la morena, adorablemente linda muchacha en la terraza exclamó (le parecía oírla): ¡Naturalmente, naturalmente que se lo daría todo!, gritaba (no sabía qué era la discreción), ¡todo lo que quisiera!, gritaba, corriendo hacia él, sin importarle quién pudiera estar mirando. Y eso que sólo tenía veinticuatro años, y dos niños. ¡Vaya, vaya!

Bueno, la verdad era que Peter Walsh se había metido en un buen lío, a su edad. Y se percataba de ello claramente, cuando despertaba por la noche. ¿Y si se casaban? Para él sería magnífico, pero ¿para ella? La señora Burgess, buena persona y nada dada a la murmuración, con la que se había confesado, consideraba que su ausencia en Inglaterra, con el motivo de consultar con los abogados, podía dar lugar a que Daisy meditara más detenidamente su decisión, pensara en lo que significaba. Se trataba de la posición de Daisy, dijo la señora Burgess; de las barreras sociales; de renunciar a sus hijos. En menos de lo que canta un gallo se quedaría viuda, y andaría arrastrándose por los suburbios, o, más probablemente aún, promiscua (ya sabe, dijo la señora Burgess, cómo acaban estas mujeres, tan pintadas). Pero Peter Walsh le restó importancia a todo eso. No estaba en sus planes morirse aún. En todo caso, tenía que tomar una decisión por sí misma; juzgar por sus propios medios, pensó, paseando en calcetines por su habitación, alisando su camisa de etiqueta, pues bien podía ir a la fiesta de Clarissa, o quizá podía ir a un concierto, o tal vez podía quedarse en el hotel a leer un libro atrapante que había escrito un hombre al que conoció en Oxford. Y si se retiraba, eso es lo que haría: escribir libros. Se iría a Oxford y buscaría en la Bodleian. La hermosa muchacha morena y adorable corría en vano hacia el extremo de la terraza, en vano le saludaba con la mano, gritaba en vano que le importaba un bledo lo que dijera la gente. Ahí estaba el hombre al que más admiraba en el mundo, el perfecto caballero, el fascinante, el distinguido (y su edad no importaba en lo más mínimo para ella), paseando en calcetines en un hotel de Bloomsbury, afeitándose, lavándose, acariciando, mientras tomaba frascos y dejaba navajas, su idea de revisar en la Bodleian y buscar la verdad sobre un par de temas que le interesaban. Y hablaría con quien quisiera y comería a la hora que se le diera la gana, y faltaría a las citas; y cuando Daisy le pidiera —y lo haría— un beso, y le hiciera una escena por no estar a la altura de las circunstancias (pese a que la quería sinceramente)... En definitiva, sería mucho mejor, como decía la señora Burgess, que se olvidara de él, o simplemente lo recordara tal y como era en agosto de 1922, como una figura, de pie en el cruce de caminos, al atardecer, que se vuelve más y más remota a medida que el coche se aleja, llevándose a Daisy segura y atada en el asiento trasero, aunque sus brazos abiertos todavía la llamen; y mientras ella ve cómo la figura se contrae hasta desaparecer, sigue gritando que sería capaz de cualquier cosa en el mundo, cualquier cosa, cualquier cosa, cualquier cosa...

Peter Walsh nunca sabía lo que pensaba la gente. Y cada vez le era más difícil concentrarse. Se convertía en un hombre absorto; se convertía en un hombre entregado a sus propios problemas; a veces ceñudo, a veces alegre; pendiente de las mujeres, distraído, de humor variable, menos y menos capaz de entender (esto pensaba mientras se afeitaba) por qué razón Clarissa no podía, sencillamente, encontrarles una vivienda y tratar a Daisy con amabilidad; presentarla a gente. Y, entonces, él podría... ¿qué? Podría vagar y perder el tiempo (como estaba haciendo en aquellos momentos, ocupado en buscar varias llaves, papeles), elegir y gustar, estar solo, en resumen, ser autosuficiente; y sin embargo nadie desde luego dependía tanto de los demás (se abrochó el chaleco); esto había sido la causa de todos sus males. Era incapaz de no frecuentar los lugares de reunión de hombres, le gustaban los coroneles, le gustaba el golf, le gustaba el bridge, y sobre todo le gustaba el trato con las mujeres, la belleza de su compañía, y la fidelidad, audacia y grandeza de su manera de amar que, a pesar de tener sus inconvenientes, le parecía (y la morena y adorablemente linda cara estaba encima de los sobres) admirable, una flor espléndida que crecía en lo mejor de la vida humana, y sin embargo él no podía estar a la altura de las circunstancias, ya que tenía tendencia a ver más allá de las apariencias (Clarissa había socavado con carácter permanente cierto aspecto suyo), y a cansarse muy fácilmente de la muda devoción, y a desear variedad en el amor, pese a que se enfurecería si Daisy amara a otro, ¡sí, se enfurecería, ya que era celoso, incontrolablemente celoso de carácter. ¡Sufría horrores! Pero, ¿dónde estaban su cortaplumas, su reloj, sus sellos, su cartera, y la carta de Clarissa que no volvería a leer pero en la que le gustaba pensar, y la foto de Daisy?

Y ahora a cenar.

Estaban comiendo.

Sentados en las mesas pequeñas alrededor de jarrones, bien vestidos unos, otros no, con sus chales y sus bolsos a su lado, con su aspecto de falsa compostura, dado que no tenían costumbre de cenar tantos platos; y también de confianza, porque podían pagar la cuenta; y de cansancio, porque habían pasado el día entero recorriendo Londres de arriba a abajo, comprando, haciendo turismo; con su curiosidad natural, pues levantaban la mirada para mirar cuando entró el apuesto caballero de los anteojos de carey; con su buena voluntad, porque hubiesen estado encantados de hacerle cualquier pequeño favor, como prestarle un horario o suministrarle alguna información de utilidad; con su deseo, latiendo en su interior, empujándoles subterráneamente, de establecer algún tipo de punto en común, aunque sólo fuese un lugar de nacimiento (Liverpool, por ejemplo), amigos comunes o que se llamasen igual; con sus miradas furtivas, silencios extraños, que más tarde abandonaban para volver súbitamente al aislamiento y la alegría familiar; allí estaban cenando cuando el señor Walsh entró y tomó asiento en una mesita junto a la cortina.

No fue algo que dijera el señor Walsh, ya que, por estar solo, únicamente podía hablarle al camarero; fue por su manera de mirar la carta, de señalar con el índice un determinado vino, de erguirse ante la mesa, de disponerse con seriedad, no con glotonería, a cenar, el que le mirasen con respeto; respeto que tuvo que permanecer sin ser comunicado durante la mayor parte de la cena, pero que surgió como una llamada a la superficie, en la mesa en que los Morris se sentaban, cuando se oyó que el señor Walsh decía, al final de la cena: "Peras Bertlett". La razón por la que habló con tanta moderación y, sin embargo con firmeza, con el aire de un hombre disciplinario que ejerce sus legítimos derechos, fundados en la Justicia, era algo que ni el joven Charles Morris, ni el viejo Morris, ni la señorita Elaine, ni la señora Morris, sabían. Pero, cuando el señor Walsh dijo "Peras Bertlett", sentado solo en su mesa, comprendieron que contaba con su apoyo, en cualquier legítima batalla; que era el defensor de una causa que inmediatamente se convirtió también en la de ellos, por lo que sus ojos se encontraron comprensivos con los del señor Walsh, y, cuando todos llegaron al salón de fumar simultáneamente, era inevitable que se produjera una breve charla entre ellos. No fue demasiado profunda, únicamente hablaron sobre que Londres estaba colmada de gente, sobre cómo había cambiado en los últimos treinta años, sobre que el Señor Morris prefería Liverpool, sobre que la señora Morris había visitado la exposición floral de Westminster, y sobre que todos habían visto al Príncipe de Gales. Pese a esto, Peter Walsh pensó que no había en el mundo familia que pudiera compararse con la familia Morris; no, ni una; sus relaciones entre sí son perfectas, y las clases altas les importan un pepino, y les gusta lo que les gusta, y Elaine se está preparando para entrar en el negocio de la familia, y el hijo ha conseguido una beca para Leedt, y la vieja señora (que tiene más o menos los mismos años que Peter Walsh) tiene tres hijos más en casa; y tienen dos automóviles, pero el señor Morris todavía repara sus zapatos cada domingo. Soberbio, completamente soberbio, pensó Peter Walsh, hamacándose hacia adelante y hacia atrás, con la copa de licor en la mano, entre peludos sillones rojos y ceniceros, sintiéndose muy satisfecho de sí mismo porque los Morris le guardaban simpatía; sí, guardaban simpatía por el hombre que había dicho "Peras Bertlett", lo apreciaban, Peter Walsh se dio cuenta de que así era.

Iba a ir a la fiesta de Clarissa. (Los Morris se retiraron, pero volverían a verse). Iba a ir a la fiesta de Clarissa porque quería preguntarle a Richard qué estaban haciendo en la India, los ineptos conservadores. ¿Y qué había en la cartelera de teatro? ¿Qué música...? Ah, sí, y algunas charlas sin importancia.

Porque esta es la verdad de nuestra alma, pensó, de nuestro ser, que habita los mares profundos como un pez y va nadando entre oscuridades, colándose entre las matas de gigantescas hierbas, por espacios pintados por el sol, entrando más y más en las tinieblas, la frialdad, la profundidad, lo inaccesible; de repente salta a la superficie y se muestra nadando en las olas erizadas por el viento; es decir, tiene una urgente necesidad de rozarse, rascarse, animarse con charlas sin sentido. ¿Qué proyectos tenía el gobierno –Richard Dalloway lo sabría– respecto de la India?

En cualquier caso, aquella era una noche muy calurosa, y los jóvenes vendedores de periódicos pasaban con carteles que, en grandes letras rojas, exclamaban que se había producido una ola de calor; habían colocado sillas de mimbre en la entrada del hotel, y en ellas se sentaban indiferentes caballeros que bebían y fumaban. Allí se sentó Peter Walsh. Uno podía perfectamente pensar que ese día, el día londinense, recién comenzaba. Igual que una mujer que se ha quitado el vestido estampado y el delantal para vestirse de azul y adornarse con perlas, el día había cambiado, se había despojado de telas gruesas, se había puesto gasas, se había transformado en atardecida, y, la misma exhalación satisfecha que emite una mujer cuando deja caer las enaguas al suelo, se iba liberando del polvo, del calor, del color. El tránsito disminuía, los automóviles, brillantes y rápidos, reemplazaban a los grandes camiones de carga; y aquí y allá, entre la apretada vegetación de las plazas, brillaba una luz intensa. Me voy, el atardecer parecía decir, mientras palidecía y se marchitaba sobre los tejados y las salientes, las cúpulas y las agujas, de hotel, casa, grupo de tiendas, me marchito, y empezaba a hacerlo, me voy, pero Londres no quería, y alzaba hacia el cielo sus bayonetas, inmovilizaba al atardecer, lo forzaba a participar de su jarana.

Porque, desde la última vez que Peter Walsh había estado en Londres, se había producido la gran revolución del cambio de horario de verano del señor Willett. Las tardes largas eran nuevas para él. Era inspirador, más bien. Pues mientras los jóvenes pasaban con sus carteras, contentísimos de verse libres, y orgullosos también, en su inconsciencia, de pisar esta famosa acera, una especie de alegría, barata, solo de apariencia, si se quiere, pero alegría a fin de cuentas, iluminaba sus rostros. Y también iban bien arreglados: medias rosas, bonitos zapatos. Ahora estarían dos horas en el cine. Los veía de perfil, los recortaba, la luz azul amarillenta del atardecer; y en las hojas de las plazas cobraba un brillo tenue y lívido: parecían como remojadas en agua marina, las hojas de una ciudad sumergida. Se quedó atónito ante esa belleza; y le daba ánimos también, ya que, mientras los anglo-indios que habían regresado se sentaban por derecho propio (conocía a montones de ellos) en el Oriental Club, repasando biliosamente la ruina del mundo, ahí estaba él, más joven que nunca; envidiando a los jóvenes por el verano que estaban pasando y todo eso, y sospechando —era más que una sospecha, gracias a las palabras de una muchacha, a la risa de una criada, cosas intocables, a las que no se puede alcanzar—, que se había producido un cambio en esa pirámide de acumulaciones que en su juventud le había parecido inconmovible. Había ejercido presión en todos ellos; los había aplastado, especialmente a las mujeres, como aquellas flores que Helena, la tía de Clarissa, prensaba entre grises hojas de papel secante, con el diccionario Littré encima, sentada bajo la lámpara después de cenar. Ahora había muerto. Por Clarissa, supo que la tía Helena había perdido la visión de un ojo. Parecía correcto —un golpe maestro de la naturaleza— que la vieja señorita Parry se hubiera convertido en cristal en parte. Moriría como un pájaro en una helada, agarrada a la rama. Pertenecía a una época distinta, pero, por siendo tan entera, tan completa, siempre destacaría en el horizonte, con blanco color de piedra, eminente, como un faro indicando una etapa pasada de este aventurado largo, largo viaje, de esta interminable (buscó una moneda en el bolsillo para comprar el periódico, y leyó acerca del partido entre Surrey y Yorkshire; había entregado millones de veces aquella moneda; el Surrey había perdido, nuevamente), esta interminable vida. Pero el cricket no era una tontería. El Cricket. Leyó primero los resultados de los partidos, luego leyó lo referente al calor de aquel día, y después la noticia de un asesinato. El haber hecho cosas millones de veces enriquecía, aun cuando bien cabía decir que desgastaba la superficie. El pasado enriquecía, y la experiencia, y el haber querido a una o dos personas, al igual que el haber adquirido la capacidad, de la que carecen los jóvenes, de seguir atajos, de hacer lo que a uno le gusta, sin importarle a uno nada lo que la gente diga, e ir y venir sin grandes esperanzas (dejó el periódico en la mesa y se alejó), lo cual, sin embargo (fue a buscar el sombrero y el abrigo), no era completamente cierto en lo que a él le tocaba, al menos no esa noche, porque se disponía a ir a una fiesta, a su edad, creyendo que viviría una experiencia. Pero ¿cuál?

La belleza, en última instancia. No la burda belleza que captan los ojos. No era belleza pura y simple —Bedford Place llegando a Russell Square—. Era la rectitud y el vacío, por supuesto; la simetría de un pasillo; pero también ventanas iluminadas, el sonido de un piano, un gramófono; la sensación de una fuente de placer oculta que surge de vez en cuando, al mirar a través de la ventana sin cortinas, la ventana abierta, grupos de gente alrededor de las mesas, jóvenes que caminan en círculos lentamente, conversaciones entre hombres y mujeres, criadas mirando pasivamente hacia la calle (extraños comentarios los suyos, una vez terminado el trabajo), medias secándose en los alféizares, un loro, unas cuantas plantas. Qué absorbente es esta vida, misteriosa e infinitamente rica. Y en la gran plaza en la que los taxis corrían y giraban tan apurados, había parejas paseando sin rumbo, demorándose, abrazándose, encogidos bajo la lluvia de un árbol; eso sí que era conmovedor; tan silenciosos, tan absortos, que uno pasaba de largo discreta y tímidamente, como si se tratase de alguna ceremonia sagrada que sería impiadoso interrumpir. Era interesante. Y así siguió, adentrándose en el resplandor y la luz.

El ligero abrigo se había abierto como por efecto del viento, y Peter Walsh caminaba con un indescriptible aire único, un poco tirado hacia adelante, con las manos a la espalda y con los ojos todavía un poco como los del halcón; iba por Londres, hacia Westminster, mirando.

¿Acaso todos cenaban afuera? Aquí, un criado abrió las puertas para que saliera una vieja dama de caminar decidido, con zapatos de hebilla y tres plumas violetas de avestruz en el pelo. Se abrían puertas para que salieran señoras envueltas, como momias, en chales con coloridas flores, señoras con la cabeza descubierta. Y de respetables casas, con columnas trabajadas, a través de pequeños jardines delanteros, salían mujeres, ataviadas con ropas ligeras, con peinetas en el pelo (corriendo habían ido a ver a sus hijos), y había hombres que las esperaban, con las chaquetas abiertas y el motor en marcha. Todos salían de casa. Con estas puertas abriéndose, con el descenso y con la partida, parecía que todo Londres se embarcara en pequeños barcos amarrados a la orilla, hamacándose en el agua, como si el lugar, completamente, se alejara flotando en un carnaval. Y Whitehall parecía cubierto de hielo, de plata trabajada, cubierto de una finísima capa de hielo, y alrededor de las luces parecía como si volaran moscas de agua; hacía tanto calor que la gente hablaba parada en la calle. Y aquí, en Westminster, un juez, jubilado seguramente, estaba pomposamente sentado en la puerta de su casa, completamente vestido de blanco. Un angloindio, seguramente.

Y aquí, el escándalo de unas mujeres peleándose, mujeres borrachas. Aquí, sólo un policía, y casas que se erguían, altas casas, casas con cúpulas, iglesias, parlamentos, y la sirena de un buque en el río, un grito hueco y nebuloso. Pero esta era su calle, la de Clarissa; los taxis doblaban rápidos la esquina, como el agua rodea las columnas de un puente, coincidiendo, le pareció, debido a que transportaban a gente que iba a su fiesta, la fiesta de Clarissa.

El helado caudal de impresiones visuales le fallaba ahora, como si el ojo fuese una taza rebosante que dejara caer el sobrante por sus costados de porcelana, sin notarlo.

El cerebro tenía que despertar ya. El cuerpo debía despertar ya, entrando en la casa, la casa iluminada, con la puerta abierta, donde los automóviles estaban detenidos y de los que se bajaban unas mujeres brillantes: el alma debe templarse para resistir lo que venga. Abrió la hoja grande de su cortaplumas.

Lucy bajó las escaleras corriendo, después de pasar un instante por la sala para estirar un mantel, para enderezar una silla, para detenerse un momento y sentir que cualquiera que entrara notaría lo limpio, reluciente y maravillosamente cuidado que estaba todo, cuando vieran la preciosa plata, los atizadores de bronce, las nuevas fundas de los sillones y las cortinas de chintz amarillo; lo revisó todo; oyó un ruido de voces; la gente estaba llegando para la cena; ¡tenía que irse volando!

Vendría el Primer Ministro, dijo Agnes; esto había oído decir en el comedor, dijo, entrando con una bandeja de vasos. ¿Acaso tenía importancia, la más leve importancia, un Primer Ministro más o menos? Era algo que, a esta hora de la noche, dejaba totalmente indiferente a la señora Walker, allí, entre las bandejas, ensaladeras, coladores, sartenes, ensalada de pollo, heladoras de sorbetes, pan rallado, limones, soperas y cuencos de pastel, que, después de haber sido concienzudamente lavados, parecían ahora asediarla, sobre la mesa de la cocina, sobre las sillas, mientras el fuego llameaba y rugía, las luces eléctricas resplandecían, y la cena aún no había sido servida. Lo único que pensaba era que un Primer Ministro más o menos carecía en absoluto de importancia para la señora Walker.

Las señoras ya estaban subiendo, dijo Lucy; las señoras estaban subiendo, una por una, la señora Dalloway cerrando la marcha y casi siempre mandando algún recado para la cocina: "Feliciten a la señora Walker", dijo una noche. Al día siguiente repasarían los distintos platos: la sopa, el salmón; el salmón, la señora Walker lo sabía, estaba un poco crudo, porque siempre se ponía nerviosa con el pudding y el salmón se lo dejaba a Jenny; así ocurría: el salmón siempre estaba un poco crudo. Pero cierta señora rubia con alhajas de plata había preguntado por la entrada, según dijo Lucy, si de verdad estaba hecha en casa. Sin embargo, era el salmón lo que preocupaba a la señora Walker, mientras daba vueltas y vueltas a las fuentes, abría y cerraba las canillas de la cocina; y entonces se oyó una carcajada procedente del comedor, una voz que hablaba, y luego otra carcajada: los caballeros se divertían cuando las señoras se habían ido. El tokay, dijo Lucy entrando a todo correr, el señor Dalloway había mandado traer el tokay de las bodegas del Emperador, el tokay Imperial.

Fue transportado a través de la cocina. Por encima del hombro, Lucy comunicó que la señorita Elizabeth estaba preciosa; Lucy no podía apartar la vista de ella; con su vestido de color de rosa, y luciendo el collar que el señor Dalloway le había regalado. Jenny debía acordarse del perro, del fox-terrier de la señorita Elizabeth pues como mordía, tuvieron que encerrarlo, y quizá, pensaba Elizabeth, necesitara algo. Jenny tenía que acordarse del perro. Pero Jenny no iba a subir al piso superior, con toda aquella gente. ¡En la puerta había llegado ya un automóvil! Sonó el timbre... ¡Y los caballeros todavía en el comedor, bebiendo tokay!

Por fin, ya estaban subiendo al piso de arriba; estos eran los primeros, y ahora irían llegando cada vez más rápido, así que la señora Parkinson (contratada para las fiestas) dejaría entreabierta la puerta del vestíbulo, y el vestíbulo se llenaría de caballeros esperando (se quedaban de pie, esperando, alisándose el cabello), mientras las señoras se quitaban las capas en la habitación del pasillo; ahí es donde las ayudaba la señora Barnet, la vieja Ellen Barnet, que llevaba cuarenta años con la familia, que venía todos los veranos para ayudar a las señoras, les recordaba a las madres de cuando eran niñas y, aun con mucha sencillez, les daba la mano; decía "milady" muy respetuosamente, aunque traslucía en ella cierta sorna al mirar a las señoritas, y con un tacto especial ayudaba a Lady Lovejoy, que tenía algún problema con su corpiño. Y no podían por menos que pensar, Lady Lovejoy y la señorita Alice, que el haber conocido a la señora Barnet les confería un cierto privilegio en materia de tocador: —treinta años, milady—, informó la señora Barnet. Las jóvenes no se pintaban los labios, decía Lady Lovejoy, cuando pasaban unos días en Bourton, antaño. Y la señorita Alice no necesitaba lápiz de labios, decía la señora Barnet, mirándola con cariño. Allí, sentada en el guardarropa, la señora Barnet se quedaba alisando las pieles, alisando los mantones españoles, ordenando el tocador, y sabiendo perfectamente, a pesar de las pieles y los bordados, cuáles eran damas y cuáles no. Simpática viejecita, dijo la señora Lovejoy subiendo por las escaleras, la vieja niñera de Clarissa.

Y entonces Lady Lovejoy se irguió.

—Lady Lovejoy y la señorita Lovejoy —dijo al señor Wilkins (alquilado para las fiestas). Tenía un aire admirable, el señor Wilkins, cuando se inclinaba y se enderezaba, se inclinaba y se enderezaba, y anunciaba con perfecta imparcialidad "Lady Lovejoy y la señorita Lovejoy". "Sir John y Lady Needham... La señorita Weld... El señor Walsh...". Su aire era admirable; debía por fuerza ser irreprochable su vida familiar, con la salvedad de que parecía imposible que, teniendo labios verdosos y mejillas afeitadas hubiera podido cometer el error de tener hijos, con todas sus molestias.

—¡Qué bueno verle! —dijo Clarissa. Se lo decía a todo el mundo. ¡Qué bueno verle! Estaba inaguantable: efusiva, hipócrita. Era un grave error haber venido. Debería haberse quedado en casa leyendo, pensó Peter Walsh, que no conocía a nadie.

Oh, Dios, iba a resultar un fracaso; un absoluto fracaso, sentía Clarissa en lo más íntimo, mientras Lord Lexham se disculpaba por su mujer, que se había resfriado en la recepción en los jardines del Palacio de Buckingham. Estaba viendo a Peter por el rabillo del ojo, criticándola, allí, en aquel rincón. ¿Por qué, a fin de cuentas, hacía ella esas cosas? ¿Por qué buscaba montañas y se ponía de pie, empapada, en medio del fuego? ¡Así se consumiera! ¡Así quedara reducida a cenizas! ¡Cualquier cosa antes que esto! ¡Mejor hubiese sido blandir su antorcha y tirarla al suelo que reducirse y apagarse como una Ellie Henderson cualquiera! Era extraordinario cómo Peter la ponía en ese estado con sólo aparecer y quedarse de pie en un rincón. Peter conseguía que Clarissa se viera a sí misma: de forma exagerada. Era una idiotez. Pero entonces, ¿para qué había venido, sólo para criticar? ¿Por qué siempre tomar y nunca dar? ¿Por qué no arriesgarse a exponer su propio punto de vista? Ahora Peter se alejaba, y ella tenía que hablar con él. Pero no se le iba a presentar la ocasión. Así era la vida: humillación, renuncia. Lo que decía Lord Lexham era que su esposa no quiso ponerse las pieles en la recepción en los jardines de Palacio porque "querida, ustedes, las señoras, son todas iguales": ¡Lady Lexham tenía al menos setenta y cinco años! Era delicioso cómo se cuidaban el uno al otro, esa vieja pareja. De verdad que apreciaba al viejo Lord Lexham. Creía de verdad que su fiesta tenía importancia, y la ponía enferma saber que todo estaba saliendo mal, que todo estaba decayendo. Cualquier cosa, cualquier explosión, cualquier horror era mejor que cuando la gente se ponía a pasear sin rumbo, formando grupitos en los rincones como Ellie Henderson, sin siquiera tomarse la molestia de mantenerse erguidos.

Suavemente, la cortina amarilla con las aves del paraíso fue levantada por el viento, y pareció que un revoloteo de alas entraba en la habitación, con ímpetu, y luego fue reabsorbida. (Ya que las ventanas estaban abiertas.) ¿Había corrientes de aire?, se preguntó Ellie Henderson. Era propensa a los resfriados. Pero poco importaba que mañana amaneciera estornudando; en las muchachas con los hombros desnudos pensaba Ellie Henderson, educada en el hábito de pensar en los demás por su padre anciano, inválido, que fue vicario de Bourton, pero que ahora estaba muerto; y los resfriados de la señora Henderson nunca le afectaban el pecho, nunca. Era en las muchachas en quien pensaba, las jóvenes muchachas con los hombros al aire, ya que ella había sido siempre enfermiza, con su escaso cabello y su flaco perfil; aun cuando ahora, que ya había rebasado los cincuenta, comenzaba a resplandecer, gracias a un suave rayo de luz, algo purificado hasta alcanzar la distinción por años de vivir abnegada, aunque oscuro a su vez, permanentemente; por su lamentable amabilidad, por su miedo pánico, nacido de unos ingresos de trescientas libras, y de su indefensión (no era capaz de ganar ni un penique), lo cual la volvía tímida, y la incapacitaba más y más, año tras año, para tratar a gentes bien vestidas que acudían a lugares como este todas las noches de la temporada social, limitándose a decir a las doncellas "Me pondré esto o aquello", en tanto que Ellie Henderson salíade su casa de prisa, nerviosamente, se compraba flores rosas baratas, media docena, y se echaba un chal sobre su viejo vestido negro. Y esto hizo porque la invitación de Clarissa Dalloway a su fiesta le había llegado en el último instante. No estaba satisfecha, ni mucho menos. Tenía la impresión de que Clarissa no había tenido la intención de invitarla aquel año.

¿Y por qué debía invitarla? La verdad era que no había razón alguna para ello, salvo que se conocían de toda la vida. En realidad, eran primas. Pero, como es natural, se habían alejado la una de la otra, debido a que Clarissa era muy solicitada. Constituía un acontecimiento, para Ellie Henderson, el ir a una fiesta.

Solamente ver los hermosos vestidos era para ella una diversión. ¿Sería aquella muchacha Elizabeth, crecida, con el cabello peinado a la moda y el vestido de color de rosa? Sin embargo, no podía tener más de diecisiete años. Era muy, muy hermosa. Pero al parecer las muchachas, en sus primeras salidas, no vestían de blanco, como antes solían. (Debía recordarlo todo, para contárselo a Edith). Las muchachas vestían túnicas rectas, ceñidas, con falda muy por encima de los tobillos. Favorecían la figura, pensó.

Y de esta manera, con su vista debilitada, Ellie Henderson iba avanzando tímidamente, y no le importaba demasiado el no tener a nadie con quien hablar (no conocía a casi nadie, allí), porque pensaba que todos los presentes eran personas a las que resultaba muy interesante contemplar; políticos, seguramente; amigos de Richard Dalloway. Fue el propio Richard quien pensó que no podía permitir que aquella pobre criatura se pasara toda la noche allí, sola.

–Bueno, Ellie, ¿cómo te va la vida? –dijo Richard, con su particular amabilidad. Ellie Henderson, poniéndose nerviosa, sonrojándose y pensando que era extremadamente amable de su parte acercarse para hablar con ella, dijo que, realmente, había mucha más gente sensible al calor que al frío.

–Sí, es verdad –dijo Richard Dalloway–. Sin duda.

Pero ¿qué más podía uno decir?

–Hola, Richard –dijo alguien, tomándolo por el codo, y... Dios santo, ahí estaba el bueno de Peter, el bueno de Peter Walsh. Estaba encantadísimo de verlo, ¡verdaderamente encantado! No había cambiado nada. Y entonces se pusieron a caminar juntos, cruzando la sala, dándose palmaditas el uno al otro, como si no se hubieran visto desde hacía tiempo, pensó Ellie Henderson, viéndolos alejarse, convencida de conocer el rostro de ese hombre. Un hombre alto, de mediana edad, ojos más bien bonitos, moreno, con gafas y cierto aire de John Burrows. Seguro que Edith lo conocería.

La cortina con su bandada de pájaros del paraíso volvió a inflamarse. Y Clarissa lo vio, vio a Ralph Lyon echarla para atrás y seguir hablando. Así que ¡no resultaba un fracaso después de todo! Todo iba a ir bien ahora, su fiesta. Había empezado. Se había iniciado. Pero la situación todavía estaba pendiente de un hilo. Tenía que quedarse en pie ahí por el momento. Parecía que llegaba mucha gente de golpe.

El coronel Garrod y su esposa... El señor Hugh Whitbread... El señor Bowley... La señora Hilbery... Lady Mary Maddox... El señor Quin... entonaba Wilkins. Clarissa decía seis o siete palabras a cada uno, y ellos seguían adelante, entraban en las habitaciones; entraban en algo, no en nada, porque Ralph Lyon había devuelto la cortina a su sitio mediante un golpe.

Y, sin embargo, en cuanto a ella se refería, representaba un esfuerzo excesivo. No disfrutaba de la fiesta. Se parecía demasiado a ser... a ser cualquiera, allí en pie; cualquiera podía hacerlo; sin embargo, admiraba un poco a este cualquiera, no podía evitar el pensar que, de un modo u otro, había sido ella quien logró que esto ocurriera, que marcaba un estadio, aquel poste en que tenía la impresión de haberse convertido, ya que, cosa rara, había olvidado el aspecto que presentaba, pero se sentía como una estaca clavada en lo alto de la escalera. Siempre que daba una fiesta, tenía la sensación de ser algo, una cosa, y no ella, y que todos eran irreales, en cierto aspecto; y mucho más reales, en otro aspecto. Se debía, pensaba, en parte a sus ropas, en parte a haber quedado apartados del habitual comportamiento, en parte al ambiente; cabía la posibilidad de decir cosas que no se podían decir de otro modo, cosas que necesitaban un esfuerzo; posiblemente, cabía profundizar más. Pero no era así, en cuanto a ella hacía referencia; al menos, por el momento.

–¡Qué bueno verle! –dijo.

¡Querido viejo Sir Harry! Este conocería a todo el mundo. Y lo que resultaba tan extraño era la sensación que una tenía mientras subían por las escaleras uno tras otro, la señora Mount y Celia, Herbert Ainsty, la señora Dakers... ¡Oh, y Lady Bruton!

—¡Cuánto te agradezco que hayas venido! —dijo, y lo decía sinceramente. Era extraña la sensación que una tenía allí, en pie, al verles pasar y pasar, algunos muy viejos, algunos...

¿Quién? ¿Lady Rosseter? Pero ¿quién podía ser esa Lady Rosseter?

—¡Clarissa! —¡Esa voz! ¡Era Sally Seton! ¡Sally Seton después de tantos años! Como una aparición, saliendo de la niebla. Porque no era así, Sally Seton, cuando Clarissa agarraba la botella de agua caliente. ¡Pensar que Sally Seton estaba bajo este techo! ¡Y con este aspecto!

Una encima de la otra, inhibidas, riendo, salieron unas cuantas palabras en desorden: pasaba por Londres, se enteró por Clara Haydon, ¡qué ocasión de verte! Así que me he plantado aquí, sin invitación...

Una podía dejar la botella de agua caliente con toda compostura. Había perdido el lustre. Pero era extraordinario volver a verla, más vieja, más feliz, menos encantadora. Se besaron en una mejilla, luego en la otra, junto a la puerta de la salita de estar, y Clarissa se volvió, con la mano de Sally en la suya, vio sus salones llenos, oyó el tronar de las voces, vio los candelabros, las cortinas ondeando al viento y las rosas que Richard le había regalado.

—Tengo cinco hijos enormes —dijo Sally.

Seguía siendo, Sally Seton, tan egocéntrica, tenía tantas ganas de ser siempre la primera. Clarissa la amaba por ser todavía así. Una cálida oleada de placer la invadió al pensar en el pasado, y gritó:

—¡No puedo creerlo!

Pero, he aquí a Wilkins; Wilkins había venido a buscarla; Wilkins emitía con voz de imponente autoridad, cual si regañara a todos los presentes, y la dueña de la casa tuviera que abandonar las frivolidades, un nombre.

—El Primer Ministro —dijo Peter Walsh.

¿El Primer Ministro?, ¿de veras?, se preguntó maravillada Ellie Henderson. ¡Cómo gozaría al contárselo a Edith!

Uno no se podía reír de él. Tenía aspecto ordinario. Uno hubiera podido ponerlo detrás de un mostrador y comprarle pasteles... Pobre hombre, todo cubierto de bordados en oro. Y, a decir verdad, cuando fue saludando a la gente, primero con Clarissa, y escoltado después, por Richard, lo hizo muy bien. Intentaba parecer alguien. Era divertido contemplarlo. Nadie le prestaba atención. Todos siguieron hablando, pero se advertía a la perfección que todos se daban cuenta (lo sentían hasta los tuétanos) del paso de aquella majestad, del símbolo de aquello que todos representaban, la sociedad inglesa. La vieja Lady Bruton, y también ella presentaba bello aspecto, muy gallarda con sus encajes, salió a la superficie, y se retiraron a una pequeña habitación, que inmediatamente se convirtió en objeto de disimulado interés, de vigilancia, y cierto murmullo, cierto estremecimiento afectó abiertamente a todos: ¡El Primer Ministro! ¡Señor, Señor, el esnobismo de los ingleses!, pensó Peter Walsh, de pie en un rincón. ¡Cuánto les gustaba vestir prendas bordadas en oro, y rendir homenaje! ¡Ahí estaba! ¡Necesariamente tenía que ser —y por Dios que lo era— Hugh Whitbread, husmeando por los lugares en donde se encuentra a los grandes, bastante más gordo, bastante más canoso, el admirable Hugh!

Parecía estar siempre de servicio, pensó Peter, un ser privilegiado pero reservado, atesorando secretos por los que sería capaz de dar la vida, aunque sólo se tratara de un chisme sin importancia que hubiese salido de un criado de la Corte y que mañana estaría en todos los periódicos. Estas eran sus nimiedades, la clase de juegos con los que se había entretenido hasta echar canas, hasta el borde de la vejez, gozando del respeto y el afecto de todos los que tuvieron el privilegio de conocer a este tipo de hombre inglés de colegio privado. Era inevitable que uno se inventara cosas así respecto de Hugh; ese era su estilo, el estilo de aquellas admirables cartas que Peter había leído en el *Times* a miles de millas mar adentro, y le había dado gracias a Dios por estar lejos de esa charlatanería, aunque sólo fuese para oír los chillidos de los babuinos y las palizas que los culis propinaban a sus mujeres. Un joven de tez verde oliva de alguna universidad permanecía atentamente de pie junto a Hugh. A él lo protegería, lo iniciaría, le enseñaría a salir adelante. Nada le gustaba más que prodigar favores, hacer que el corazón de las viejas señoras latiese con la alegría de verse apreciadas en su avanzada edad, en su aflicción, creyéndose ya muy olvidadas; pero aquí estaba el querido Hugh que se acercaba y se quedaba una hora hablando del pasado, recordando nimiedades, alabando el bizcocho hecho en casa, aunque Hugh bien podía comer bizcocho con una Duquesa cualquier día de su vida, pues bastaba con mirarlo para imaginar que probablemente empleara buena parte de su tiempo en ese placentero quehacer. Los que todo lo juzgan, los que siempre se compadecen de todo, podrían disculparle. Peter Walsh no tenía piedad. Malvados los hay, y ¡Dios sabe que los canallas que son ahorcados por aplastarle los sesos a una muchacha en un tren hacen menos daño, con todo, que Hugh Whitbread y sus favores! Había que verlo ahora, de puntillas, avanzando como si bailara, haciendo zalemas, en el momento en que el Primer Ministro y Lady Bruton salían, dando a entender a todos los presentes que tenía el privilegio de decir algo, algo privado, a Lady Bruton en cuanto pasara. Ella se detuvo. Movió su gran cabeza ya vieja. Seguramente le estaría dando las gracias a Hugh por alguna muestra de servilismo. Ella tenía a sus adulones, pequeños funcionarios de la administración del gobierno que correteaban de un lado a otro haciéndole pequeñas diligencias, a cambio de las cuales los invitaba a almorzar. Pero Lady Bruton era un remanente del siglo dieciocho. Era irreprochable.

Y ahora Clarissa acompañó al Primer Ministro a través de la sala, contoneándose, esplendorosa, con el señorío de su gris cabellera. Llevaba pendientes y un vestido de sirena, verde plata. Flotando sobre las olas y balanceando la melena parecía tener aún aquel don: ser, existir, reunirlo todo en el instante al pasar; giró, se enganchó el echarpe en el vestido de otra mujer, lo desenganchó, rió, lo hizo todo con la más perfecta soltura y con el aire de un ser flotando en su elemento. Pero el paso del tiempo la había rozado; incluso como a una sirena que contempla en su espejo el sol poniente en un atardecer muy claro sobre las olas. Había un aliento de ternura; su severidad, mojigatería, imperturbabilidad, estaban ahora penetradas de calidez, y había en ella, al despedir al fornido hombre con bordados de oro, que hacía cuanto podía, y al que para su suerte acompañara, para parecer importante, una inexpresable dignidad, una exquisita cordialidad, como si deseara lo mejor al mundo entero, y ahora, encontrándose en el mismísimo límite de la realidad, tuviera que despedirse. Clarissa motivó estos pensamientos en Peter Walsh. (Pero no estaba enamorado).

Ciertamente, pensó Clarissa, el Primer Ministro había sido muy amable al acudir. Además, al cruzar la sala con él, con Sally allí, y Peter, y Richard encantado, con toda esa gente un tanto propensa, quizá, a envidiarla, había sentido esa intoxicación momentánea, esa inflamación de los nervios del corazón mismo, hasta el punto de que éste pareció estremecerse, elevarse, ponerse de pie... Sí, pero al fin y al cabo esto era lo que otros sentían; pues aunque le encantaba esta impresión y sentía su hormigueo y su escozor, estas apariencias, estos triunfos (el bueno de Peter, por ejemplo, que la consideraba tan brillante), tenían cierto vacío dentro; estaban a una distancia prudente, no en el corazón; y bien podría ser que estuviera haciéndose vieja, el caso es que ya no la satisfacían como antes. Y de pronto, viendo al Primer Ministro bajar las escaleras, el borde dorado del cuadro de Sir Joshuas de la niña pequeña con manguito le trajo el instantáneo recuerdo de la Kilman; Kilman, su enemiga. Eso era satisfactorio; eso era real. ¡Ay, cuánto la odiaba!

Apasionada, hipócrita, corrupta; con todo ese poder; la seductora de Elizabeth; la mujer que había entrado a hurtadillas para robar y deshonrar (Richard diría: ¡qué tontería!). La odiaba: la amaba. Era enemigos lo que una quería, no amigos, no a la señora Durrant ni a Clara, Sir William y Lady Bradshaw, la señorita Truelock y Eleanor Gibson (a quien vio subir). Que la buscaran si querían verla. ¡Ella estaba pendiente de su fiesta!

Allí estaba su viejo amigo, Sir Harry.

—¡Mi querido Sir Harry! —dijo.

Y se acercó a aquel apuesto viejo que había pintado más cuadros malos que cualquiera de los otros dos académicos, en todo St. John's Wood (siempre eran cuadros de ganado vacuno, en pie junto a charcas al ocaso, absorbiendo humedad, o expresando, ya que Sir Harry tenía ciertas dotes para representar los movimientos significativos, por el medio de levantar una pata delantera o de enarbolar la cornamenta; "la proximidad del Desconocido"; y todas las actividades de Sir Harry, como cenar fuera de casa o ir a las carreras, estaban basadas en ganado vacuno, en pie, absorbiendo humedad, junto a charcas, al ocaso).

—¿De qué se ríen? —le preguntó Clarissa.

Ya que Willie Titcomb, Sir Harry y Herbert Ainsty se estaban riendo. Pero no. Sir Harry no podía contar a Clarissa Dalloway (pese a la mucha simpatía que le tenía; la consideraba un perfecto ejemplar de su tipo y amenazaba con pintarla) sus historias de teatro de variedades. Se burló de su fiesta. Echaba de menos su brandy. Estos círculos, dijo, eran demasiado altos para él. Pero sentía simpatía por Clarissa; la respetaba, a pesar de aquel maldito, difícil y condenable refinamiento de clase alta, que le impedía pedir a Clarissa Dalloway que se sentara en sus rodillas. Y por la escalera subió aquel fantasma vagabundo, aquella vaga fosforescencia, la vieja señora Hilbery, alargando las manos hacia el calor de la risa de Sir Harry (acerca del Duque y la Lady), que, al oírla desde el otro extremo de la habitación, tuvo la virtud de tranquilizarla con respecto a algo que a veces la preocupaba, cuando se despertaba muy temprano a la madrugada y no se atrevía a pedir a la criada que le hiciera una taza de té: que es cierto que debemos morir.

—No quieren contarnos sus historias —dijo Clarissa.

—¡Querida Clarissa! —exclamó la señora Hilbery. Cuánto se parecía a su madre esta noche, dijo, cuando la vio por primera vez en un jardín, paseando con un sombrero gris.

Entonces, los ojos de Clarissa se llenaron literalmente de lágrimas. ¡Su madre, paseando en el jardín! Lo sentía mucho, pero tenía que irse.

Porque allí estaba el profesor Brierly, que daba conferencias sobre Milton, hablando con el pequeño Jim Hutton (que era incapaz, incluso para una fiesta como esta, de combinar chaleco y corbata o de evitar tener el pelo de punta), e incluso a esta distancia podía apreciar que se estaban peleando. Porque el profesor Brierly era un bicho raro. Con todos aquellos títulos, honores, cátedras que lo ponían muy lejos de los escritorsuchos, se daba cuenta al instante de cuándo un ambiente era hostil a su extraña personalidad, a su prodigiosa erudición y timidez, a su encanto invernal, sin cordialidad, a su inocencia mezclada con esnobismo. Se estremecía si se daba cuenta, por el cabello despeinado de una señora, o las botas de un joven, de la presencia de un submundo, sin duda digno de crédito, de rebeldes, de jóvenes ardientes, de futuros genios, y daba a entender, con un ligero gesto de la cabeza, un respingo —¡uf!— el valor de la moderación, del estudio superficial de los clásicos para ser capaces de comprender a Milton. El profesor Brierly (Clarissa lo veía) no estaba precisamente de acuerdo con el pequeño Jim Hutton (que llevaba calcetines rojos porque los negros los tenía en la lavandería) respecto de Milton. Clarissa los interrumpió.

Clarissa dijo que le gustaba Bach. A Hutton también. Este era el vínculo entre los dos, y Hutton (poeta muy malo) siempre pensó que la señora Dalloway era, con mucho, la mejor entre las grandes damas que se interesaban por el arte. Era raramente exigente. En cuanto a música hacía referencia, era absolutamente impersonal. Resultaba un tanto pedante. Pero, ¡cuán encantador era su aspecto! ¡Cuán agradable el ambiente que había sabido dar a su casa, salvo el error de que hubiera profesores! Clarissa acariciaba la idea de tomar a Hutton por su cuenta, y sentarlo al piano en la estancia del fondo. Ya que era un pianista divino.

—Pero... ¡el ruido! —dijo ella—. ¡El ruido!

—Es señal del éxito de una fiesta —y tras inclinar la cabeza cortésmente, el profesor se retiró con delicadeza.

—Lo sabe todo sobre Milton, absolutamente todo —dijo Clarissa.

—¡No me diga! ¿En serio? —dijo Hutton, que podía imitar al profesor en todo punto: el profesor hablando de Milton, el profesor hablando de moderación, el profesor retirándose con delicadeza.

Pero debía hablar con aquella pareja, dijo Clarissa, Lord Gayton y Nancy Blow.

Y no es que ellos precisamente contribuyeran de manera perceptible al ruido de la fiesta. No estaban hablando (de manera audible), mientras permanecían de pie, uno al lado del otro, junto a las cortinas amarillas. Pronto se irían juntos; y nunca tenían mucho que decir en cualquier circunstancia. Miraban, eso era todo. Era suficiente. Parecían tan limpios, tan sanos, ella con una frescura de damasco hecha de polvos y pintura, mientras que él, lavado y refrotado, con los ojos de un pájaro, no habría bola que se le pasara, ni golpe que le sorprendiera. Golpeaba, saltaba, con precisión, sobre el propio terreno. Las bocas de los ponis temblaban al extremo de sus riendas. Tenía sus honores, monumentos ancestrales, pendones colgados en la iglesia, en sus fincas. Tenía sus deberes; sus arrendatarios; una madre y hermanas; se había pasado el día entero en Lord's, y eso era de lo que estaban hablando —del cricket, de los primos, del cine— cuando llegó a su lado. Lord Gayton la apreciaba mucho. Y la señorita Blow, también. Es que Clarissa tenía unos modales encantadores.

—¡Es angelical que hayan venido! ¡Es delicioso! —dijo Clarissa.

A Clarissa le agradaban los lores, le agradaba la juventud, y Nancy, vestida costosamente por los más grandes artistas de París, estaba allí ante ella, de manera que parecía que su cuerpo hubiera dado nacimiento, por propia voluntad, espontáneamente, a los verdes volados.

—Quería que hubiera baile —dijo Clarissa.

Sí, porque los jóvenes no saben hablar. ¿Y por qué han de saber? Sí, gritar, abrazarse, divertirse, levantarse al alba; dar azúcar a las yeguas, besar y acariciar el hocico de adorables perros chinos; y, luego, ágiles y fuertes, tirarse de cabeza y nadar. Pero los enormes recursos del idioma inglés, el poder que confiere, a fin de cuentas, de comunicar sentimientos (a la edad de aquel par, ella y Peter se hubieran pasado la velada discutiendo), no eran para ellos. Se solidificarían jóvenes. Tratarían con bondad sin límite a las gentes de la finca, pero, solos, quizá fueran aburridos.

—¡Qué lástima! —dijo ella—. Tenía esperanzas de que se bailara.

¡Habían sido extraordinariamente amables al acudir! Pero, ¿cómo pensar en el baile? Las habitaciones estaban atestadas.

Ahí estaba la vieja tía Helena, con su chal. Por desgracia debía dejarlos, a Lord Gayton y a Nancy Blow. Ahí estaba la vieja señorita Parry, su tía.

Porque la señorita Parry no había muerto: la señorita Parry estaba viva. Tenía más de ochenta años. Subía por las escaleras despacio, con bastón. La colocaron en una silla (Richard se había ocupado de ello). Siempre le llevaban a gente que había estado en Birmania en los años setenta. ¿Dónde se había metido Peter? Solían ser tan amigos. Y es que, en cuanto se mencionaba la India, o incluso Ceylán, sus ojos (sólo uno era de cristal) adquirían lentamente profundidad, se volvían azules, veían, no a los seres humanos —no tenía tiernos recuerdos, ni orgullosas ilusiones sobre Virreyes, Generales o motines— eran orquídeas lo que veía, puertos de montaña, y a sí misma transportada a lomo por los culis en los años sesenta, atravesando picos solitarios; o también se veía bajando a arrancar orquídeas (unas flores sorprendentes, nunca vistas anteriormente) que pintaba en acuarelas; una indomable mujer inglesa, inquieta cuando la guerra la molestaba. Por ejemplo, cuando estalló una bomba ante su misma puerta, arrancándola de su profunda meditación sobre las orquídeas y sobre su propia figura viajando por la India en los sesenta... Pero aquí estaba Peter.

—Ven y háblale de Birmania a tía Helena —dijo Clarissa.

¡Y todavía no había conversado ni media palabra con ella en toda la velada!

Conduciéndole hacia la tía Helena, con su blanco chal y su bastón, Clarissa dijo:

—Hablaremos más tarde.

Y Clarissa dijo:

—Peter Walsh.

No significó nada.

Clarissa la había invitado. Era fatigoso; había mucho ruido; pero Clarissa la había invitado. Y por esto había acudido. Era una lástima que Richard y Clarissa vivieran en Londres. Aunque sólo fuera por la salud de Clarissa, más les valdría vivir en el campo. Pero a Clarissa siempre le había gustado la vida de sociedad.

—Ha estado en Birmania —dijo Clarissa.

¡Ah! La anciana no pudo resistirse a recordar lo que Charles Darwin había dicho del librito que ella escribió sobre las orquídeas de Birmania. (Clarissa tenía que hablar con Lady Bruton).

No cabía duda de que ahora su libro sobre las orquídeas de Birmania estaba olvidado, pero de él se publicaron tres ediciones antes de 1870, le contó a Peter. Ahora lo recordó. Había estado en Bourton (y él la había abandonado, recordó Peter

Walsh, sin decirle ni una palabra, en la sala de estar, aquella noche en que Clarissa lo invitó a ir a remar).

–Richard lo pasó muy bien almorzando en su casa –dijo Clarissa a Lady Bruton.

–Richard me prestó una ayuda invaluable –contestó Lady Bruton–. Me ayudó a escribir una carta. Y tú, ¿cómo estás?

–¡Oh, perfectamente! –dijo Clarissa. (Lady Bruton detestaba que las esposas de los políticos estuvieran enfermas).

–¡Y ahí está Peter Walsh! –dijo Lady Bruton (porque nunca sabía de qué hablar con Clarissa, aunque la apreciaba. Tenía muchas cualidades, pero Clarissa y ella no tenían nada en común. Hubiera sido mejor que Richard se casara con una mujer con menos encanto, que le hubiera ayudado más en su trabajo. Había perdido su oportunidad en el gobierno)–. ¡Ahí está Peter Walsh! –dijo, dándole la mano a ese agradable pecador, ese tipo tan competente que debería de haberse ganado una reputación, pero que no lo había hecho (siempre por culpa de sus problemas con las mujeres), y por supuesto, a la vieja señorita Parry. ¡Esa vieja dama tan maravillosa!

Lady Bruton estaba de pie junto a la silla de la señorita Parry, fantasmal granadero vestido de negro, e invitaba a Peter Walsh a almorzar, amable, pero sin decir tonterías, sin recordar absolutamente nada acerca de la flora y la fauna de la India. Había estado allá, desde luego; había vivido allá, bajo tres virreyes; estimaba que algunos civiles indios eran individuos insólitamente decentes; pero qué tragedia, el estado en que se encontraba la India... El Primer Ministro acababa de contárselo (a la vieja señorita Parry, arrebujada en su chal, le importaba un pimiento lo que el Primer Ministro acababa de decirle a Lady Bruton), y a Lady Bruton le gustaría saber la opinión de Peter Walsh, acabado de llegar del mismo centro de los acontecimientos, y le presentaría a Sir Sampson, porque realmente le impedía dormir por la noche aquella locura, aquella perversidad cabía decir, ya que era hija de un soldado. Ahora era ya una vieja que de poco servía. Pero su casa, su servidumbre y su buena amiga Milly Brush —¿la recordaba?— estaban siempre dispuestos a ayudar, en el caso de que pudieran ser de utilidad. Lady Bruton nunca hablaba de Inglaterra, pero esta isla de hombres, esta tan querida tierra, se hallaba en su sangre (sin necesidad de leer a Shakespeare), y si alguna vez hubo una mujer capaz de llevar el casco y disparar el arco, capaz de conducir tropas al ataque, de mandar con indómita justicia bárbaras hordas, y de yacer desnarigada bajo un escudo en una iglesia, o de merecer un montículo cubierto de césped en una primitiva ladera, esta mujer era Millicent Bruton. Privada por su sexo, o por cierta deficiencia, de la facultad lógica (le era imposible escribir una carta al *Times*), tenía la idea del Imperio siempre al alcance de la mano, y su frecuente trato con esta acorazada deidad le había infundido su rigidez de baqueta, la robustez de su comportamiento, de manera que no cabía imaginarla, ni siquiera en la muerte, alejada de su tierra, o vagando por territorios en los que no flameara, aunque fuera espiritualmente, la bandera, la *Union Jack*. No ser inglesa, incluso entre los muertos, ¡no, no! ¡Imposible!

Pero, ¿acaso era esa mujer Lady Bruton? (a quien antes conocía). ¿Era ese hombre Peter Walsh, con canas?, eso se preguntaba Lady Rosseter (que supo ser Sally Seton). Esa era sin duda la vieja señorita Parry, la vieja tía que solía estar tan enfadada cuando ella pasaba alguna temporada en Bourton. ¡Nunca se olvidaría de aquella vez cuando se puso a correr desnuda por el pasillo, y la mandó llamar la señorita Parry! ¡Y Clarissa! ¡Oh, Clarissa! Sally la tomó por el brazo.

Clarissa se detuvo junto a ellos.

—Pero no puedo quedarme —dijo—. Volveré luego. Espérenme —dijo, mirando a Peter y a Sally. Quería decir que la esperen hasta que toda esa gente se haya ido.

—Volveré —dijo, mirando a sus viejos amigos, Sally y Peter, que se estaban dando la mano, y Sally, sin duda recordando el pasado, se reía.

Pero la voz de Sally Seton ya no tenía aquella arrebatadora riqueza de antaño; sus ojos no brillaban ahora como solían brillar cuando fumaba cigarros, cuando corría por un pasillo, para buscar una esponja, completamente desnuda, y Ellen Atkins preguntó: ¿Y si los caballeros la hubieran visto? Pero todos la perdonaban. Robó un pollo de la despensa porque una noche tuvo hambre, fumaba cigarros en el dormitorio, dejó un libro de incalculable valor en la terraza. Pero todos la adoraban (salvo papá, quizá). Era su amabilidad; era su vitalidad; pintaba, escribía. Las viejas del pueblo, incluso hasta ahora, siempre preguntaban por "su amiga, la del manto rojo, que tan lista parecía".

Acusó a Hugh Whitbread, nada menos que a Hugh Whitbread (y allí estaba su viejo amigo Hugh, hablando con el embajador de Portugal), de besarla en la sala de fumar, a fin de castigarla por haber dicho que las mujeres deberían tener derecho a votar. Sally había dicho que hombres vulgares lo tenían. Y Clarissa recordaba que tuvo que convencerla de que no debía denunciar a Hugh en la reunión familiar, de lo cual era muy capaz debido a su audacia, su temeridad, su melodramático amor a ser el centro de todo y a hacer escenas, lo cual, solía pensar Clarissa, la llevaría a una horrible tragedia, a la muerte, al martirio; pero, por el contrario, se había casado, de modo totalmente imprevisible, con un hombre calvo, siempre con una gran flor en el ojal, que, según se decía, tenía fábricas de tejidos de algodón en Manchester. ¡Y Sally tenía cinco hijos!

Sally y Peter se habían sentado juntos. Conversaban, y parecía lo más lógico, el hecho de que conversaran. Seguramente estarían recordando el pasado. Con aquellos dos (más que con Richard incluso) compartía Clarissa el pasado: el jardín, los árboles, el viejo Joseph Breitkopf cantando música de Brahms sin ni una pizca de voz, el papel de la pared de la sala de estar, el olor de las esteras. Sally sería siempre parte de eso; Peter también lo sería. Pero tenía que dejarlos. Allí estaba el matrimonio

Bradshaw, al que no le tenía ninguna simpatía. Debía acercarse a Lady Bradshaw (de gris y plata, balanceándose como una foca en el borde de su piscina, pidiendo a ladridos invitaciones a duquesas, la típica esposa del hombre triunfador), debía acercarse a Lady Bradshaw y decirle... Pero Lady Bradshaw se le adelantó:

—Llegamos escandalosamente tarde, querida señora Dalloway; casi no nos atrevemos a entrar —dijo.

Y Sir William, muy distinguido él, con sus canas y ojos azules, dijo: sí, no pudieron resistirse a la tentación. Estaba hablando con Richard, probablemente de ese proyecto de ley que querían que la Cámara de los Comunes aprobara. ¿Por qué el mero hecho de verlo hablar con Richard la espeluznaba? Tenía el aspecto de lo que era, de un gran médico. Un hombre absolutamente impresionante en su profesión, muy poderoso, un tanto gastado. Porque había que pensar en la clase de casos que se le presentaban: personas en la más profunda desgracia, gente al borde de la locura, maridos y esposas. Tenía que tomar decisiones sobre cuestiones de impresionante dificultad. Con todo..., lo que sentía era que no le gustaría que Sir William la viese desgraciada. No; ese hombre no.

—¿Y cómo le va a su hijo en Eton? —le preguntó Clarissa a Lady Bradshaw.

Lady Bradshaw dijo que precisamente ahora, por culpa de las paperas, no había podido jugar en el equipo de fútbol. Pensaba que esto había disgustado a su padre más que al chico, ya que este era, dijo, "como un niño grande".

Clarissa miró a Sir William, que estaba hablando con Richard. No parecía un niño. No, ni mucho menos.

En cierta oportunidad, Clarissa había acudido, con otra persona, a pedirle consejo. Y Sir William acertó del todo; mostró un sentido común extraordinario. Pero, ¡santo cielo!, qué alivio al encontrarse de nuevo en la calle... Recordaba que había un pobre infeliz, sollozando en la sala de espera. Pero no sabía qué tenía Sir William, lo que le disgustaba de él exactamente. Sólo que Richard estaba de acuerdo con ella, "no le agradaba su gusto, su olor". Pero era extraordinariamente competente. Estaban hablando de ese proyecto de ley. Sir William estaba mencionando algún caso, bajando la voz. Tenía relación con lo que estuvo comentando sobre los efectos tardíos del trauma psíquico que sufrían los combatientes. Había que tenerlo en cuenta en el proyecto de ley.

Bajando la voz, arrastrando a la señora Dalloway al interior del refugio de una comunidad femenina, que tenían en común el orgullo de las ilustres cualidades de sus respectivos maridos, y lo lamentable que encontraban su tendencia a trabajar en exceso, Lady Bradshaw (pobre gallina, no se le podía tener antipatía) dijo en un murmullo que "precisamente cuando nos disponíamos a salir de casa, han llamado por teléfono a mi marido; un caso muy triste. Un joven (esto era lo que Sir William contaba al señor Dalloway) se había matado. Había estado en el ejército". ¡Oh!, pensó Clarissa, en medio de mi fiesta, he aquí a la muerte, pensó.

Se marchó a la pequeña habitación en la que el Primer Ministro había entrado en compañía de Lady Bruton. Quizás allí hubiera alguien. Pero no había nadie. Los sillones conservaban aún las huellas dejadas por el Primer Ministro y por Lady Bruton, ella vuelta con deferencia hacia él, y él solemnemente sentado, con autoridad. Habían hablado de la India. No había nadie. El esplendor de la fiesta cayó por el piso, tan raro fue entrar allí, sola, vestida de gala.

¿Con qué derecho iban los Bradshaw hablar de la muerte en su fiesta? Un joven se había suicidado. Y se ponían a hablar de ello en su fiesta; los Bradshaw hablaban de muerte. Se había suicidado, pero ¿cómo? Siempre lo experimentaba en carne propia, cuando le daban la noticia, de primeras, de sopetón, de un accidente; su vestido se inflamaba, el cuerpo le ardía. Se había tirado por la ventana. El suelo: arriba como el rayo;

atravesando su cuerpo, penetrantes, hirientes, se clavaron las sucias púas de la reja. Ahí quedó él, con un golpe seco, seco, seco en el cerebro, y luego un ahogo de tinieblas. Así lo vio. Pero ¿por qué lo había hecho? ¡Y los Bradshaw hablando de eso en su fiesta!

En cierta oportunidad, Clarissa había tirado un chelín a las aguas de la Serpentine, nada más. Pero aquel joven se había tirado a sí. Ellos seguían viviendo (tendría que regresar; las habitaciones estaban aún atestadas; la gente seguía llegando). Ellos (durante todo el día había estado pensando en Bourton, en Peter, en Sally) llegarían a viejos. Había una cosa que importaba; una cosa envuelta en parloteo, borrosa, oscurecida en su propio vivir, cotidianamente dejada caer en la corrupción, las mentiras, el parloteo. Esto lo había conservado aquel joven. La muerte era desafío. La muerte era un intento de comunicar, y la gente sentía la imposibilidad de alcanzar el centro que místicamente se les hurtaba; la intimidad separaba; el entusiasmo se desvanecía; una estaba sola. Era como un abrazo, la muerte.

Pero este joven que se había suicidado... ¿se había lanzado con su secreto? "Si llegase la muerte ahora, sería absolutamente feliz", se había dicho a sí misma en una ocasión, bajando las escaleras, vestida de blanco.

Y también estaban los poetas y pensadores. Y si este joven hubiera tenido esa pasión, y hubiera visitado a Sir William Bradshaw, un gran médico, aunque obscuramente maligno según ella, sin sexo ni lujuria, extremadamente educado con las mujeres, pero capaz de algún ultraje indescriptible –violar el alma, eso era–, si este joven lo hubiera visitado y Sir William lo hubiese estampado así, con su poder, ¿no podría haber dicho (lo sentía ahora de verdad): La vida se hace intolerable, hacen de la vida algo intolerable, los hombres así?

Luego (Clarissa lo había sentido justamente aquella mañana), estaba el terror; la abrumadora incapacidad de vivir hasta el fin esta vida puesta por los padres en nuestras manos, de transitarla con calma; en las profundidades del corazón había un miedo terrible. Incluso ahora, muy a menudo, si Richard no hubiera estado allí, leyendo el *Times*, de manera que ella podía replegarse sobre sí misma, como un pájaro, y revivir poco a poco, lanzando rugiente a lo alto aquel inconmensurable deleite, frotando palo con palo, una cosa con otra, Clarissa hubiera muerto sin remedio. Ella había escapado. Pero aquel joven se había matado.

En cierto modo, esto era su desastre, su desdicha. Era su castigo el ver hundirse y desparecer aquí a un hombre, allá a una mujer, en esa profunda oscuridad, mientras ella estaba obligada a permanecer aquí con su vestido de noche. Había intrigado; había hecho trampas. Nunca había sido totalmente admirable. Había deseado el éxito, Lady Bexborough y todo lo demás. Y, en cierta ocasión, había paseado por la terraza en Bourton.

Raro; increíble; nunca había sido tan feliz. Nada parecía tener la suficiente lentitud; nada podía durar demasiado. Ningún placer podía compararse, pensó, enderezando las sillas, colocando un libro en el estante, con este haber terminado con los triunfos de la juventud, haberse perdido en el proceso de vivir para encontrarlo, con una deliciosa sacudida, al despuntar el alba, al caer el día. Muchas veces había ido, en Bourton, cuando todos estaban charlando, a mirar el cielo; o lo había visto entre los hombros de la gente durante la cena, o en Londres cuando no podía conciliar el sueño. Se encaminó hacia la ventana.

Había algo de ella misma, por ridícula que fuera la idea, en este cielo campestre, este cielo de Westminster. Abrió las cortinas; miró. ¡Oh! Pero ¡qué sorprendente! ¡En la habitación de enfrente la vieja la miraba fijamente! Se iba a la cama. Y el cielo. Será un cielo solemne, había pensado, será un cielo crepuscular, que aparta su mejilla con belleza. Pero ahí estaba: pálido, como de ceniza, cruzado por unas rápidas nubes, grandes y deshilachadas. Era nuevo para ella. Debe de haberse levantado viento. Se iba a la cama en la habitación de enfrente. Era fascinante mirarla, moviéndose de un lado a otro, esa anciana, cruzando la habitación, acercándose a la ventana. ¿La vería a ella? Era fascinante, con la gente que todavía reía y gritaba en la sala de estar, mirar a esa anciana que, muy silenciosa, se iba sola a la cama. Ahora cerraba la persiana. El reloj empezó a sonar. El joven se había suicidado; pero no lo compadecía; con el reloj dando la hora, una, dos, tres, no lo compadecía, con todo lo que estaba pasando. ¡Ahora! ¡La vieja dama había apagado la luz! La casa entera estaba ya a oscuras, con todo lo que estaba pasando, repitió, y las palabras acudieron a su mente: No temas más al ardor del sol. Tenía que regresar junto a ellos. Pero ¡qué noche tan extraordinaria! De alguna forma, se sentía muy cerca de él, del joven que se había suicidado. Se alegraba de que lo hubiera hecho; que lo hubiera tirado todo por la borda mientras ellos seguían viviendo. El reloj sonaba. Los círculos de plomo se disolvieron en el aire. Pero tenía que regresar. Tenía que acudir a la reunión. Debía volver junto a Sally y Peter. Y entró al salón desde el cuarto pequeño.

—Pero, ¿dónde está Clarissa? —dijo Peter.

Estaba sentado en el sofá, con Sally. (Después de tantos años, realmente no podía llamarla "Lady Rosseter").

—¿Dónde se ha metido esa mujer? ¿Dónde está Clarissa? —preguntó.

Sally suponía, y a pesar de todo Peter también, que allí había gente importante, políticos, a quienes ni ella ni él conocían, como no fuera de haberlos visto en los periódicos, con quienes Clarissa tenía que ser amable, tenía que conversar. Estaba con ellos. Sin embargo, ahí estaba Richard Dalloway sin entrar en el Gabinete. No había triunfado, suponía Sally. Bueno, en realidad, ella rara vez leía los periódicos. A veces, mencionaban el nombre de Richard. Pero, en fin, ella llevaba una vida solitaria, en la selva, como diría Clarissa, entre grandes comerciantes, grandes fabricantes, entre hombres que, a fin de cuentas, hacían cosas. ¡Y también ella había hecho cosas!

—¡Tengo cinco hijos! —le dijo a Peter.

¡Señor, señor, cuánto había cambiado Sally! La dulzura de la maternidad, su egocentrismo, también. La última vez que se vieron, recordaba Peter, había sido entre las coliflores, a la luz de la luna, las hojas estaban "como bronce arrugado", había dicho ella, con su tendencia literaria, y había tomado una rosa. Sally se lo había llevado a caminar de un lado a otro aquella noche, después de la escena junto a la fuente; Peter iba a tomar el tren de medianoche. ¡Santo cielo, y había llorado!

Ese era su viejo truco, abrir una navajita, pensó Sally, siempre abrir y cerrar una navajita cuando se ponía nervioso. Habían sido muy, muy amigos, ella y Peter Walsh, cuando estaba enamorado de Clarissa y se produjo aquella escena horrible y ridícula por Richard Dalloway en la comida. Sally había llamado "Wickham" a Richard. ¿Por qué no llamarle "Wickham"? ¡Clarissa se puso como una furia! Y la verdad es que Clarissa y ella no habían vuelto a verse más de cinco o seis veces acaso, en los últimos diez años. Peter Walsh se había marchado a la India; ella había oído vagos rumores según los cuales a Peter le había ido mal en su matrimonio, no sabía si tenía hijos y no se lo podía preguntar porque ya no era el mismo de antes. Parecía más bien encogido, pero más amable, pensó Sally, y le tenía verdadero afecto, porque estaba vinculado con su juventud, y todavía conservaba el pequeño libro de Emily Brontë que Peter le había regalado. ¿No es cierto que pensaba dedicarse a escribir? En aquellos tiempos pensaba escribir.

—¿Has escrito algo?

—¡Ni media palabra!

Y Sally rió.

Todavía tenía atractivo, todavía era un personaje, Sally Seton. Pero, ¿quién era aquel Rosseter? Lucía dos camelias, el día en que se casó, esto era todo lo que Peter sabía de él. Clarissa le escribió, diciéndole "Tienen millones de criados e incontables invernaderos ", o algo semejante. Con una carcajada, Sally lo reconoció: "Sí, tengo diez mil al año". Aunque no recordaba si era antes o después de pagar los impuestos, ya que su marido "al que quiero que conozcas", dijo, "y que te caerá simpático", se encargaba de esos asuntos.

Y es que Sally, en el pasado, estaba siempre en las últimas. Había empeñado el anillo que María Antonieta le había regalado a su tatarabuelo –¿lo había dicho bien?, le preguntó Peter– para pagarse el viaje a Bourton.

Oh, sí, Sally se acordaba; aún lo conservaba, ese anillo de rubíes que María Antonieta había regalado a su tatarabuelo. Nunca tenía un penique en aquellos tiempos, e ir a Bourton siempre representaba un gasto enorme. Pero Bourton había significado mucho para ella: la había mantenido cuerda, según creía, debido a lo desgraciada que había sido en su casa. Pero todo eso pertenecía al pasado, todo era el pasado, dijo. Y el señor Parry había muerto; y la señorita Parry aún vivía. ¡Había sido el mayor susto de su vida!, dijo Peter. Estaba completamente convencido de que había muerto. Y la boda, suponía Sally, todo un éxito. Y esa joven tan hermosa, tan segura de sí misma era Elizabeth, allí, junto a las cortinas, vestida de rosa.

(Era como un olmo, era como un río, era como un jacinto, pensaba Willie Titcomb. ¡Ah, cuánto más agradable sería estar en el campo y hacer lo que quisiera! Estaba oyendo aullar al pobre perro, Elizabeth estaba segura.) No se parecía en nada a Clarissa, dijo Peter Walsh.

–¡Oh, Clarissa! –dijo Sally.

Lo que Sally sentía era simplemente esto. Estaba tremendamente en deuda con Clarissa. Habían sido amigas, no conocidas, amigas, y todavía podía ver a Clarissa, toda de blanco, yendo de un lado para otro, en la casa, con las manos llenas de flores; hasta el presente, la planta del tabaco le traía el recuerdo de Bourton. Pero –¿lo comprendía, Peter?– a Clarissa le faltaba algo. ¿Qué le faltaba? Tenía encanto; tenía un encanto extraordinario. Pero, con franqueza (y Sally consideraba que Peter era un viejo amigo, un verdadero amigo, ya que ¿acaso la ausencia importaba?, ¿acaso la distancia importaba? A menudo había querido, Sally, mandarle una carta, pero la rasgó, aunque estimaba que Peter comprendería, ya que la gente comprende sin que las cosas se digan, cual uno se da cuenta al hacerse mayor, y mayor era ella, ya que aquella tarde había visitado a sus hijos en Eton, que tenían paperas), con total franqueza, ¿cómo pudo Clarissa hacer aquello?, ¿casarse con Richard Dalloway?, un deportista a quien sólo le gustaban los perros. Literalmente, cuando entraba en un cuarto, olía a establo. Y, luego, ¿todo esto? Sally agitó la mano.

Allí iba Hugh Whitbread, pasando ante ellos con su chaleco blanco, oscuro, gordo, ciego, ajeno a cuanto aparentaba, salvo la propia estima y la comodidad.

–A nosotros no va a reconocernos –dijo Sally, y francamente no tuvo el valor para... ¡Con que ése era Hugh, el admirable Hugh!

–Y ¿a qué se dedica? –le preguntó a Peter.

Enceraba las botas del Rey, o contaba botellas en Windsor, le contestó Peter. ¡Así que Peter todavía tenía esa afilada lengua suya! Y ahora, Sally debía ser sincera, dijo Peter. Ese beso, el de Hugh.

En los labios, le aseguró Sally, en la sala de fumar, una tarde. Acudió a Clarissa directamente, enfurecida. ¡Hugh no hacía cosas así!, dijo Clarissa, ¡el admirable Hugh! Los calcetines de Hugh eran, sin excepción, los más preciosos que hubiera visto jamás. Y ahora, su traje de noche. ¡Perfecto! Y... ¿tenía hijos?

–Todo el mundo en este salón tiene seis hijos en Eton –le contestó Peter, menos él. Él, gracias a Dios, no tenía ninguno. Ni hijos, ni hijas, ni esposa. Bueno, pues no parecía importarle, dijo Sally. Parecía más joven, pensó ella, que cualquiera de ellos.

—Pero fue una estupidez en muchos aspectos, casarme de esa manera. Ella era una tonta absoluta—dijo Peter, pero añadió—: por eso mismo nos la pasamos estupendamente.

Pero ¿cómo fue?, se preguntó Sally; ¿qué quería decir?, y qué raro resultaba conocerlo sin saber nada de lo que le había ocurrido. ¿Lo decía él por orgullo? Era muy probable, porque después de todo debía resultarle humillante (aunque era un tipo raro, una especie de duende, para nada un hombre corriente), debía de sentirse muy solo, a su edad, sin una casa, sin ningún sitio adonde ir. Tenía que ir a verlos y quedarse allí semanas enteras. Claro que iría; le encantaría pasar una temporada con ellos, y así fue como salió el tema. Durante todos estos años, los Dalloway no habían ido ni una sola vez. Los habían invitado una y otra vez. Clarissa (porque era Clarissa, por supuesto) no quería ir. Y es que, dijo Sally, Clarissa era una *snob*, en el fondo; había que reconocerlo, una *snob*. Eso era lo que se interponía entre ellas, estaba convencida. Clarissa pensaba que ella se había casado fuera de su clase, ya que se había casado —Sally lo decía orgullosa— con el hijo de un minero. Cada penique que tenían se lo había ganado él mismo. De pequeño (su voz tembló), había cargado grandes bolsas.

(Y así podría seguir Sally, pensaba Peter, hora tras hora; el hijo del minero; la gente pensaba que había hecho un mal matrimonio; sus cinco hijos; ¿y qué era aquella otra cosa?, plantas, hortensias, lilas, rarísimas azucenas que nunca florecen al norte del Canal de Suez, pero que ella, con la ayuda de un jardinero, en un jardín cercano a Manchester, había logrado que florecieran, y tenía grandes cantidades de ellas, realmente grandes cantidades. Bueno, Clarissa había escapado a todo eso siendo poco maternal).

¿Clarissa era *snob*? Sí, en muchos aspectos. ¿Y dónde se había metido Clarissa, todo este tiempo? Se hacía tarde.

—Sí, cuando me enteré de que Clarissa daba una fiesta —dijo Sally—, pensé que no podía dejar de ir, que tenía que volverla a ver (y me alojo en una casa de Victoria Street, prácticamente al lado). Y por esto he venido sin invitación. Pero dime —susurró—, ¿quién es esta?

Era la señora Hilbery, buscando la puerta. Pues ¡qué tarde se estaba haciendo! Además, murmuró la señora Hilbery, a medida que la noche avanzaba, a medida que la gente se iba marchando, una se encontraba con viejos amigos, lugares y rincones tranquilos y las vistas más preciosas. ¿Sabían —preguntó— que estaban rodeados por un jardín encantado?

Luces, árboles, maravillosos lagos centelleantes, y el cielo. ¡Nada más que unas cuantas luces de colores, le había dicho Clarissa Dalloway, en el jardín de atrás! Pero ¡era una maga! Era un parque... Y no sabía cómo se llamaban, aunque sabía que amigos eran, amigos sin nombre, como canciones sin letra, siempre las mejores. Pero había tantas puertas, lugares tan inesperados, que no encontraba el camino de salida.

—La vieja señora Hilbery —dijo Peter; pero ¿y esa de allí, esa señora que lleva toda la noche de pie junto a la cortina, sin hablar? Conocía su cara, la relacionaba con Bourton. ¿No era la señora que solía cortar ropa interior en la mesa grande de la ventana? ¿No se llamaba Davidson?

—¡Es Ellie Henderson! —dijo Sally.

Realmente, Clarissa la trataba con mucha dureza. Era una prima de Clarissa, muy pobre. Clarissa trataba con dureza a la gente.

Bastante, dijo Peter. Sin embargo, dijo Sally, con su manera emotiva, en un arrebato de aquel entusiasmo que a Peter le solía gustar, pero al que ahora temía un poco, tan efusiva podía Sally llegar a ser, ¡cuán generosa era Clarissa con sus amigos!, lo cual muy rara vez se daba en la gente, y a veces, por la noche, o el día de Navidad cuando Sally pasaba revista a las bendiciones recibidas, ponía siempre aquella amistad en primer lugar. Eran jóvenes; esto era. Clarissa tenía el corazón puro; esto era. Peter iba a creer que era una sentimental. Y lo era. Porque había llegado a considerar que lo único que valía la pena decir era lo que una sentía. La inteligencia era una tontería. Una debe decir, sencillamente, lo que siente.

—Pero yo —dijo Peter Walsh— no sé lo que siento.

Pobre Peter, pensó Sally. ¿Por qué no venía Clarissa y hablaba con ellos? Eso es lo que él deseaba con impaciencia. Sally lo sabía. No había dejado de pensar en Clarissa, nada más que en Clarissa, y estaba toqueteando su navajita.

La vida no le había resultado sencilla, dijo Peter. Sus relaciones con Clarissa no habían sido sencillas. Habían arruinado su vida, dijo. (Habían sido tan amigos, Sally Seton y él, que era absurdo no decirlo). Uno no podía enamorarse dos veces, dijo. Y ¿qué podía decir ella? De todos modos, es mejor haber amado (pero la consideraría sentimental, solía ser muy cortante). Tenía que venir a Manchester a pasar una temporada con ellos. Muy cierto, dijo Peter. Todo esto es muy cierto. Le encantaría ir a pasar una temporada con ellos, en cuanto terminase con lo que tenía que hacer en Londres.

Y Clarissa lo había querido más a él de lo que nunca había querido a Richard,

Sally estaba segurísima de ello. —¡No, no, no! —dijo Peter (Sally no debería haber dicho eso, iba demasiado lejos). Ese buen hombre... allí estaba, al otro extremo de la sala, charlando sin parar, el mismo de siempre, el bueno de Richard. ¿Con quién estaba hablando, preguntó Sally, ese hombre tan distinguido? Claro, como vivía en la selva, tenía una curiosidad insaciable por saber quién era la gente. Pero Peter no lo sabía. No le gustaba su pinta; probablemente sería un ministro del gobierno. De todos ellos, dijo Peter, Richard le parecía el mejor, el más desinteresado.

—Pero, ¿qué ha hecho? —preguntó Sally.

Servicio pública, suponía Sally. ¿Y eran felices, juntos? preguntó Sally (ella, Sally, era extremadamente feliz); ya que, reconoció, nada sabía de ellos, y sólo llegaba a conclusiones gratuitas, como suele ocurrir, porque, ¿qué sabe una, siquiera de la gente con la que se convive a diario?, preguntó. ¿Acaso no somos todos prisioneros? Sally había leído una obra teatral maravillosa sobre un hombre que arañaba el muro de su celda, y Sally había pensado que así era la vida, que uno rascaba un muro. Decepcionada de las relaciones humanas (la gente era muy difícil), a menudo iba a su jardín, y las flores le daban una paz que los hombres y las mujeres jamás le habían proporcionado. Pero no; a Peter no le gustaban las coles; prefería los seres humanos, dijo Peter. Realmente, los jóvenes son hermosos, dijo Sally, observando a Elizabeth mientras de cruzaba el salón. ¡Qué diferente de Clarissa a su edad! ¿Podía Peter decir algo de ella? La muchacha no abría la boca. Poco, todavía, reconoció Peter. Era como un lirio, dijo Sally, como un lirio junto a un lago. Pero Peter no estaba de acuerdo en que nada sabemos. Lo sabemos todo, dijo; al menos, él.

Pero de estos dos, murmuró Sally, estos dos que se acercaban ahora (y de verdad que tenía que irse, si Clarissa no venía pronto), este hombre de aspecto distinguido y su mujer, de aspecto más bien vulgar, que habían estado hablando con Richard, ¿qué podía uno saber de unas personas así?

—Pues que son unos detestables charlatanes —dijo Peter, mirándolos con desdén por encima. Hizo reír a Sally.

Pero Sir William Bradshaw se paró en la puerta para mirar un cuadro. Se fijó en el ángulo, buscando el nombre del grabador. Su mujer también miró. Sir William Bradshaw se interesaba mucho por el arte.

Cuando uno era joven, decía Peter, estaba demasiado exaltado como para conocer a la gente. Ahora que uno era viejo, cincuenta y dos años para más señas (Sally tenía cincuenta y cinco, físicamente, dijo, porque su corazón era como el de una muchacha de veinte); ahora que uno era maduro, entonces, dijo Peter, uno podía mirar, uno podía comprender, y uno conservaba la capacidad de sentir. Eso es verdad, dijo Sally.

Cada año que pasaba, ella sentía con más profundidad, más pasión. Iba en aumento, dijo Peter, desgraciadamente quizá, pero uno debería alegrarse por ello: aumentaba en su experiencia. En la India había una persona. Le gustaría hablar de ella con Sally. Le gustaría que Sally la conociese. Estaba casada, dijo. Tenía dos niños pequeños. Tenían que ir todos a Manchester, dijo Sally, Peter tenía que prometérselo antes de que se fueran.

—Ahí está Elizabeth —dijo Peter—. No siente ni la mitad de lo que nosotros sentimos todavía.

Contemplando cómo Elizabeth se acercaba a su padre, Sally dijo:

—Pero se ve que se quieren.

Sally lo supo por la forma en que Elizabeth se acercaba a su padre.

Y es que su padre se había estado fijando en ella mientras hablaba con los Bradshaw, y se había preguntado ¿quién es esa preciosa muchacha? Y de repente se dio cuenta de que era su Elizabeth y que no la había reconocido, ¡estaba tan hermosa con su traje rosa! Elizabeth había sentido que la miraba mientras ella estaba hablando con Willie Titcomb. Así que se acercó a él y se quedaron juntos, ahora que la fiesta casi había terminado, mirando a la gente que se iba, y los salones que se iban quedando cada vez más vacíos, con cosas abandonadas por el suelo. Hasta Ellie Henderson se iba, casi la última de todos, aunque nadie le había dirigido la palabra, pero quería verlo todo para contárselo a Edith. Richard y Elizabeth se alegraron de que se terminara, pero Richard estaba orgulloso de su hija. Y no pensaba decírselo, pero no pudo evitarlo. La había mirado, dijo, y se había preguntado ¿quién es esa preciosa muchacha? ¡Era su hija! Eso la hizo feliz de verdad. Pero su pobre perro estaba aullando.

—Richard ha mejorado. Tienes razón —dijo Sally—. Voy a ir a hablar con él. Le daré las buenas noches. ¿Qué importa la inteligencia —dijo Lady Rosseter, mientras se levantaba— comparada con el corazón?

—Ahora voy —dijo Peter. Pero se quedó sentado un momento más. ¿Qué es este terror? ¿Qué es este é\inario entusiasmo?

—Es Clarissa —dijo. Sí.

Porque allí estaba ella.